Gustav Weltrich
Fälle für Kapulski
Zwei Kriminalromane

AF124940

© 2014 Gustav Weltrich
Herstellung und Verlag: BoD - Books on Demand
Norderstedt
ISBN 978-3-7386-0267-8

Gustav Weltrich

Fälle für Kapulski

Zwei Kriminalromane

Das Biedermeier Haus

Das Lohengrin Konstrukt

Das Biedermeierhaus
Ein Kriminalroman

I

Kriminalhauptkommissar Paul Kapulski parkt seinen VW-Golf auf einen der wenigen ausgewiesenen Stellplätze des Rathauses von Obertieming. Er dehnt sich nach dem Aussteigen und atmet genussvoll die angenehme Luft des frühen Herbsttages.

Wir schreiben den 10. September 2002.

Er und seine Frau haben auf ihrem Balkon in der milden Sonne gefrühstückt.

Gegen neun Uhr war er im Büro und fand auf seinem Schreibtisch den Akt vor, den er nun zu bearbeiten hat.

Ein Verkehrsunfall. Routine.

Die Kollegen von der Polizeiinspektion Torstadt haben den Unfall aufgenommen. Und nun soll Kapulski untersuchen, ob Fremdverschulden ausgeschlossen werden kann.

Die Versicherungen wollen das.

Hans Drescher, Schriftsetzer in der Buch- und Offset-Druckerei Alois Ganzer in Obertieming war in seinem Porsche-Carrera GT 911 Cabrio mit seinen 325 PS und mit deutlich überhöhter Geschwindigkeit auf der Fahrt nach München vor zwei Tagen in einer leichten Rechtskurve ins Schleudern geraten und mit der linken Längsseite seines Fahrzeuges, der Fahrerseite, an einen Alleebaum geknallt. Unzählige Male war er die Strecke schon gefahren. Er kannte jede Stelle, jede Kurve, jede Einzelheit. Und doch konnte er das schnelle Fahrzeug nicht mehr beherrschen, so dass es zu diesem folgenschweren Unfall gekommen ist.

Der Aufprall war so gewaltig, dass sich der Sportwagen förmlich um den Baum gewickelt hatte.

Der Motorblock war aus seiner Verankerung gerissen und

lag einige Meter neben dem Auto.

Ein anderes Fahrzeug war offenbar nicht beteiligt.

Hans Drescher dürfte sofort tot gewesen sein.

Die Polizeibeamten, die den Unfall aufgenommen hatten, veranlassten, dass das Autowrack im kriminaltechnischen Institut untersucht wurde, um festzustellen, ob etwa ein technischer Defekt als Unfallursache in Frage käme.

Bei dem heftigen Aufprall war ein Rad, das linke Vorderrad, abgerissen worden. Es war weggerollt und etwa 30 Meter weiter im Straßengraben gefunden worden.

Kapulski sieht sich um. Er war nur einmal vorher in Obertieming gewesen und das ist lange her.

Das Rathaus steht auf dem Marktplatz und ist dort das einzige Gebäude mit zwei Obergeschossen.

Es dürfte in den 60er Jahren des 20. Jahrhunderts als Ersatz für ein früheres gebaut worden sein. Es wirkt schmucklos, ist in einem Einheits-Beige gestrichen, mit helleren Lisenen. Nur an der Ecke zwischen dem ersten und zweiten Stock reckt sich ein schmiedeeiserner, schwarz bepinselter Adler in die Diagonale. In seinen Krallen hält er ein goldenes Schild mit der Aufschrift „Rathaus", wie wenn er es soeben gefasst hätte und nun zum Horst schaffen möchte.

Die anderen Häuser am ausgewogen geformten, leicht nach Westen geneigten Marktplatz sind in der Regel zweigeschossig: Eine Bäckerei, eine Apotheke, eine Metzgerei, die Obertieminger Volksbank, die Post und das Gasthaus zum Schwarzen Adler. Sie wirken zwar gepflegt, aber nur zwei oder drei weisen ältere Bausubstanz auf und lassen das Alter des Ortes erahnen.

Der Platz ist gepflastert mit Kleinstein aus Granit, unterbrochen durch Reihen aus Großsteinpflaster.

In der Mitte des Platzes ein mächtiger Maibaum mit Motiven aus der örtlichen Geschäftswelt und Handwerkerschaft.

Es ist ruhig im Ort. Mittagszeit.

Kapulski betritt das Rathaus.

Es macht einen städtischen, modernen Eindruck. Der Empfangsschalter ist zwar derzeit nicht besetzt. Aber dem "Wegweiser" ist zu entnehmen, dass sich das Büro von Bürgermeister Mark Zauser im Zimmer 11 im ersten Obergeschoss befindet. Erstaunlicher Weise kann man gar mit einem Lift nach oben schweben.

Im Zimmer 10, dem Vorzimmer, begrüßt ihn Franziska Lehr, die Sekretärin sowohl des Bürgermeisters als auch des Geschäftsleiters Hermann Dachs.

Sie ist im Dienst ergraut, macht aber einen kompetenten, sehr beweglichen, freundlichen Eindruck.

Kapulski weist sich mit der Kennmarke aus und wird in das Amtszimmer des Bürgermeisters eingelassen.

Bürgermeister Mark Zauser erhebt sich hinter dem Schreibtisch, reicht dem Kommissar die Hand und bietet ihm den Stuhl gegenüber an.

Er ist adrett gekleidet. Der dunkelblaue Anzug mit der dezenten Krawatte auf weißem Hemd scheint der „Dienstanzug" aller Bürgermeister zu sein.

Das Büro ist einfach, aber geschmackvoll eingerichtet. Die hellen Möbel stammen aus dem Katalog für kommunale Diensträume. Was den Raum aufwertet, ja attraktiv und unverwechselbar macht, das sind die vielen und in gedrängter Fülle die Wände zierenden Bilder, alles Ölgemälde, wie Kapulski meint, in passenden dekorativen Rahmen. Und mit Qualität. Das weist Kapulski, den an Bildender Kunst Interessierten darauf hin, dass der Bürgermeister einigen Kunstsinn haben dürfte.

Der Schreibtisch ist so gestellt, dass er Licht aus dem Fenster zur Linken erhält, aus dem Fenster, das nach Osten zeigt, mit der Morgensonne, die aber jetzt zu Mittag weitergewandert ist, so dass keine Blendwirkung auftritt und das Fenster deshalb auch nicht verhängt oder abgedunkelt werden muss.

Auf dem Tisch liegen Akten, Bücher, Prospekte, alles etwas genialisch durcheinander, um nicht zu sagen unordentlich. Was fehlt, ist ein Computerbildschirm, sonst "Schmuckstück" eines jeden Schreibtisches in der Verwaltung.

"Ich bin über diesen schrecklichen Unfall zu tiefst erschüttert." beginnt der Bürgermeister, nachdem ihm der Kommissar den Grund seines Kommens erläutert hatte.

Mark Zauser ist seit Mai dieses Jahres hauptamtlicher Erster Bürgermeister der Gemeinde Obertieming.

Er ist Mitte 50, mittelgroß, etwas untersetzt, mit kurzen Armen und fleischigen, aber gepflegten Händen. Seine dunklen, im vorderen Teil schon etwas schütteren Haare gehen ins Graue. Die graublauen Augen können sich zu einem schmalen Schlitz verengen, wenn sie ein gegenüber mustern, seine Bewegungen sind geschmeidig, er macht insgesamt einen souveränen, ja man kann sagen, fast staatsmännischen Eindruck.

"Ich habe Herrn Drescher sehr gut gekannt. Er war viele Jahre Mitglied des Gemeinderates und zuletzt des Bau- und Planungsausschusses. Dadurch ergaben sich häufige Kontakte. Auch außerhalb der Sitzungen.

"Hatten Sie neben der gemeindlichen Arbeit zudem private Beziehungen oder Verbindungen mit ihm?"

"Nein, er lebte sehr zurückgezogen. Über sein Privatleben weiß ich eigentlich gar nichts."

"Er fuhr einen Porsche Carrera GT 911, ein sehr teures Fahrzeug. Glauben Sie, dass er sich ein so luxuriöses Auto überhaupt leisten konnte?"

"Offensichtlich. Solch extrem teure Fahrzeuge gibt es oft unglaublich preiswert im Gebrauchtwagenhandel, weil der Käuferkreis für gebrauchte Luxusfahrzeuge dieser Klasse nicht sehr groß sein dürfte. Allerdings die Treibstoffkosten sind beachtlich."

Die Sekretärin und der Geschäftsleiter wissen auch nicht mehr. Sie bestätigten nur, dass sie mit ihm, dem Angestellten der Buch- und Offsetdruckerei Alois Ganzer GmbH, häufig zu tun hatten, wenn sie Druckwerke für die Gemeinde bestellten. Und dass er ein sehr engagierter Gemeinderat war, der viel Zeit und Energie in sein Wirken als Mitglied des Bau- und Planungsausschusses investierte.
Ihm war die Entwicklung des Ortes ein auffallend großes Anliegen und er glaubte, dass hierfür das Anwachsen der Einwohnerzahl die erste Voraussetzung sei. Deshalb war er darauf bedacht, dass immer wieder neue Baugebiete ausgewiesen wurden.

Nicht sehr viel, was Kapulski nach diesen Auskünften mit nach Hause nehmen konnte.

Sein nächster Weg führt ihn zur Druckerei, besser gesagt zu deren Eigentümer und Dreschers Arbeitgeber, Alois Ganzer.
"Hans Drescher war ein zuverlässiger Angestellter, meine rechte Hand im Betrieb sozusagen. Er war über zehn Jahre bei mir beschäftigt, zunächst als gelernter Schriftsetzer, ein Beruf, den es heute im früheren Sinn nicht mehr gibt. Heute würde man sagen "Mediengestalter für Digital- und Printmedien". Dann auch als eine Art Geschäftsführer.
Sein Tod schmerzt mich nicht nur menschlich. Betrieblich gesehen ist er eine Katastrophe. Hans Drescher hinterlässt in meiner Druckerei eine Lücke; die kaum zu schließen sein

wird."

"Sind Sie auch über seine persönliche Situation im Bilde?"

"Ich weiß nur, was in seinen Personalakten steht:
Er ist in München geboren. Dort hat er auch seine Ausbildung erfahren. Er war Jahrgang 1970, ist also 32 Jahre alt geworden, war unverheiratet und ohne familiären Anhang. In Obertieming hatte er keine Freunde, soviel ich weiß. Seine freie Zeit verbrachte er vorwiegend in München".

"Aber er war Gemeinderat"

"Ja, und diese Aufgabe hat er sehr ernst genommen"

"Können Sie mir Hinweise geben, die mit dem Unfall zu tun haben?"

"Nein - davon weiß ich nur, was ich in der Zeitung gelesen habe."

"Hans Dreschers Auto, mit dem er verunglückte, war ein Porsche Carrera GT 911. Ein sehr teures Auto. Konnte er sich so einen Luxusschlitten denn leisten?"

"Schnelle Autos waren sein Ein und Alles. Vielleicht hielt er seinen Lebensstandard sonst sehr bescheiden. Ich weiß es nicht."

Ein Routinefall.
Kapulski hat seine Pflicht erfüllt.
Es handelte sich um einen Verkehrsunfall, wie sie zu Tausenden vorkommen: Überhöhte Geschwindigkeit, Überforderung des Fahrers.
Ein Fremdverschulden kommt offensichtlich nicht in Frage.
Er wird zu Hause ein Protokoll diktieren, dann ist die Sache für ihn erledigt.

Paul Kapulski setzt sich in sein Auto und fährt kreuz und quer durch Obertieming.
Er sieht sich die Pfarrkirche an, eine große Hallenkirche, ursprünglich wohl gotisch mit schlanken Säulen und später,

als sie barockisiert wurde, mit Pilastern zwischen den vergrößerten Fenstern und heller und freundlicher Ausstattung. Die Figuren am Hoch- und den Seitenaltären, ein St. Georg, dem die Kirche geweiht ist, sowie St. Petrus und Paulus und die Hl. Barbara sind von hoher Qualität. Ein "Kirchenführer" ist nicht vorhanden, so dass er nichts über die Künstler erfahren kann.

Kapulski kennt sich in Kunstgeschichte einigermaßen aus. Gerade die Epoche von Barock und Rokoko, insbesondere der "Bayerische Barock", gehört zu seinen Lieblingsgebieten.

Erst an den beiden letzten Wochenenden haben er und seine Frau kleine Exkursionen zu den wichtigsten Künstlern dieser Epoche, Johann Baptist Straub und Ignaz Günther unternommen nach Berg am Laim, Dießen, Gauting, Kloster Andechs, Kloster Schäftlarn und Kloster Ettal, um Straubs Werke zu besichtigen. Ignaz Günther besuchten sie in Freising-Neustift, Rott am Inn, Weyarn und Mallersdorf.

Nachdem gerade von Ignaz Günther viele Entwürfe nicht von ihm selber, sondern von Schülern oder anderen Künstlern ausgearbeitet worden sind, nimmt Kapulski an, dass die Figuren in der Obertieminger Kirche dazu gehören. Denn die Bewegung der Skulpturen, der Augenschnitt und der Ausdruck der Gesichter, sowie die umeinander purzelnden Putti weisen auf diesen genialen Künstler hin.

Neben der Kirche der Pfarrhof, wohl auch aus der Barockzeit mit quadratischem Grundriss und großem Walmdach. Im Lauf der Jahrhunderte unzählige Male um- und angebaut, die Fenster vergrößert, so dass das ästhetische Gleichgewicht des Baues, das es ursprünglich sicher gegeben hat, verloren gegangen und außer der Grundkonzeption vom Barock nichts übriggeblieben ist.

Ein Gebäude fällt ihm im Ort noch besonders auf:
Im Biedermeier- oder klassizistischen Stil. Es liegt in einem
großen, etwas verwilderten Park. Soweit er es feststellen
kann, ist es unbewohnt. Die Fensterhöhlen sind tot, etliche
Scheiben eingeschlagen, der Putz löst sich an vielen Stellen. Aber in dem sonst eher schmucklosen Ort fällt es als
ein überraschendes Bauwerk, um nicht zu sagen, ein Juwel,
ins Auge.
Im Rathaus hatte er sich einen bunten Prospekt des Ortes
mitgenommen. Aber aus ihm geht nicht hervor, welche
Bewandtnis es mit diesem Gebäude hatte bzw. hat.
Die anderen Einträge liest er sich durch.
Dabei erfährt er, dass Obertieming rund 6000 Einwohner
zählt, dass der Ort eine Reihe von Traditionsvereinen aufweist: den Schützenverein "Wilhelm Tell", einen "Krieger-
und Veteranenverein", einen "Verschönerungsverein",
einen Sportverein, den "TSV Obertieming".
Mit dem Trachtenverein in Oberlandtracht, dem Kirchenchor und dem Männergesangsverein "Harmonie" ist die
Kultur "abgedeckt".
Dann gibt es noch drei Allgemeinmediziner, zwei Zahnärzte, einen Tierarzt, zwei Apotheken, eine Filiale einer Drogeriemarktkette, einen "EDEKA- und einen "REWE"-
Markt", zwei Tankstellen, drei Wirtshäuser, eines davon ein
Italiener, ein Café und eine Kneipe mit dem originellen
Namen "Ums Eck".
Im ganzen Ort wild und rücksichtslos geparkte Autos, wie
heute überall. Vor allem vor den Geschäften. In der Hauptgeschäftsstraße und am Hauptplatz deshalb häufig ein Verkehrschaos. Die Straßenverkehrsordnung scheint sich bis
Obertieming nicht so recht herumgesprochen zu haben.
Industrie gibt es offensichtlich nicht.
Es gibt aber ein Gewerbegebiet. Dorthin haben etliche
größere Handwerksbetriebe ausgesiedelt. Aber viele Parzel-

14

len sind leer und harren der eklatant fehlenden Arbeitsplätze, eine der Hauptsorgen der Gemeinde und ihrer Verantwortlichen.

Am Rande des Ortes in allen Richtungen so einfallslose wie traurige und abscheuliche Siedlungen, ohne jedes Gesicht, mit ebensolchen Straßennamen: Blumen-, Margariten-, Erlen-, Birkenstraße, Am Waldrand, Im Großfeld und so weiter. Ein Haus gleicht dem anderen. Man hat das Gefühl, sie stammten alle vom gleichen Bauplan des immer gleichen Bauträgers oder –unternehmers.

Mit diesen Eindrücken macht sich der Kriminalhauptkommissar auf den Rückweg nach Torstadt, der Kreisstadt.
Auf der Fahrt sieht er sich den Baum an, an dem Hans Drescher vor zwei Tagen sein Leben verlor. Die Rinde wurde bei dem Aufprall des Porsche fast rundherum abgeschält.
Die leichte Rechtskurve, in der der Wagen ins Schleudern gekommen war, sieht nicht so aus, als dass ein geübter Fahrer sie auch bei überhöhter Geschwindigkeit nicht hätte bewältigen können. Etwa 150 km/h haben die Sachverständigen aus der Bremsspur ermittelt. Diese Geschwindigkeit schafft ein Porsche-Carrera GT 911 im zweiten Gang!

Es ist vier Uhr am Nachmittag geworden, als Paul Kapulski wieder an seinem Schreibtisch in der Kriminalpolizei-Inspektion sitzt.
Jetzt erst merkt er, dass er zu Mittag nichts gegessen hat.
Sein Magen meldet sich.
Er ruft seine Frau an und macht ihr den Vorschlag, nach 18 Uhr, wenn er seine Arbeit hier beendet hat, essen zu gehen.
"Zum Griechen?"
"Einverstanden, zum Griechen."
Er freut sich auf das Gespräch mit seiner Frau.

15

Kapulski ist ein Einzelgänger - und ein Einzelarbeiter.

Er steigert sich in seine Ermittlungen meist ohne Partner.

Da häufen sich die Eindrücke, die Probleme und auch die Sorgen an.

So ist es ihm wichtig, mit seiner Frau nach einem gefüllten Arbeitstag über alles zu sprechen, den Berg von Eindrücken, von unausgegorenen Ideen, von Einfällen und Rückschlüssen, von Argumenten zu sondieren und auf eine Reihe zu bringen.

Monika Kapulski ist eine kluge Frau.

Bevor Tochter Silvia zur Welt kam, war sie Verkäuferin im "Oberpollinger" in München in der Abteilung 'Damen-Oberbekleidung'. Sie brachte es dort bis zur Abteilungsleiterin.

Dann kam die Babypause und auch danach widmete sie sich ausschließlich der Tochter und dem Haushalt.

Sie ist zwei Jahre jünger als ihr Mann, derzeit also 51.

Kennen gelernt haben sich die beiden, als Paul in der Ausbildung bei der Kripo in München in der Ettstraße und Monika beim "Oberpollinger" lernte.

Aber es dauerte noch, bis sie sich das Ja-Wort geben konnten.

1977 kam Silvia zur Welt. Sie hat sich längst selbständig gemacht, ist glücklich verheiratet, hat zwei Kinder und lebt mit ihrer Familie in München.

Paul und Monika freuen sich, wenn die Enkelkinder zu Besuch kommen und wenn sie mit Tochter und Schwiegersohn Unternehmungen planen können.

Nachdem die Tochter versorgt und außer Haus ist, kann Monika Kapulski wieder zum "Oberpollinger", ist dort wieder Abteilungsleiterin, wenn sie auch nur noch 30 Stunden in der Woche arbeitet.

Nach seiner Ausbildung wurde Paul Kapulski in verschiedene Kriminalämter in ganz Bayern geschickt.

1983 kam die Versetzung nach Torstadt, was ihm sehr recht war, denn es war das Jahr der Einschulung seiner Tochter und brachte endlich eine örtliche Stabilität in sein Leben. Hier würde er nun bis zu seiner Pensionierung und darüber hinaus bleiben wollen.

Sie hatten sich eine hübsche Eigentumswohnung im ersten Stock eines Neubaus mit unverbaubarem Blick auf den Stadtpark und mit einem geräumigen Balkon geleistet.

Seit Silvia ausgezogen ist, kann Paul das ehemalige Kinderzimmer als Arbeitszimmer nutzen.

Immer wieder holt er sich Akten nach Hause, und zwar dann, wenn er vorhat, sich in Ruhe in sie zu versenken, ohne Ablenkung vom Parteiverkehr, von der Sekretärin und vom Telefon. Zuhause kann er den Telefonstöpsel aus der Dose ziehen. Früher, als das Kinderzimmer noch Kinderzimmer war, musste er diese Arbeiten im Wohnzimmer erledigen und stets sein Arbeitsgerät wieder wegräumen, wenn die Familie Ansprüche stellte.

Der Unfall von Hans Drescher scheint tatsächlich ein Unfall gewesen zu sein.

Ein anderes Fahrzeug war nicht beteiligt. Der Fahrer war angeschnallt. Dass das Vorderrad beim Aufprall abgerissen wurde, verwundert nicht, wenn man bedenkt, dass sogar der gesamte Motorblock aus seiner Verankerung gehebelt worden ist.

Paul Kapulski diktiert ein kurzes Protokoll über seine Ermittlungen am heutigen Tag.

Das Fahrzeugwrack wird er freigeben, die Beerdigung von Hans Drescher genehmigen und den Akt schließen.

Es war 18 Uhr geworden.

Er wollte das Versprechen, mit seiner Frau essen zu gehen,

17

nicht vergessen und machte sich auf.

Aber ehe er die Klinke der Tür ergreifen konnte, läutet das Telefon.

Kapulski überlegt kurz, ob er es ignorieren solle.

Dann griff er doch zum Hörer.

"Hallo Paul, hier Günter"

Es ist Dr. Günter Specht vom kriminaltechnischen Institut München.

"Wir haben das Autowrack noch einmal genau untersucht. Die Befestigung des linken Vorderrades war manipuliert. Alle vier Radmuttern waren zum Zeitpunkt des Unfalls gelockert. Wir konnten eindeutig feststellen, dass die Gewinde durch den Abriss des Rades beschädigt worden sind, aber erst ab etwa einem Zentimeter vor deren Ende. Sonst sind die Gewinde unversehrt geblieben. - Hast du mich verstanden?"

"Ja, aber was heißt das?"

"Das heißt, dass die Radmuttern ungefähr nur einen Zentimeter angeschraubt, oder, anders gesagt, bis hierher abgeschraubt waren. Diese Befestigung reichte bei niedriger oder auch bei Normalgeschwindigkeit aus, das Fahrzeug stabil zu halten.

Bei Erhöhung der gefahrenen Geschwindigkeit auf 150 Stundenkilometer reichte die Schwerkraft, die in der leichten Rechtskurve auftrat, aus, um das Rad aus der Verankerung zu reißen. So kam es zum Schleudern und schließlich zum Crash."

"Das heißt also: Das Rad war vor dem Unfall abgegangen."

"Ja, wir haben darauf die Unfallstelle noch einmal inspiziert und scharfkantige Rillen im Asphalt gefunden. Diese Rillen rühren vom Schlittern des vom Rad befreiten Radträgers auf dem Asphalt her."

"Es ist der Beweis dafür, dass das Rad schon vor dem Zusammenstoß mit dem Baum abgetrennt war?"

"So ist es. Das abgetrennte Rad war die Unfallursache."
"Kann sich ein Rad während der Fahrt "verabschieden",
wenn es ordentlich mit dem Radträger verschraubt ist?"
"Auf keinen Fall!"
"Ich danke dir, Günter"
"Gern geschehen. Servus, Paul!"
Damit war die Akte wieder geöffnet.

Paul verlässt sein Büro.
Seine Frau Monika interessiert sich für die Sache.
Nachdem sie ihre "Athener Platte" bzw. den "Griechischen
Hirtenspieß" verspeist hatten und nun vor ihrem roten
"Demestica" saßen und überlegten, ob sie sich noch eine
der zuckertriefenden Süßspeisen gönnen sollten, fragt Mo-
nika, ob er schon eine Ahnung habe, wer diesen Anschlag
ausgeübt haben könnte.
Nein. Er ist völlig überfragt und muss gestehen, dass er den
Fall schon für abgeschlossen hielt. Selten war er so leicht-
sinnig mit einer Sache verfahren.
Der Anruf von Günter Specht ließ nun alles wieder offen
erscheinen.
Kapulski ärgert sich über sich. Es ist eigentlich nicht seine
Art, so schnell aufzugeben.
Er liebt seinen Beruf. Er liebt ihn deshalb, weil er ihm die
Möglichkeit gibt, theoretische Konstrukte zu bilden aus
winzigsten Hinweisen. Und diese Konstruktionen wieder
aufzulösen, in Einzelteile zu zerlegen und deren Beziehun-
gen zueinander zu analysieren. Aus dieser Analyse kann
sich der Hergang auch der kompliziertesten Art erschließen.
In dem Fall, der ihm vorgelegen hat, wollte diese Vorge-
hensweise nicht aufgehen. Allzu schnell hat er dem ersten
Schein nachgegeben.
Kapulskis Kunst und sein Markenzeichen sind sein Vermögen, bei Verhören sein Gegenüber mit einfachen, leicht zu

beantworteten Fragen zu konfrontieren. Dadurch wiegt er sie in Sicherheit und sie werden leichtsinnig.

An der Art von Formulierungen, bisweilen nur an der Färbung der Stimme konnte er wichtige Details ablesen.

Dieses Vermögen macht ihn zu einem erfolgreichen Kriminaler und zur Stütze der Kriminalpolizeilichen Inspektion.

Seine Vorgesetzten, vor allem sein unmittelbarer Chef, Kriminaldirektor Ferdinand Hohenstein wussten das zu schätzen.

Paul Kapulski war 1949 in München geboren. Nach Volksschule und Realschule und der 11. und 12. Klasse der Fachoberschule machte er Abitur in München.

Es folgte die Ausbildung zum Polizeibeamten im gehobenen Dienst und schließlich die einjährige Ausbildung zum Kriminalbeamten.

Von einem solchen, der selbst Schwerverbrechen wie Mord, Totschlag, Sexualdelikte selbständig aufzuklären hat, werden hohe Voraussetzungen erwartet.

Paul Kapulski kann damit aufwarten: Geistige Beweglichkeit, logisch-analytisches Denken, Interesse für Psychologie, Einsatzbereitschaft und intuitives Gespür für Antworten in Befragungen, auch zwischen den Zeilen, sind Eigenschaften, die er jederzeit vorzeigen kann.

Paul Kapulski wirkt im ersten Ansehen zwar nicht besonders intellektuell, eher etwas schwerfällig mit seinem ausladenden Schnauzbart, der Glatze, der Fülle um die Körpermitte und seiner im Bayerischen stark dialektgefärbten Sprache.

Da können sich so manche Gesprächspartner leicht überlegen fühlen und werden so gesprächiger. Spätestens nach Beendigung des Gesprächs merkt er jedoch, dass Kapulski aus ihm Aussagen hervorgeholt hat, die er bei ruhigem Überlegen lieber doch nicht von sich gegeben hätte.

Paul Kapulski liebt seinen Beruf. Er kann selbständig arbeiten, erhält Einblick in die verschiedensten Berufe, Situationen und Geschäfte und kann mit der Arbeit reifen.

Nach der Untersuchung von Specht ist also klar: Hans Drescher ist ermordet worden. Der Mörder hat Dreschers Leidenschaft für schnelle Autos und für riskant hohe Geschwindigkeit für seine Tat genutzt.

Am nächsten Morgen fährt Kapulski erneut nach Obertieming. Er wendet sich zur Buch- und Offsetdruckerei Alois Ganzer.
Ob er wisse, wo Hans Drescher den Kundendienst für seinen Porsche besorgen ließe, wo er zum Beispiel die Winter- und die Sommerreifen auswechseln ließe. Wer das denn mache.
Alois Ganzer wusste nur, dass Hans Drescher das Auto beim "Porsche-Zentrum" in Torstadt erworben hatte. Ob er dort auch den Kundendienst und den Reifen- oder Radwechsel machen lasse, entziehe sich seiner Kenntnis.

Kapulski sucht im Telefonbuch die Nummer des Porsche-Zentrums und wählt sie auf seinem Handy.
"Nein", ist die Antwort, " das lasse Herr Drescher wohl wo anders machen, oder er mache es selber. Er habe sich seit dem Kauf des Wagens nie wieder sehen lassen."

Weiter in der Druckerei.
Aber auch Dreschers Kollegen können keine Auskunft geben.
Lediglich einer sagt hinter vorgehaltener Hand: "Vielleicht macht es ihm einer seiner schwulen Freunde?!"
Paul Kapulski wird hellhörig.
Einer seiner schwulen Freunde?

"Ja, ja, das ist bekannt, dass Hans Drescher homosexuelle Beziehungen hatte", so ein andrer.

„Das haben Sie mir bei unserem gestrigen Gespräch verschwiegen", wendet sich Kapulski an Ganzer.

Chef Ganzer bestätigt schließlich, dass Drescher homophil war. Aber, das habe ihn nie gestört. Das sei dessen persönliche Sache gewesen.

Auch, mit wem er „in Beziehung" stand, bzw. wo Drescher seine sexuellen Neigungen auslebte, weiß niemand zu beantworten.

Weder Ganzer, noch Bürgermeister Zauser noch Geschäftsleiter Hermann Dachs.

Kapulski erinnert sich: Ganzer hatte ihm geschildert, dass Drescher seine Freizeit hauptsächlich in München verbringe und dass er deshalb in Obertieming kaum Freunde oder Bekannte habe.

Er muss also im Münchner Schwulenmilieu ermitteln.

In seinem Büro angekommen, bittet er seine Sekretärin, die wichtigsten Schwulentreffs in München zusammen zu stellen.

Sie findet im Internet eine ganze Reihe von einschlägigen Lokalen.

Sie telefoniert alle durch. Ohne Erfolg. Sie hat den Eindruck, mit einer Frau spricht man nicht.

Sie war einmal vor Jahren per Zufall in eine solche Gaststätte gekommen. Erst nach und nach hat sie bemerkt, dass sich hier nicht alles "normal" abspielt. Sie konnte aber feststellen, dass alle Anwesenden ihr gegenüber äußerst liebenswürdig und freundlich waren. Trotzdem war sie erleichtert, als sie wieder im Freien war.

Im "Blauen Löwen" in der Münchner Demianstraße, im Gärtnerplatz-Viertel, wird sie schließlich fündig.

Es ist früher Nachmittag.

Im Lokal dösen einige Gestalten.

Zum Teil skurril gekleidete, geschminkte Kerle. Sie sitzen an den Tischen oder lehnen an der Bar.

Meist haben sie ein Glas Wasser vor sich, oder einen Espresso, die aber schon lange Zeit dort unberührt zu stehen scheinen.

Auch der Wirt gehört zum "Milieu".

Zunächst ist er nicht bereit zu sprechen, auch nachdem Kapulski seine Dienstmarke vorgezeigt hatte.

Erst, als ihm gesagt wird, Hans Drescher sei tot, wird er sprechbereit.

Hans Drescher sei regelmäßig hier gewesen.

Er habe viele Kontakte gepflegt.

Zuletzt aber nur noch mit Fred.

"Wer ist Fred?"

"Fred ist ein Strichjunge, der sich für Geld zur Verfügung stellt."

"Ist Fred hier?"

"Nein, ich habe ihn mindestens eine Woche nicht mehr gesehen".

"Wie kann ich ihn erreichen?"

"Am besten hier im Lokal. Normalerweise ist - oder war - er regelmäßig ab 20 Uhr an der Bar und wartet auf Hansi."

Hansi ist niemand anderer als Hans Drescher.

Am Abend, nach 20 Uhr, ist Paul Kapulski wieder im "Blauen Löwen".

Drei oder vier Männer hängen an der Bar.

An ihrem Äußeren und ihrer soften Kostümierung sind sie unschwer als "Schwule" zu erkennen. So oder so ähnlich hatte er sie sich auch vorher schon immer vorgestellt.

Einer davon, ein hübscher Junge, oder wie es im Jargon heißt, ein "süßer Boy" mit einem Engelsgesicht und pas-

23

senden langen, blonden Locken, sowie langen, oder verlängerten Wimpern, Rouge im Gesicht, wendet sich an Kapulski:

"Bist du auch so einsam? Wollen wir uns nicht etwas unterhalten? - Aber nicht hier."

"Nein, ich warte auf Fred"

"Er kommt nicht", weiß der Boy.

"Er hatte eine Auseinandersetzung mit seinem Lover. Dabei ging es ziemlich heftig zu, musst du wissen. Und seitdem habe ich die Beiden nicht mehr gesehen."

"Wie heißt Fred mit Familiennamen und wo wohnt er?"

"Das weiß ich beim besten Willen nicht."

Auch der Wirt will damit nicht heraus rücken.

Erst als Kapulski droht, ihm die Konzession entziehen zu lassen, nennt er den vollen Namen: Alfred Dommert.

"Wo er wohnt, weiß ich nicht."

Am nächsten Morgen spuckt in der Kriminalinspektion der Computer die erforderlichen Daten aus.

Alfred Dommert wohnt nur um die Ecke vom "Blauen Löwen".

Kapulski läutet an der Tür.

Ein etwa 20 Jahre alter Mann öffnet.

Er hat, wie der Mann an der Bar, lange blonde, aber jetzt unfrisierte wirre Locken. Die Schminke in seinem Gesicht ist verwischt. Er trägt einen windigen Bademantel über schmuddeliger Unterwäsche.

Offensichtlich hat ihn Kapulski aus dem Bett geholt.

"Kriminalpolizei". Er zeigt seine Marke.

Dem Kommissar entgeht nicht, dass der junge Mann heftig erschrickt, sich aber sehr schnell wieder fängt.

"Sie wünschen?"

"Sind sie Herr Dommert?"

"Ja"

"Kennen Sie einen Herrn Hans Drescher?"
Fred zuckt.
Die Frage kommt so unerwartet, dass er wie automatisch antwortet:
"Ja".
Kapulski drängt Fred ins Innere der Wohnung, schließt die Tür.
Es ist ein Einzimmer-Appartement, sinnvoll geschnitten: Eine kleine Diele, ein relativ großes Zimmer, das im Augenblick zum Schlafen hergerichtet ist mit einem breiten Bett mit roter Bettwäsche, das zusammengeklappt werden kann, um den Raum zum Wohnen nutzen zu können mit kleiner Kochnische.
Anschließend ein sehr kleines Bad mit WC und Dusche.

"Wann haben Sie Hans Drescher zuletzt gesehen?"
"Ich weiß nicht - gestern - oder vorgestern."
"Sie lügen!"
"Warum sollte ich ..?"
"Sie hatten mit ihm ein Verhältnis ... Ein Liebesverhältnis?"
"Ja" stammelt Fred, "aber was soll das?"
"Sie hatten Streit?" -
"Ja"
"Wann haben Sie ihn zum letzten Mal gesehen? - Jetzt aber die Wahrheit!"
"Vor etwa 14 Tagen.
"Wo war das?"
"Hier in meinem Zimmer".
"Worum ging der Streit?"
"Das möchte ich nicht sagen"
"War es Eifersucht? Hatte Hans Drescher einen anderen Lover?"
"Darüber spreche ich nicht"

"Dann muss ich Sie in Untersuchungshaft nehmen.
Hans Drescher ist mit seinem Auto tödlich verunglückt. Es war manipuliert.
Sie stehen im Verdacht, dass Sie ihn haben beseitigen wollen. - Ich muss Sie wegen Mordverdachts vorläufig festnehmen."

Paul Kapulski ließ die Handschellen um die Handgelenke Freds zuschnappen, nachdem dieser die wichtigsten Dinge für einen Aufenthalt im Untersuchungsgefängnis zusammengepackt hatte.

Während der Verhöre leugnet Fred stets, sich am Auto Dreschers betätigt zu haben.
Auch weist er entschieden zurück, dass er und Drescher in höchster Erregung handgreiflich geworden seien und dass Drescher ihn geohrfeigt habe.
Als der Kommissar ihm vorhielt, Drescher habe ihm eröffnet, dass er sich von ihm abwenden wolle, dass er künftig seine Wohnung nicht mehr bezahlen und auch die regelmäßigen Bargeldleistungen einstellen werde, dass er ihn im Übrigen bei der Polizei zur Anzeige bringen werde wegen ungenehmigter Prostitution, leugnet er empört.
Kein Wort davon sei wahr.
Nach tagelangem Verhör gibt Fred immerhin zu, dass er von Drescher regelmäßig Geld erhalten habe.

II

Der Schlüssel für die ganze Geschichte liegt in dem Geschehen etwa zwei Jahre früher, im Jahr 2000.

Ewald Meier ist noch Bürgermeister von Obertieming. Kommunalwahlen sind erst im März 2002.

Seit zwei Jahren steht das ehemalige Krankenhaus leer. Es ist jenes Gebäude, das Paul Kapulski bei seinem Besuch in Obertieming später besonders aufgefallen ist. Es war das frühere Gemeindekrankenhaus, das nach der Krankenhausreform aufgelassen worden ist.

Bevölkerung und Gemeinderat sind in der Einschätzung, was mit ihm geschehen soll, gespalten.

Die einen möchten das "alte Gemäuer" am liebsten beseitigen und das Areal zu höchst möglichem Preis verkaufen. Die anderen plädieren für den Erhalt.

Immerhin ist dieses Biedermeierhaus das einzige historische Gebäude neben der Kirche und dem Pfarrhof in der Gemeinde.

Etliche Bauträger haben schon vorgesprochen. Und auch schon Angebote unterbreitet.

Bürgermeister Ewald Meier und die meisten Gemeinderäte plädieren für den Verkauf.

Den unterstützt auch der Geschäftsleiter der Gemeinde, Hermann Dachs.

Die Einnahmen würden der Gemeindekasse gut tun, die ohnehin stets Ebbe zeigt.

Der Gemeinderat solle einen Bebauungsplan für das Areal erarbeiten, dort eine Wohnbebauung vorsehen und das Baugebiet von einem Bauträger erschließen lassen.

Noch besser, die Gemeinde solle das erschlossene, parzellierte Gebiet einem Bauträger verkaufen.

Die zentrale, attraktive Lage könnte einen beachtlichen Erlös erwarten lassen.

Anders die Argumentation von Gemeinderat Franz Adam, Biobauer in Obertieming und von Gemeinderat und Druckereibesitzer Alois Ganzer.

Sie sprechen sich dafür aus, das Gebäude zu erhalten. Es stelle weit und breit das einzige im Biedermeierstil errichtete und in der Fassade original erhaltene Gebäude dar.

Zu Recht stehe es unter Denkmalschutz. Es wäre eine Schande, so ein wichtiges Zeugnis der Geschichte des sonst so geschichts- und gesichtslosen Obertieming dem "öden Mammon" zu opfern.

Das Gebäude gehöre sach- und fachgerecht saniert, der Park wieder hergerichtet und das Haus der Öffentlichkeit gewidmet.

Unversöhnlich stehen sich die Meinungen im Gemeinderat gegenüber.

Und derselbe Riss geht durch die Bevölkerung.

Dieses ehemalige Krankenhaus ist das wichtigste Gesprächsthema an den Stammtischen der Wirtshäuser.

Das Gebäude ist mächtig. Die etwa 40 Meter lange Hauptfassade ist im Stil der klassizistischen Biedermeier-Architektur gegliedert.

Etwa in der Mitte befindet sich der Eingang, ein Portal mit Säulen, darüber ein Balkon mit Balustrade aus Gusseisen, verspielt in den Formen, aber klar, weiß lackiert.

Die Fenster in den drei Etagen sind alle eineinhalb mal so hoch wie breit, im zweiten Stock etwas niedriger als im ersten, unterteilt mit einer Sprosse vertikal und zwei Sprossen horizontal. Sie sind im ersten Obergeschoss, der "Belle Etage" mit einem Stuckrundbogen gekrönt, in dem klassizistische florale Darstellungen eingearbeitet sind. Seitlich und zum zweiten Stockwerk hin ist das Bauwerk mit Lisenen gegliedert. An den Ecken und immer nach zwei Fenstern befinden sich Pilaster, geriffelt und stuckiert.

Das Dach ist ein so genanntes "Mansarddach" oder "Doppelwalmdach", ein "geknicktes" Dach, wobei der untere Teil steiler ist als der obere. Dadurch entstehen zwei Zonen. Der untere Teil ist mit "Mansardfenstern" versehen und diente zu Wohnzwecken, ursprünglich wohl dem Personal. Der obere ist Speicher.

Das Ganze macht einen herrschaftlichen Eindruck. Unverkennbar wirkt der Barock noch nach. Doch ist der Gesamteindruck nicht eher repräsentativ, sondern bürgerlich privat, nicht protzig, sondern individual.

Wenn das Gebäude auch schwer sanierungsbedürftig ist, hat sich sein Erscheinungsbild doch kaum verändert.

Erbaut wurde es 1830 von dem damals sehr erfolgreichen Schriftsteller Karl Philipp Ringelstein, der eine ganze Reihe historischer Romane geschrieben hatte, dadurch reich wurde und sich im Alter von 40 Jahren in diesem "Landhaus", wie er es nannte, niederließ.

Ringelstein war viele Jahre befreundet mit dem berühmten Wiener Architekten Joseph Georg Kornhäusel. Ringelstein und Kornhäusel waren etwa gleich alt. Sie hatten sich in Wien kennen gelernt, machten gemeinsame Reisen und blieben ein Leben lang befreundet.

Joseph Georg Kornhäusel war der herausragende Architekt des Wiener Klassizismus, sozusagen der "Wiener Schinkel" und einer der wichtigsten Architekten der ersten Hälfte des 19. Jahrhunderts. Er wirkte vor allem in Wien und in Baden bei Wien. Zu seinen bekanntesten Bauwerken gehören das Theater in der Josefstadt in Wien, der Ausbau des Stiftes Klosterneuburg und das Theater in Baden bei Wien, das aber leider im 20. Jahrhundert der Spitzhacke zum Opfer fiel.

Joseph Georg Kornhäusel war Mitglied der KK Akademie

der bildenden Künste in Wien, dessen Mitgliedschaft eine große Ehre darstellte.
Aus alter Verbundenheit hat er seinem Freund dieses Haus für Obertieming entworfen.

Ringelstein starb im selben Jahr wie der Architekt 1860. Er war alleinstehend und kinderlos und vermachte das Haus mit Park der Gemeinde Obertieming mit der Maßgabe, es als Gemeinde-Krankenhaus zu nutzen.
So geschah es.
Ringelstein wurde posthum zum Ehrenbürger der Gemeinde ernannt. Eine Straße trägt seinen Namen.

Bis Mitte der 60er Jahre beherbergte das Krankenhaus 50 Betten.
Betreut wurden die Patienten von Mallersdorfer Schwestern. Letzter Belegarzt war der damals einzige niedergelassene Arzt am Ort, der noch junge Dr. Bader.
Dann griff das Gesundheitsgesetz und das Haus musste geschlossen werden, da es wegen seiner geringen Kapazität und seiner primitiven Ausstattung nicht mehr in die moderne Krankenversorgung passte.
Die Schließung wurde von der Bevölkerung sehr bedauert. Immerhin hatte das Haus über 80 Jahre den Obertiemingern bestens gedient.
Zahllose Kinder wurden dort geboren und vielen Alten war es das Sterbehaus.
Dr. Bader war zwar "Allgemeinpraktiker", war aber auch in chirurgischen, kinder- und frauenheilkundigen Aufgaben sehr versiert. So dass er in vielen Fällen Hilfe gewähren konnte und die Leute so in ihrem Heimatort bleiben durften. Sie mussten nicht ins Kreiskrankenhaus nach Torstadt gebracht werden.
Nach Schließung des Hauses wanderten die Schwestern ab,

die Krankenhauseinrichtung wurde entfernt und das Haus samt Park an die Firma Mirza & Co in Torstadt verpachtet, die hier eine Filiale ihrer Fabrik für Brillengestelle einrichtete.

Im Jahr 2000 musste die Firma Mirza & Co, Torstadt, und mit ihr die Filiale in Obertieming wegen Zahlungsunfähigkeit schließen.

25 Mitarbeiter der Filiale, überwiegend Frauen, wurden entlassen und arbeitslos.

Der damalige Bürgermeister Ewald Meier erwirkte beim Konkursverwalter eine Abfindungszahlung an die Mitarbeiter.

Seit dem steht das Haus leer und zur Disposition.

Der Gemeinderat fasst nun mit 1 Stimme Mehrheit den Beschluss, das Areal höchstbietend zu verkaufen.

Eine ganze Reihe von Bauträgern stürzt sich auf den Ort. Jeder will die begehrte Immobilie nutzen.

Der Gemeinderat fasst den Aufstellungsbeschluss für einen Bebauungsplan "Wohnpark Ringelstein".

Das lässt eine Reihe von Gemeinderäten nicht ruhen.

Alois Ganzer macht sich zum Sprecher der Einwohner, die das Haus erhalten wollen.

Er beruft eine Versammlung ins Gasthaus zum Schwarzen Adler ein mit dem Ziel, eine Bürgerinitiative zur Erhaltung des Hauses zu gründen.

Das Gasthaus ist überfüllt.

Emotionen werden geweckt.

"Was sind das für vaterlandslose Gesellen, die dieses wichtige, dieses einzige profane historische Gebäude von Obertieming einfach versilbern wollen."

"Wir wollen dieses Haus, das der Erbauer an die Gemeinde für einen sozialen Zweck vermacht hat, behalten."

"Er hat es für ein Krankenhaus geschenkt. Nachdem ein solches in dieser Zeit nicht mehr möglich ist, sollte es anderen sozialen Zwecken dienen".

"Ja, wir wollen ein Altenheim, ein Seniorenzentrum. Ein solches ist für unsere Gemeinde wichtig, damit die Alten, die nicht mehr ihren Haushalt selber führen können, in Obertieming bleiben können und nicht wegziehen müssen".

"Und es sollten ein paar kleine Ein- oder Zweizimmerwohnungen für 'Betreutes Wohnen' entstehen für Leute, die nicht mehr alleine ihre Wohnungen betreuen können, aber nicht in ein Heim wollen."

Es war kein Problem, die nötigen Unterschriften beizubringen, die zur Beantragung eines Bürgerbegehrens notwendig sind.

Alois Ganzer, unterstützt von Biobauern Franz Adam, war über das Prozedere eines Bürgerbegehrens mit dem Ziel eines Bürgerentscheids bestens informiert.

Bürgermeister Ewald Meier aber hatte bereits mit Bauträgern, an der Spitze mit Wilfried Brauer, dem Geschäftsführer der W.B.Immo-GmbH & Co.KG in Torstadt Gespräche aufgenommen.

Brauer hatte zunächst weniger geboten als der nächste Bewerber, schließlich aber, noch während der Bieterfrist, aufgestockt. Sein Angebot war nun das günstigste und ihm sollte in der nächsten Sitzung des Gemeinderats der Zuschlag erteilt werden.

Das Ganze war nun wegen des Bürgerbegehrens gestoppt.

Alois Ganzer musste dafür büßen.

Seine Druckerei bekam fortan bis auf Weiteres keine Aufträge mehr von der Gemeinde.

Bei der Bürgermeisterwahl 2002 kann Bürgermeister Ewald Meier aus Altersgründen nicht mehr antreten. Er wird im Januar 65 Jahre alt und muss am 30. April gemäß Beamtenrecht als Bürgermeister ausscheiden.

Damit werden "die Karten neu gemischt", der Bürgermeis-
terposten wird frei.

Mark Zauser war immer schon politisch - und besonders
kommunalpolitisch - interessiert.
Er ist Mitglied des Gemeinderats und dort auch im Bau-
und Planungsausschuss tätig. Er gehört der Partei an, die
"den weiß-blauen Himmel über Bayern" erfunden hat und
deren Vertreter schon bei der Nominierung mit einem Aus-
gangswert von nahe 50% gewählt sind.
Die dann noch notwendigen paar Prozent wird er ohne
Problem einfahren.
Er hat eine Naturbegabung in freier Rede und verfügt über
eine hohe Überzeugungskraft, auch wenn seine Ziele und
Pläne oft diffus sind.
Seine Partei hat keinen besseren Kandidaten und so nomi-
niert sie ihn als Bürgermeister- und als Spitzenkandidat für
den Gemeinderat.
Und nicht nur das: auch für den Kreistag in Torstadt wird er
auf den Wahlzettel gesetzt, hier allerdings nicht auf einen
der vorderen Plätze.
Für Mark Zauser ist der Erfolg als künftiger Bürgermeister
also nicht nur in greifbarer Nähe, sondern eigentlich schon
perfekt.
Er muss ihn haben, nicht nur, weil er den entsprechenden
Ehrgeiz spürt, sondern auch, weil er beruflich nicht so erfolgreich war, wie er sich das gewünscht hatte.
Er ist in Frankfurt am Main geboren.
Seine Eltern sind beide früh gestorben. So wuchs er bei
einer Tante, der Schwester seines Vaters, in Frankfurt auf.
Dort besuchte er das Gymnasium und machte das Abitur im
humanistischen Zweig mit gutem Notendurchschnitt.
Da er schon seit Jahren eine künstlerische Ader in sich

verspürte und er viele für einen Unausgebildeten beachtliche Zeichnungen und Bilder produziert hatte, wählte er als Studium die Kunstgeschichte an der Johann Wolfgang Goethe-Universität in Frankfurt am Main.

Er beginnt das Grundstudium, in dessen Verlauf er "Scheine" erwirbt in allen großen Kunstzeitabschnitten.

Nach vier Semestern gilt es, die Zwischenprüfung zu bestehen, die zum Hauptstudium führt. Diese Prüfung ist mündlich. Mark Zauser besteht sie nicht.

Er könnte sie wiederholen, aber er unterlässt es.

Warum?

Seiner späteren Frau wird er gestehen, er habe unüberwindbare Schwierigkeiten mit seinen Professoren gehabt.

Zauser geht nach München.

Er schreibt sich in der Kunstakademie ein, "Freie Malerei und Bildhauerei" bei Prof. Anastasius Hahn.

Eine Mappe mit Zeichnungen, Entwürfen, Skizzen und Ölbildern musste er einreichen. Sie wurden akzeptiert, obwohl die Arbeiten nicht ganz den Vorstellungen der Jury entsprachen.

Mark wurde zur Eignungsprüfung zugelassen.

Diese teilt sich in eine praktische und eine theoretische.

In der praktischen muss er in Klausur das Thema bearbeiten: "Verkehr in der Großstadt".

Acht Stunden hat er dafür Zeit.

Das Ergebnis findet die Zustimmung der Eignungsjury. Auch die theoretische Prüfung kann er bestehen. Seine angeborene Beredsamkeit hilft ihm dabei entscheidend.

Die Aufnahme erfolgt auf Probe. Nach Ablauf der Probezeit, das sind zwei Semester, muss er sich der Probezeitprüfung stellen.

Er ist nun Student in München. Aber wie soll er seine Studien und sein Leben in dieser Zeit finanzieren?

Die Studiengebühren sind zu bezahlen, der Studentenwerksbeitrag und das möblierte Zimmer, das er unweit der Akademie gefunden hat. Und leben muss er auch.

Bafög erhält er. Diese reicht aber nicht. Auch Mittel aus der "Karl-Forster-Stiftung" bekommt er. Damit kann er wenigstens das benötigte Material, Pinsel, Farben, Zeichenblöcke, Stifte usw. finanzieren.

Um seine Finanzsituation zu fundieren, verdingt er sich im "Unionsbräu" in der Türkenstraße.

Dort arbeitet er täglich als Kellner von 18 bis 23 Uhr, an Sonn- und Feiertagen zusätzlich von 12 bis 15 Uhr.

Gerade an Sonntag-Mittagen ist viel zu tun. Unzählige Schweinsbraten schleppt er durchs Lokal und ungezählte Halbe Bier.

Er ist ein beliebter Kellner und kassiert gutes "Trinkgeld". Doch das wandert in einen großen Topf, aus dem auch die Bediensteten hinter den Kulissen, Schankkellner und Küchenpersonal davon abkriegen. Am Monatsende wird abgerechnet und christlich geteilt.

Diese Solidarität macht ihn auch für die Kollegen und vor allem Kolleginnen angenehm.

Aber ein Gast, ein junges Mädchen, hat ein besonderes Auge auf ihn geworfen.

Mark blieb es nicht verborgen.

Täglich kam es ins Lokal, suchte sich einen Tisch, den er bediente und machte ihm "schöne Augen".

Sie kamen ins Gespräch und vereinbarten ein Treffen am nächsten Sonntag, wenn er seinen Dienst um 15 Uhr beendet hatte.

Sie holte ihn ab.

Es war ein schöner Tag.

Sommer.

Heiß.

Sie gingen Richtung Englischer Garten. Beim Chinesischen Turm suchten sie sich einen schattigen Platz unter einem

Kastanienbaum.

Am Buffet holte er für sich und sie einen Kaffee.

Sie sitzen an Biertischgarnituren.

Viele Familien sind hier mit kleinen Kindern.

Es macht den Kleinen Spaß, in einem Boot zu sitzen und auf dem Kleinhesseloher See zu paddeln, auf den Wiesen Ball zu spielen.

Umso größer wird der Hunger und dann packt Mama die Brotzeit aus. Papa bekommt ein Bier, Mama und die Kinder ein Limo.

Die Sympathie zwischen unseren beiden ist nicht einseitig.

Auch Mark hatte Amors Pfeil verspürt.

Zur Feier des Tages und um sich das "Du" zu gestatten, spendiert Mark einen Prosecco.

So dauert es nicht lange, bis sie Hand in Hand gehen.

Schnell sind die Namen ausgetauscht. Hilde heißt sie, Hilde Kauter.

Auch er stellt sich vor: Mark Zauser.

Marks Hand tastet sich an ihre Taille.

Sie hat eine hübsche Figur, die ein „Münchner Dirndl" deutlich zur Geltung bringt, ein ebenmäßiges, schmales Gesicht mit großen dunklen Augen.

Gestört wird die Harmonie nur durch eine etwas kräftige Nase, die aber angeblich für einen starken Charakter steht.

Es dauert nicht lange, da ist die Frage zu klären: "Zu Dir oder zu mir?

Bei Mark: unmöglich!

Seine Zimmerwirtin ist konservativ. Sie duldet keinen Damenbesuch.

Bei Hilde geht es.

Erst muss er aber noch Dienst im "Unionsbäu" machen.

Um 23 Uhr holt sie ihn ab.

So wird das Zusammensein immer intimer.

Für beide wird es klar: Sie wollen zusammen bleiben.

Hilde studiert das Lehramt und möchte Grundschullehrerin werden.

Derzeit ist sie im Endsemester und hat noch einige Praktika zu absolvieren. Dann folgt die zweite Lehramtsprüfung.

Sie stammt aus Obertieming, einem Ort im Oberland im Landkreis Torstadt, mit ungefähr 6000 Einwohnern.

Dort hat die Mutter ein Haus.

Hilde möchte nach Abschluss des Studiums an der Grundschule Obertieming arbeiten.

Diesen Ort und diesen Namen hat Mark noch nie gehört.

Er erzählt ihr von seinem Studium auf der Kunstakademie und von seinem Traum, die Malerei und Bildhauerei zu seinem Beruf zu machen.

Aber noch ist es nicht so weit.

Eine Zwischenprüfung ist fällig.

Hier versagt er total. Zumindest in den Augen des Professors.

Professor Hahn und Mark kommen in der Kunstauffassung nicht zusammen.

Zauser malt gegenständlich-expressiv.

Dies passt nicht ins Studienkonzept von Professor Hahn.

In seiner Klasse herrschen "Installationen" vor, in der Malerei abstrakte Formen in monochromer Ausführung, gegeneinander geneigte oder sich abstoßende Dreiecke, Kreise tangential berührt und akribisch eingefärbt.

Mark liebt sprühende Farben, Stadtansichten im Regen, sich spiegelndes Licht, durch Pfützen pflügende Autos, von Reklameleuchten gefärbte nasse Straßen, Frauenakte oder Stillleben, Tisch mit weißem Tuch und Gläsern, vom einbrechenden Licht in Glanzflecken aufgelöst.

Mark besteht die Zwischenprüfung nach zwei Semestern nicht.

Die Frankfurter Situation wiederholt sich. Auch hier weigert sich Mark, die Prüfung zu wiederholen.
Die Akademie ist nicht seine Welt.
Er wendet sich ab und verlässt sie.

Da hört er von einem Restaurator von Ölgemälden, der einen einzigartigen Ruf besitzt: Anton Sehringer.
Mark bittet ihn, bei ihm assistieren zu dürfen.
Sehringer sieht sich Marks Bilder an.
Er erkennt, dass hier eine natürliche Begabung vorliegt, ein Verständnis für Farben und Formen.
Sie werden einig.
Studiengebühren muss er nicht bezahlen, aber den Job beim Union-Bräu muss er aufrechterhalten für seinen Lebensunterhalt.
Mark bleibt zwei Jahre bei Sehringer.

Alfred Dommert, genannt Fred, sitzt in Untersuchungshaft. Die Justizvollzugsanstalt in München ist ein Mammutunternehmen. Sie liegt im Stadtviertel Giesing, an der Stadelheimerstraße, wird deshalb auch kurz "Stadelheim" genannt, oder sarkastisch „Sankt Adelheim". Bis zu 2000 männliche Insassen über 16 Jahre kann es aufnehmen und beschäftigt etwa 500 Bedienstete.
Täglich wird Fred vernommen. Aber es ergibt sich nichts Neues.
Er weist jede Schuld am Tod von Hans Drescher, oder "Hansi", wie er ihn nennt, zurück.
Der vernehmende Untersuchungsrichter versucht, ihm klar zu machen, dass der Verdacht gegen ihn auf der Hand liege und wohl begründet sei.
Hans Drescher hatte ihm doch angekündigt, er werde sich von ihm zurückziehen. Das sei eine Katastrophe für ihn gewesen, nachdem "Hansi" nicht nur seine Wohnung fi-

nanziert habe, sondern ihn auch sonst finanziell "ausgehalten" habe.

Fred gibt das zu und dass er eifersüchtig war auf einen von ihm vermuteten neuen Lover von Hansi.

Er musste einen solchen vermuten. Denn Hansi brauchte einen. Und wenn er ihn, Fred, nicht mehr wolle, dann werde er wo anders einen suchen, wenn er ihn nicht schon gefunden hat.

"Wie verhält man sich in euren Kreisen in so einem Fall?"

"In welchem Fall?"

"Dass der Liebhaber einen verlässt zu Gunsten eines anderen."

"Ich weiß es nicht."

"Da wird schon einmal das Messer gezückt - oder?"

"?"

"Ein raffinierterer wird eine Tötungsmethode wählen, von der er hofft, nicht ertappt zu werden. Er könnte zum Beispiel die Radmuttern seines Autos lockern."

"Das weiß ich nicht."

"Was gab es vorher für eine Auseinandersetzung zwischen dir und Hans Drescher. War es der neue Liebhaber?" wollte der Beamte wissen.

"Nein. Es war belangloses Zeug" versuchte Fred abzulenken.

"Es war so belanglos, dass Drescher die Beziehungen zu dir abbrach!"

"Es waren lauter Kleinigkeiten, die sich im Laufe der Zeit anhäuften"

"Welche Kleinigkeiten?"

"Eifersüchteleien, momentane Wortinjurien, dumme Sprüche aus schlechter Laune ..."

Der vernehmende Beamte machte eine Pause.

Er stand auf und ging im Zimmer auf und ab.

Das Vernehmungszimmer war kahl.

Einzig ein kleiner Tisch und zwei sich gegenüber stehende Stühle. An der Wand ein nacktes Kruzifix ohne Corpus. Durch das hoch liegende vergitterte Fenster fließt in Streifen Licht.

"Wieviel Geld hat dir Drescher im Monat zugesteckt?"
"Das war unterschiedlich. Meist einen 100er, auch einen 50er, keine monatliche Gesamtsumme".
"Wieviel kam da so zusammen im Monat?"
"Auch das war unterschiedlich. - Aber nie mehr als höchstens 1000 Euro."
"Und diese Zuwendungen sollten nun wegfallen. Wie reagiert man auf so eine Ankündigung?"
Fred antwortete nicht direkt, sondern stellte nur fest:
"Sie fallen nun weg, nachdem Hansi tot ist".

Diese Dialoge wiederholen sich täglich mehrmals.
Stets hofft der Untersuchungsbeamte, Fred werde sich in Widersprüche verwickeln. Doch nichts dergleichen geschieht.
Mit bewunderungswertem Gleichmut erduldet er die steten und immer wieder gleichen Befragungen.

Im Rathaus Obertieming sitzt Verwaltungsoberinspektor Hermann Dachs an seinem Schreibtisch und ist damit beschäftigt, die Tagesordnung für die nächste Gemeinderatssitzung zusammenzustellen.
Die Sitzungen leitet gemäß Gemeinde- und Geschäftsordnung der Bürgermeister.
Er als Geschäftsleiter der Verwaltung muss aber anwesend sein und für eventuelle Fragen der Gemeinderäte zur Verfügung stehen. Er muss auch darüber wachen, dass die Sitzung vorschriftsmäßig abläuft.
Wichtigster Tagesordnungspunkt ist der beantragte Bürger-

entscheid.

Die im Artikel 18a der Gemeindeordnung erforderlichen Unterschriften von 10% der Einwohner war weit überschritten worden.

Der Gemeinderat muss nun darüber entscheiden, ob auf Grund des Antrages ein Bürgerentscheid zugelassen werden kann.

Das beantragte Bürgerbegehren stellt an die Wähler die Frage: "Sind Sie dafür, dass das ehemalige Krankenhaus, Flur-Nummer 688 Gemarkung Obertieming, im Eigentum der Gemeinde bleibt, also nicht verkauft werden darf und dass in ihm zu gegebener Zeit ein Senioren-Zentrum, also ein Senioren Wohn- und Pflegeheim eingerichtet wird".

Der Antrag wird begründet mit dem kunstgeschichtlich wertvollen Gebäude, das weit und breit seines Gleichen suche, mit der seinerzeitigen Auflage des Erblassers, das Haus für ein Krankenhaus umzugestalten - und, nachdem das heute nicht mehr möglich ist, statt dessen ein Senioren-Zentrum - eine andere soziale Einrichtung - dort zu errichten. Sodann wird die Notwendigkeit eines solchen Heimes begründet und darauf hingewiesen, dass die zentrale Lage und die Größe des Gebäudes mit dem anschließenden Park für den Zweck äußerst geeignet sei und ein anderes so zentral gelegenes Grundstück nicht zur Verfügung stehe.

Es sei vernünftig, ein Seniorenzentrum möglichst zentral zu errichten, damit die Alten sich nicht abgeschoben fühlen müssen, sondern am Leben des Ortes teilnehmen können.

Als Vertreter der Unterzeichneten wurden die Gemeinderäte Alois Ganzer und Franz Adam benannt.

In einer Beschlussvorlage wird Hermann Dachs dem Gemeinderat empfehlen, dem Antrag nicht stattzugeben mit der Begründung, dass der beantragte Bürgerentscheid nach Art. 18a, Absatz 3 Gemeindeordnung nicht zulässig sei.

Die Rechtsaufsicht im Landratsamt habe dann diesen Beschluss zu überprüfen.

Der Absatz 3 besagt, dass Bürgerbegehren über die Haushaltssatzung nicht zuzulassen sind.

In der vorliegenden Sache wäre aber die Haushaltssatzung betroffen, da der Erlös für den Verkauf des Areals bereits im Haushaltsentwurf eingeplant sei.

Bürgermeister und Geschäftsleiter sind heftig dafür engagiert, dass der Verkauf zustande kommt.

Wie nun der Gemeinderat entscheiden wird, ist allerdings offen.

Hermann Dachs rechnet zusammen:

19 Stimmen können, wenn alle Gemeinderäte anwesend sind, und Entschuldigungen liegen nicht vor, abgegeben werden. Dachs glaubt, dass neun Gemeinderäte sicher auf Bürgermeisters Seite sind. Dies reicht aber nicht, da zur absoluten Mehrheit zehn Stimmen erforderlich sind.

Da gibt es nach Meinung von Dachs einen "Wackelkandidaten": Gemeinderat Siegfried Auer, Rektor der Volksschule Obertieming.

Er wäre schon für einen Verkauf.

Er ist aber auch Heimatpfleger und als solcher hat er sich wiederholte Male für einen Verbleib des ehemaligen Krankenhauses im Gemeindebesitz und für eine Sanierung des Gebäudes ausgesprochen.

Ebenso ist er der Überzeugung, dass die Argumentation des Bürgermeisters und des Geschäftsleiters, das Volksbegehren sei nicht zulässig, nicht stichhaltig ist.

Er gehört zwar der Partei und Fraktion des Bürgermeisters an, ob die Parteitreue jedoch seine Überzeugungen als Heimatpfleger besiegt, ist zumindest fraglich.

Es gilt also, mit ihm zu reden und ihn auf die Bürgermeisterlinie einzuschwören.

Besonders interessiert am Kauf ist Wilfried Brauer, Geschäftsführer und Eigentümer der "W.B.Immo-GmbH & Co.KG" in Torstadt.

Er würde diese Immobilie erwerben und dort gemäß dem im Entwurf vorliegenden, von ihm erstellten Bebauungsplan das Wohngebiet "Wohnpark Ringelstein" mit Reihen- und Einzelhäusern errichten.

Wilfried Brauer hat in den letzten Jahren und Jahrzehnten alle Baugebiete geplant und ausgeführt, die Flächen dafür, die häufig, aber nicht immer, im Besitz der Gemeinde waren, erworben.

Keine andere Gesellschaft hatte eine Chance, zum Zuge zu kommen, denn Brauer brachte immer das für die Gemeinde oder andere Grundeigentümer günstigste Angebot.

Auch im Fall des ehemaligen Krankenhauses lag bereits, wie gehört, ein Kaufangebot Brauers vor. Und wie Dachs in nichtöffentlicher Sitzung bekannt geben konnte, lag es wieder um etliche Euro über dem nächstgünstigsten Angebot.

"Immo"-Brauer knöpfte sich nun den Rektor vor.

Er dürfe nicht von der Linie des Bürgermeisters abweichen.

Er solle bedenken, dass seine, Brauers, Firma seit Jahren wichtigster Sponsor der Volksschule Obertieming gewesen sei - und das solle doch so bleiben. Oder?!

Im Untersuchungsgefängnis Stadelheim wiederholt sich das Verhörspiel.

Nein, er sei unschuldig, wiederholte zum x-ten Mal Alfred Dommert, genannt Fred.

Ursachen für die Auseinandersetzung mit Hans Drescher seien nur Lappalien gewesen.

Er sei überzeugt, dass sich sein Verhältnis zu Hansi wieder normalisiert hätte, wäre er nur am Leben geblieben.

Der Untersuchungsrichter fürchtet, die Verdachtslage könne nicht ausreichen, um Anklage wegen Mordes zu erheben.

Fred hatte sich bei allen Verhören nie verheddert, oder sich in Widersprüche verwickelt.

Er hatte immer wieder versichert, nichts mit dem Unfall von Hans Drescher zu tun zu haben.

Ihr Verhältnis sei immer liebe- und vertrauensvoll gewesen, bis auf das eine Mal.

"Als er mir im Zorn eröffnete, mich nicht mehr finanziell unterstützen zu wollen, war ich überzeugt, dass diese Drohung nicht so ernst gemeint war."

"Diese finanzielle Unterstützung", sagte der Untersuchungsrichter, "war beachtlich. Können Sie sich vorstellen, wie hoch der monatliche Verdienst von Hans Drescher war und wie er sich dieses aufwendige Verhalten leisten konnte?"

"Das weiß ich nicht. Darüber hat er nie gesprochen - und ich habe ihn nie danach gefragt."

"Wir haben ermittelt, dass er die monatliche Miete von 480 Euro bezahlt hat und dass er Ihnen monatlich zwischen 1000 und 1500, in manchen Monaten sogar an die 2000 Euro zugesteckt hat."

'Zugesteckt' ist wohl der richtige Ausdruck; denn die Zahlungen erfolgten alle in bar. Auch die Monatsmiete hat er nicht direkt an den Vermieter, sondern an Fred persönlich in bar bezahlt.

"Können Sie das so bestätigen?"

"Ja".

"Gibt es noch weitere Zahlungen, die Hans Drescher für Sie geleistet hat?"

"Er hat mir auch die Kosten für Steuer und Versicherung meines gebrauchten Peugeot 107 erstattet."

Fred wurde aus der Haft entlassen.

Das war eine peinliche Situation für Kriminalhauptkommissar Paul Kapulski.
Er war es doch, der, überzeugt von dessen Täterschaft, Fred in die Untersuchungshaft eingeliefert hatte.

In Obertieming ist die Beerdigung von Hans Drescher angesetzt.
Die Kirche ist gut gefüllt, als Pfarrer Joseph Hirtnagel an den Altar tritt, um mit dem Totenamt zu beginnen.
Der Kirchenchor stimmt das Requiem von Rheinberger in d-moll op. 194 für Chor und Orgel an. Dann tritt der Pfarrer an den Ambo, um die Traueransprache zu halten.

Unter den Teilnehmern sind auch Kriminalhauptkommissar Paul Kapulski - und Alfred Dommert, genannt Fred.
Nach dem Trauergottesdienst ziehen Pfarrer und Ministranten mit Weihwasser und Weihrauch und unter Absingen der "schmerzlichen Gesetzlein" des Rosenkranzes bei ergiebigem Regen, gefolgt von der Trauergemeinde, hinaus zum neuen Friedhof.

Es gibt in Obertieming auch einen alten Friedhof rund um die Kirche - mit alten Grabsteinen und Monumenten aus Stein, Kunststein und Schmiedeeisen.
Aber er ist voll und deshalb aufgelassen. Allerdings mit der Maßgabe, dass in schon bestehende Gräber noch beerdigt werden darf.
Der Gemeinderat hat - denn es ist Sache der Gemeinde - einen neuen Friedhof am Rande des Ortes angelegt.
Es war ein Anliegen des Planers, diesen neuen "Gottesacker" gefühlvoll in die Landschaft zu legen.
Eine Natursteinmauer umgibt ihn, die Wege sind mit "Sandstreudecken" versehen, die Gräber von Rasen umgeben, viele Bäume zieren den Bereich, in der Mitte des Ge-

ländes befindet sich ein Brunnen mit einem großen Findling aus Kalkstein.

An vier Stellen gibt es Brunnen mit Gießkannen für die Friedhofsbesucher zum Gießen der Gräber und entsprechende Stellen zum Ablagern von Grün, von Erde und von Kunststoff.

Neben dem Haupteingang befindet sich die Aussegnungshalle.

Nachdem der Friedhof doch einige hundert Meter vom Ortskern abliegt und deshalb viele Besucher mit dem Auto kommen, wurde vor dem Haupteingang ein großer Autostellplatz ausgewiesen, fast so groß wie der Friedhof selbst, aber so, dass möglichst wenig Flächen versiegelt wurden. Deshalb wurden zur Befestigung der Flächen fast ausschließlich Rasengittersteine verwendet.

Am offenen Grab gibt es einige Reden. Zunächst von Bürgermeister Mark Zauser, der den Dank der Gemeinde für die vielen Jahre der Zugehörigkeit zum Gemeinderat zum Ausdruck bringt, dann vom Vorsitzenden Hans Obermeier der AfO, "Alles für Obertieming", ein Zusammenschluss von parteilosen Kommunalpolitikern. Alois Ganzer, der Eigentümer der Buch- und Offsetdruckerei, in der Hans Drescher gearbeitet hatte, ergreift das Wort:

"Hans Drescher war in meinem Betrieb nicht nur Werbe- und Medienvorlagenhersteller, oder wie man heute sagt, Mediengestalter für Digital- und Printmedien, sondern er war darüber hinaus meine rechte Hand in der Leitung des Betriebes.

Er war fast 15 Jahre bei mir treu tätig und versah seine Vertrauensstellung in all den Jahren in beispielgebender Weise. Meine Mitarbeiter und ich vermissen Hans Drescher sehr. Er hinterlässt eine Lücke, von der ich noch nicht weiß, ob sie sich je schließen lässt.

Er ruhe in Frieden"

Nachdem Hans Drescher alleinstehend war und keine Angehörige hatte, war Fred der einzige wirklich "Leidtragende".

Es war schon in der Kirche herumgeflüstert worden, wer dieser in seiner Aufmachung so skurrile Typ sei und die Obertieminger konnten, viele davon erstmals, ausgiebig betrachten, wie so ein Liebhaber ihres verstorbenen "schwulen" Mitbürgers aussieht, wie er sich gibt und wie er die groteske Situation in Kirche und Friedhof bewältigen würde.

Es erübrigt sich wohl der Hinweis, dass Fred nicht das Wort ergriff.

Er stand nur mit tränennassen Augen da und warf einen Bund roter Rosen dem Sarg ins offene Grab nach.

Das Wetter hat sich aufgelichtet, als die Beerdigungsteilnehmer sich auf den Rückweg machen.

Sie sind ratlos, wem sie nun kondolieren sollten. Denn das bildet ja immer den Schluss der Trauerfeier: den Angehörigen die Hand zu drücken, eine Schaufel Erde ins Grab zu werfen und es mit Weihwasser zu bespritzen.

Eine weitere Besonderheit ist, dass die kurze Mitteilung eines der Sargträger fehlt, der bei sonstigen Beerdigungen am Schluss das Mikrofon fasst und erklärt:

"Die Familie X bedankt sich für den Kirchgang und das Trauergeleit. Zum Trauermahl ist eingeladen der Pfarrer, die Ministranten, der Beerdigungsdienst, die Fahnenabordnungen und alle Verwandten ins Gasthaus zum Schwarzen Adler".

Alles ist heute anders.

Fahnenabordnungen gibt es nicht und Verwandte auch

nicht. So wird auf das Trauermahl verzichtet, was am meisten vom "Beerdigungsdienst" und vom Pfarrer bedauert wird.

Denn er muss nun fasten, weil seine "Hausfrau" nichts vorbereitet hat in Erwartung der sonst üblichen "Grämmesse", ein interessantes bayerisches Wort, zusammengesetzt aus dem Wort "greinen" = jammern, klagen, weinen und "messe", abgeleitet von lateinisch "mittere"= zusammenkommen.

Kapulski hatte während des Gottesdienstes und am Friedhof genau beobachtet, wer teilnahm.

Ihm war allerdings nichts Außergewöhnliches aufgefallen.

Fred hatte sich sofort nach der Beerdigung in seinen Peugeot gesetzt und war, ohne den Kopf noch einmal zu wenden, abgefahren.

Kapulski steht ohnmächtig vor der Frage, wer wohl die Schrauben am linken Vorderrad des Porsche gelockert und so Hans Drescher in den Tod geschickt hatte.

Es lässt ihn der Gedanke nicht los, dass die Schwulenszene damit im Zusammenhang steht.

Und wie konnte Drescher regelmäßig die hohen Mittel für seinen Freund und Partner aufbringen?

Mit diesem Gedanken steigt auch er in sein Auto und fährt zurück in seine Dienststelle nach Torstadt.

Dort findet er auf seinem Schreibtisch die Begründung des Untersuchungsrichters für die Freilassung Freds.

Am Abend fährt er nach München.

Die Sache lässt ihm keine Ruhe.

Dr. Günter Specht vom Kriminaltechnischen Institut hatte eindeutig festgestellt: das linke Vorderrad des Porsche war manipuliert. Das Ziel: der Fahrer, Hans Drescher, der bekannt war für seine rasante Fahrweise, sollte auf diese Wei-

48

se zu Tode kommen.

Wer hatte ein Interesse an seinem Tod?

Es ist klar, der Strichjunge Fred hat es gestanden: Drescher war homophil und hielt sich in der Münchner Schwulenszene auf.

Weiter: Fred wurde von Drescher ausgehalten. Aus Gründen, die bisher nicht zu ermitteln waren, weil Fred darüber schwieg, wollte sich Drescher von ihm zurückziehen und seine Zahlungen einstellen.

Ist daraus zu schließen, dass deswegen Drescher sterben musste?

Kapulski hatte so argumentiert.

Der Untersuchungsrichter folgt dem nicht.

Er hält die Verdachtsmomente gegen Fred für nicht ausreichend und verfügt seine Freilassung.

Der Tod Dreschers bringt für Fred keine Besserung. Warum sollte er ihn dann getötet haben?

Im Gegenteil: dadurch sind die Trennung und der Verlust der Zahlungen endgültig.

Verbleibt die Auseinandersetzung der beiden vor der Tat.

Kapulski stellt sich im "Blauen Löwen" an die Theke.

Der Wirt erkennt ihn wieder.

"Da hatten Sie wohl kein Glück mit Ihren Ermittlungen", meinte er. Die Schadenfreude war in diesem Satz nicht zu überhören.

Nach dem Bürgermeister sind die wichtigsten Personen in einer Gemeindeverwaltung der Geschäftsleiter und der Kämmerer.

Geschäftsleiter, bzw. der geschäftsleitende Beamte von Obertieming ist Verwaltungsoberinspektor Hermann Dachs, Kämmerer ist Josef Damann.

Hermann Dachs kam 1990 als 25-Jähriger in den Dienst der

Gemeinde. Er stammt aus einem kleinen Ort im Landkreis Fürstenfeldbruck.

Dort ist er geboren, dort besuchte er die Volksschule, die Realschule folgte in Fürstenfeldbruck und dann die Verwaltungsschule in München. Die praktische Ausbildung absolvierte er in seinem Heimatort.

Nach einem weiteren Jahr Dienst zog es ihn fort.

Er suchte eine Gemeinde, die groß genug war, um eine gewisse Anonymität herzustellen, aber auch klein genug, um überschaubar zu sein und zu gewährleisten, dass ein Verwaltungsleiter auch entsprechendes Ansehen in der Bevölkerung gewinnen und genießen konnte.

Solche Stellen sind rar und der Bewerber darf bezüglich Lage und Bedeutung des Ortes nicht allzu wählerisch sein.

Deshalb griff er sofort zu, als eine in Obertieming ausgeschrieben war.

Er bewarb sich und wurde zu einem Einstellungsgespräch eingeladen.

Mit ihm noch zwei weitere Bewerber.

Einer schied nach dem Gespräch sofort aus.

Er war so schnell im Reden, dass dem damaligen Bürgermeister Ewald Meier direkt schwindelig wurde. Mit so einer Person möchte er nicht zusammenarbeiten.

Der nächste war so mit Wissen vollgestopft, dass er den Bürgermeister stets ins Wort fiel, um ihn zu belehren, wenn eine Äußerung ihm nicht korrekt genug erschienen war.

Auch mit ihm wollte er nicht arbeiten.

Hermann Dachs dagegen schien ihm überlegt, auch fachkundig, vor allem aber sympathisch.

Deshalb schlug er ihn dem Gemeinderat vor.

Dieser war der Meinung, der Bürgermeister müsse schließlich mit dem Geschäftsleiter zusammenarbeiten. Deshalb folgte er der Empfehlung und stellte ihn einstimmig ein.

Hermann Dachs hatte sich schnell eingearbeitet.

Die Sekretärin muss er sich mit dem Bürgermeister teilen. Auch das bereitet keine Probleme, ebenso die Zusammenarbeit mit den übrigen Gemeindebediensteten.

Es war für ihn eine Selbstverständlichkeit, an den Gemeinderats- und Ausschusssitzungen teilzunehmen und Kontakt mit den Gemeinderäten und den Leuten aus Obertieming aufzunehmen.

Eine seiner Leidenschaften waren schon damals schwere Autos. Die ist ihm erhalten geblieben.

Heute fährt er einen weißen BMW 740i mit knapp drei Litern Hubraum und 240 KW entsprechend etwa 326 PS. Ein Gefährt, das gut und gerne seine 75000 Euro kostet. Gewiss kann man ein so aufwändiges Fahrzeug auch günstig im Gebrauchtwagenhandel erwerben. Aber doch bleiben hohe Kosten für Steuer und Versicherung, für Treibstoff und Kundendienst.

Auch sonst und in den täglichen Bedürfnissen liebte er den Luxus: Teure Klamotten, kostspielige Restaurants, viele Freundinnen.

Die Obertieminger fragten sich, wie er das alles finanzierte. So hoch war doch sein Einkommen gar nicht - aber vielleicht hat er geerbt, oder im Lotto gewonnen?!

Hermann Dachs war unverheiratet. Seine Blicke ließ er deshalb gerne schweifen. .

Er war gut aussehend, war groß und schlank mit wohl geformter Statur, also eher nicht athletisch, sondern zart, ohne überflüssige Pfunde, hatte blonde, kräftige Haare, die er lang, fast bis zur Schulter trug, ein glattes, stets pikfein rasiertes Gesicht, war immer korrekt und teuer gekleidet und hatte das Talent, sympathisch und interessant zu plaudern.

Kein Wunder also, dass die Obertieminger weibliche Jugend sich um ihn riss.

Und das nutzte er weidlich aus.

Sein hübsch eingerichtetes Appartement war deshalb oft Schauplatz intimer Treffen mit unterschiedlichen Partnerinnen.

Eine "fürs Leben" hatte er bislang nicht gefunden - eigentlich auch nicht gesucht.

Am ehesten käme nach seiner Meinung Sarah Bader in Frage, die Tochter des in Obertieming niedergelassenen Arztes Dr. Bader.

Sarah war 16, als Hermann Dachs 1990 nach Obertieming kam, er 25.

Sie hatte sich sofort in ihn verliebt. Und war dabei in Konkurrenz zu vielen anderen Mädchen und Frauen zwischen 12 und 72 geraten.

Die Eltern von Sarah nahmen ihre Schwärmerei für den jungen Beamten nicht allzu ernst.

Eine Schwärmerei eben. Die wird verstreichen.

Aber da irrten sie sich.

Sarah hatte nicht nur den Charme und den Reiz einer 16-Jährigen. Sie war auch intelligent und konnte durchtrieben sein. Und sie setzte auf ihre Durchsetzungskraft, auf ihre Zähigkeit und - nicht zuletzt - auf ihre erotische Ausstrahlung und die diesbezüglichen Fähigkeiten.

Aber auch andere Mütter haben hübsche Töchter.

So kam es schon einmal vor, dass sich Sarah an einer anderen, an einer Mitkonkurrentin rächen musste.

Da gab es hie und da verbale Auseinandersetzungen, bei denen auch einmal die Hand "ausrutschte".

Hermann genoss die Rolle des begehrten Mannes und dachte nicht daran, sich an eine fest zu binden und damit all die anderen zu verlieren.

Wenn er mit einem x-beliebigen Mädchen in seinem Appartement verschwand, wusste er, dass Sarah höllisch eifersüchtig würde, sollte sie es erfahren. Die Folge wäre, dass sie ihn noch mehr bedrängte.

Mit einem Wort: Hermann Dachs liebte die Abwechslung, kam aber wegen der Eifersucht seiner Anbeterinnen oft auch selber in schwierige Situationen und musste sich immer wieder verbaler und mitunter auch handgreiflicher Attacken erwehren. Genoss er diese Situation?

Mark Zauser hatte die ganze Zeit, in der er bei Anton Sehringer das Restaurieren von Gemälden, Rahmen, Zeichnungen, Skulpturen erlernt hat, auch selber gemalt.
Zum Kauf angeboten hat er sie in Münchens größter Galerie, der Leopoldstraße.
Dort standen sie in langer Reihe, die echten und die vermeintlichen Künstler, die Hobbymaler und die Kunsthandwerker.
An den warmen Sommerabenden gab es Hunderte von Flanierern, von mehr oder weniger interessierten. Aber ab und zu konnte er dort auch ein Bild verkaufen.
Vor allem an Touristen. Deshalb waren seine bevorzugten Motive Stadtansichten.
Es kam ihm zugute, dass er seine Ölbilder - und er malte nur in Öl, nicht in Acryl - in selber gefertigten, sehr ansprechenden Rahmen anbot.
Nach zwei Jahren hatte er es bei Sehringer zu großer Fertigkeit gebracht. Er überlegte sich, ob er sein Können nicht professioneller betreiben sollte.
Er suchte sich in München einen leer stehenden kleinen Laden, fand einen in der Türkenstraße, meldete sein Gewerbe als "Kunstmaler und Restaurator" beim Gewerbeamt und beim Finanzamt an und versuchte so sein Glück.

Hilde Kauter hatte inzwischen ihre Praktika absolviert und bewarb sich als Junglehrerin um eine Stelle in Obertieming oder Umgebung.

Die beiden Jahre waren Mark und Hilde stets beisammen gewesen. Sie waren sich einig, dass sie ein Paar bleiben und heiraten wollten.

Hilde hatte Glück. Ihre Bewerbung wurde berücksichtigt. Sie bekam eine Stelle an der Grundschule, zwar nicht in Obertieming, aber in Torstadt. Zudem mit der Maßgabe, dass sie nach Obertieming versetzt werde, sobald dort eine Stelle frei sei.

Hilde wird nun nach Obertieming ziehen und zu ihrer Schule in Torstadt „pendeln". Ihre Mutter hat dort ja ein Haus. Sie kann dadurch Miete sparen.

Mark Zauser sitzt in seinem Lädchen und hofft auf Kunden. Die bleiben aber weitgehend aus.

Er hat hohe Kosten: Für die Miete, für Strom und Heizung, für die Werbeanzeigen.

So muss er weiter im "Unionsbräu", der ja praktischer Weise nicht weit von seinem Laden entfernt ist, seine Kellnerdienste anbieten und am Sonntagnachmittag, wenn sein Mittagsdienst vorbei ist, steht er an der Leopoldstraße.

So kann er einigermaßen leben und für die Kosten aufkommen.

Da kommt Hilde mit einem Vorschlag.

"Wenn wir heiraten, könnten wir nach Obertieming ziehen und im Haus der Mutter unterkommen. Dort könntest du eine Restaurator Werkstatt einrichten und hättest keine Mietkosten."

"So weit draußen?"

"Für einen Restaurator ist es doch gleichgültig, wo er arbeitet. Sein Name, sein Können und sein Ruf sind wichtig. Es gibt da keine "Laufkundschaft".

Sie werden sich einig.

1983 heiraten sie.

Die Mutter - der Vater war schon vor langer Zeit gestorben

- ist froh, dass sie in ihrem Haus nicht mehr alleine leben muss.

Mark richtete sich im Keller eine Werkstatt ein.

Für den Laden in München hatte er einen sehr kurzen Mietvertrag, so dass ihm dort keine weiteren Kosten entstanden.

Endlich kann er seinen Kellner-Job im "Unionsbräu" aufgeben.

Mark Zauser wirbt massiv für seine Werkstadt und auch für seine Bilder, aber der Erfolg bleibt bescheiden.

Um sich einen guten beruflichen Ruf zu erwerben, bedarf es eines langen Atems.

Das Paar lebt vor allem vom als Junglehrerin noch nicht sehr hohen Gehalt seiner Frau.

Auch die Mutter unterstützt sie, soweit möglich.

Hilde ist glücklich. Endlich hat sie mit ihrem Mark zusammen eine eigene Wohnung.

Sie hatten sie einfach, aber sehr wohnlich eingerichtet.

Dafür konnten sie Hildes Bausparvertrag nutzen.

Die Wände zierten weitgehende eigene Gemälde, aber auch solche, die er von Kunden angekauft und restauriert hatte, wenn der Maler eine gewisse Bedeutung hatte.

Und da kannte er sich aus. Sehringer war ein vorzüglicher Lehrmeister.

Hilde wollte Kinder.

Aber Mark wiegelte ab. "So lange sich unsere finanzielle Situation nicht stabilisiert hat, ist das nicht möglich."

Wie die Stabilisierung aussehen könnte, hatte er schon überlegt.

Im Ort war er schnell eingelebt.

Er war immer schon an Kommunalpolitik interessiert.

Deshalb tritt er in eine Partei ein. Natürlich in die, die den weiß-blauen Himmel über Bayern erfunden hatte.

2002 werden Kommunalwahlen sein.

Der derzeitige Bürgermeister kann aus Altersgründen kein

weiteres Mal kandidieren.

Mark Zauser erkundigt sich, was so ein hauptamtlicher Bürgermeister verdient und stellt fest, dass dies das Vielfache ist, was seine Frau nach Hause bringt.

Damit steht für ihn fest: Er will Bürgermeister werden.

Er ist intelligent und beredsam, besitzt Überzeugungskraft und legt ein besonderes "soziales" Verhalten an den Tag: Das heißt, er ist fleißiger Besucher der Stammtische in den Wirtshäusern Obertiemings.

Die Wahl der Partei war erfolgt, weil sie ihn nach seiner Überzeugung besonders sicher zum Ziel bringen konnte.

Ihm ist bekannt, dass seine Partei für den Verkauf des ehemaligen Krankenhauses eintritt. So ist es auch sehr schnell Zausers Überzeugung dafür zu argumentieren.

So diskutiert er gekonnt im Gasthaus "Zum Schwarzen Adler".

"Was soll der Erhalt des alten Gebäudes, des ehemaligen Krankenhauses bringen? Nur Kosten ohne Nutzen! Und für andere, wichtigere Dinge ist dann kein Geld vorhanden."

"Do host Recht! I frog mi, was da Drucker, da Ganzer, davo hot, dass er a so fürs Renovier'n is."

"Da wird er bald die Druckaufträge vom Brauer verlieren, wenn er im Gemeinderat gegen den Verkauf stimmt."

"Ja, der Brauer, der will das Grundstück unbedingt haben."

"Und warum?"

"Weil er dort Häuser hinbauen möchte. Häuser, die wo was bringen!"

Er reibt dazu mit Daumen und Zeigefinger.

"Ich kann euch versichern", sagte Zauser, "wenn ich Bürgermeister bin, dann wird die alte Kiste sofort verkauft!"

An den Stammtischen bot er dafür all seine Überzeugungskraft auf.

Für ihn war das Gebäude "marode", deshalb nicht mehr sanierungsfähig und ein Klotz am Bein der Gemeinde.

Die gemeindlichen Einnahmen durch den Verkauf öffneten bessere Möglichkeiten.

Man weiß, dass Zauser ein Künstler ist und traut ihm deshalb Urteilsfähigkeit auch über Denkmalschutz zu.

Hermann Dachs legt den Beschluss des Gemeinderates, wonach das Volksbegehren nicht zugelassen werden soll, der Aufsichtsbehörde, sprich: Landratsamt, vor.

Begründet hat er es damit, dass das Vorhaben der Initiatoren die Haushaltssatzung der Gemeinde beträfe, da der Erlös für den Verkauf des alten Krankenhauses bereits im Haushaltsentwurf ausgewiesen sei.

Er vergaß auch nicht, darauf hinzuweisen, dass dieser Erlös für den Investitionshaushalt der Gemeinde unverzichtbar sei.

In einem Telefongespräch mit dem Juristen des Landratsamtes, Dr. Breiter, betonte er das besondere Interesse der Gemeinde und seiner Partei, dass das Volksbegehren abgeschmettert werde.

Er hatte mit seiner Intervention jedoch keinen Erfolg.

Sein Pech war, dass der Jurist des Landratsamtes nicht seiner Partei angehörte.

Deshalb wandte sich Dachs an den Parteifreund Landrat Toni Eiserer persönlich.

Er werde sehen, was sich machen lässt, so dessen Antwort.

Der Landrat lässt seinen Juristen zu sich ins Büro kommen.
"Es ist wohl klar", eröffnet er das Gespräch, "dass der Beschluss des Gemeinderates von Obertieming in Ordnung ist.
Der Antrag auf das Volksbegehren mit der vorliegenden Fragestellung muss zurückgewiesen werden."

Der Jurist, der die parteipolitischen Zusammenhänge im Landkreis zur Genüge kennt, hatte mit dieser "Vorladung" gerechnet.

"Ich sehe das nicht so.

Es ist zwar richtig, dass Volksbegehren, die die Haushalts-satzung der Gemeinde betreffen, nicht zulässig sind. Im vorliegenden Fall ist der Haushalt jedoch nicht direkt be-troffen, sondern nur indirekt."

"Direkt oder indirekt! Bitte keine Haarspaltereien! Der Haushalt ist betroffen und das Volksbegehren damit nicht zulässig! Basta!"

"So ist es nicht, Herr Landrat. Der Haushalt einer Gemein-de wäre indirekt stets betroffen, was immer auch verlangt wird. Wenn es so wäre, wie Sie meinen, dann gäbe es über-haupt kein Bürgerbegehren. Ich muss den Beschluss bean-standen. Der Gemeinderat muss einen neuen Beschluss fassen mit der Maßgabe, dass das Volksbegehren geneh-migt wird. Andernfalls müsste ich diesen Beschluss von Amts wegen ersetzen."

"Jetzt reicht es mir", so der Landrat. "Ich werde die Sache von der Regierung von Oberbayern prüfen lassen und dann selber einen für den Gemeinderat positiven Bescheid erlas-sen."

"Machen Sie das! Aber prüfen Sie noch einmal die Frage-stellung, die im Bürgerentscheid zu beantworten ist: 'Sind Sie dafür, dass das ehemalige Krankenhaus Obertieming, Fl.Nr. 688 Gem. Obertieming im Eigentum der Gemeinde bleibt .. ' Diese Fragestellung betrifft nicht die Haushalts-satzung."

Die Regierung bestätigt die Rechtsansicht von Dr. Breiter.
Eine peinliche Sache für Landrat, Bürgermeister und Ge-meindebeamten.

"Da war wieder ein subalterner Kerl in der Regierung tätig, der nicht "zu uns" gehört!" So der Landrat.

Es hilft nichts. In der nächsten Gemeinderatssitzung muss der Beschluss aufgehoben werden. Das Bürgerbegehren ist jetzt zugelassen.

Bürgermeister und Gemeindebeamter überlegen, was zu tun sei, um den Bürgerentscheid zu ihren Gunsten zu beeinflussen, d.h. dass die Bürger mehrheitlich die Frage mit "NEIN" beantworten.

Wer kann neben ihnen die Bevölkerung entsprechend beeinflussen?
Der Landrat? - Der Pfarrer? - Der Lehrer? - Die Vereine?

Als erstes treten sie an den Landrat heran.
Toni Eiserer ist bereit, den Parteifreunden zu helfen.
In der Bürgerversammlung, in der schon der Bürgermeister mit Engelszungen versucht, die Anwesenden von seiner Meinung zum Thema ehemaliges Krankenhaus zu überzeugen, tischt der Landrat seine Geschichte auf.
Zunächst lobt er den Bürgermeister ob seiner hervorragenden Leistungen, der Investitionen im vergangenen Jahr.
Er vergisst auch nicht, auf seine persönlichen Leistungen und die des Landkreises hinzuweisen.
Dann aber steigt er tief ein in die Frage, Erhalt des ehemaligen Krankenhauses - oder wie es in Obertieming nur heißt, des 'Biedermeierhauses' - oder Verkauf.
Er weist darauf hin, dass die Gemeinde im nächsten und den folgenden Jahren große Investitionen "schultern" muss.
Das Wort "schultern" benutzt er gerne. Auch andere "Parteisoldaten" gebrauchen diesen Ausdruck häufig. Offensichtlich stammt er aus dem Fundus der Rednerseminare der "Hans-Seidl-Stiftung".
"Es wäre unverantwortlich und nicht im Sinne der Bevölkerung, dieses Relikt aus einer vergangenen Zeit stehen zu lassen und auf die Einnahmen freiwillig zu verzichten."

Die Rechtsaufsichtsbehörde, nämlich sein Landratsamt, werde dann prüfen müssen, ob dieses Verhalten nicht einen rechtswidrigen Akt darstellt, der die Gemeinde um das bitter benötigte Geld bringe.

Ein Großteil der Anwesenden duckt die Köpfe ob des drohenden Unheils.

Gemeinderat Alois Ganzer eilt zum Mikrofon.

"Sehr geehrter Herr Landrat, Sie haben ja überzeugend über Ihre Rolle und die des Landratsamtes gesprochen und Ihr Lob für die Gemeinde höre ich gerne. Was das Biedermeierhaus jedoch angeht, sollten Sie Zurückhaltung üben. Dies ist eine Angelegenheit des eigenen Wirkungskreises und der Entscheidung des Gemeinderates vorbehalten. Der Gemeinderat hat den Bürgerentscheid zugelassen. Jeder wahlberechtigte Bürger ist aufgerufen, in spätestens drei Wochen schriftlich und geheim mit 'ja' oder 'nein' zu votieren. Ich bitte Sie, Herr Landrat, nicht mit Angstmache oder gar Drohungen Einfluss zu nehmen. Wir sind selber klug genug, eine Entscheidung zu treffen und bedürfen keines Ratschlags 'ex cathedra'."

Der Beifall, der nun aufbraust, erschreckt Landrat und Bürgermeister so sehr, dass sie in dieser Versammlung kein Wort mehr über den Bürgerentscheid und über das Biedermeierhaus verlieren.

Pfarrer Josef Hirtnagel war selbstverständlich auf der Seite des Bürgermeisters, wagte jedoch eine direkte Einflussnahme nicht.

Er meinte nur anlässlich einer Predigt, seine Pfarrkirche, ein historisches Juwel der Gemeinde, stünde zur Renovierung an. Das Ordinariat habe schon verlautet, dass die Pfarrgemeinde eine erkleckliche Summe hierzu beisteuern müsse, eine Summe, über die seine Gemeinde nicht verfüge. Er müsse deshalb an die politische Gemeinde herantreten mit der Bitte, den Betrag, der mit Spenden nicht gedeckt werden könne, als Zuschuss zur Verfügung zu stellen.

Nach Auskunft des Bürgermeisters seien Mittel für einen so hohen Zuschuss nicht vorhanden. Nach Verkauf des Biedermeierhauses gäbe es dann ausreichend Gelder auch dafür. Er wolle ja keinen Einfluss auf den laufenden Bürgerentscheid nehmen, er bitte aber doch alle "Brüder und Schwestern", dies in der Wahlzelle zu beherzigen.

Rektor Siegfried Auer, Gemeinderat in der Fraktion des Bürgermeisters und natürlich auch Gegner des Bürgerentscheids, versucht, am Biertisch tätig zu werden. Er ist zwar Heimatpfleger und als solcher grundsätzlich verpflichtet, die Heimat zu verteidigen - auch gegen Kräfte, die wichtige historische Gebäude entfernen wollen.

So toben zwei Meinungen in seiner Brust. Der Zahn des Heimatpflegers wurde ihm schon gezogen, als es darum ging, im Gemeinderat den Antrag auf Bürgerentscheid zu behandeln.

Damals hatte der Inhaber der W.B.Immo-GmbH & Co.KG dem Rektor erklärt, er müsse sein Sponsoring für die Volksschule einstellen, wenn er gegen den Verkauf stimme. Damit war schon damals klar: er ist für den Verkauf.

Am Stammtisch ist seine Einflussnahme begrenzt. Denn er findet dort eingefleischte Befürworter und Gegner.

Er pflegt sein Nein zum Bürgerentscheid und sein Ja zum Verkauf damit zu begründen, dass ja auch die Bayerische Staatsregierung ihr "Tafelsilber" verkauft habe, um den Landeshaushalt schuldenfrei zu gestalten.

Natürlich wird ihm entgegen gehalten, dass so ein Objekt, wie das Biedermeierhaus, genauso wie das staatliche "Tafelsilber" nur einmal verkauft werden kann.

Auch die örtlichen Vereine werden eingespannt.

Jeder Verein hat in Bälde irgendwelche Investitionen vor, für deren Verwirklichung gemeindliche Zuschüsse erforderlich sind. Es wird ihnen zwar nicht direkt gesagt, dass solche Gelder nur fließen, wenn sie und ihre Mitglieder für den Verkauf votieren. Aber durchblicken lässt es der Bürgermeister schon.

Vor allem der Schützenverein "Wilhelm Tell" unter dem ersten Schützenmeister Severin Dasch bangt um Gelder, wenn er in einem Jahr seinen neuen Schießstand errichten wird.

Aber auch der Sportverein fürchtet um Zuschüsse für das Vereinsheim.

So versuchen die Vereine Einfluss auf ihre Mitglieder zu nehmen, für den Verkauf des Biedermeierhauses zu votieren.

Es gibt auch für das "Ja" beim Bürgerentscheid Initiativen.

Erst mal gilt es, die Bevölkerung darüber aufzuklären, was so ein Bürgerentscheid bedeutet.

Ein Bürgerentscheid hat die Bedeutung eines Gemeinderatsbeschlusses. Er kann innerhalb eines Jahres nur durch einen neuen Bürgerentscheid abgeändert werden.

Wenn der Bürgerentscheid mit "Ja" endet, weil eine qualifizierte Mehrheit so abgestimmt hat, dann ist also ein Jahr gewonnen, in dem das Biedermeierhaus nicht verkauft werden darf.

Gemeinderat und Druckereibesitzer Alois Ganzer (AfO) und Gemeinderat und Landwirt Franz Adam (Die Grünen) sind, wie gehört, die Personen, die nach der Gemeindeordnung Artikel 18a, Absatz 4 die beim Bürgerbegehren Unterzeichnenden vertreten.

Auch Hans Drescher, der damals ja noch lebte, war ein

heftiger Befürworter des Erhalts.

Die Wählervereinigung "Alles für Obertieming" (AfO) wurde vor zehn Jahren von Alois Ganzer gegründet.
Ursprünglich war vom Vorsitzenden daran gedacht, dass in Obertieming nur eine einzige Liste zur Wahl gestellt werden sollte, auf der alle geeigneten Personen des Ortes vereint würden, also keine Parteilisten. Leider waren die Parteien dazu nicht bereit.
So kam in der Gemeinderatswahl 1996 neben CSU, SPD und Grünen auch noch diese Wählergemeinschaft auf die Wahlzettel.
Alois Ganzer und Hans Drescher waren auf dieser Liste in den Gemeinderat gewählt worden.
Nun stehen die Wahlen 2002 vor der Tür.
Nachdem der derzeitige Bürgermeister, Ewald Meier, aus Altersgründen nicht mehr kandidieren kann, wird es eine neue Bürgermeister-Ära geben.
Mark Zauser hat schon erklärt, dass er als Bürgermeister kandidieren wolle.
Seine berufliche Existenz als Künstler und Restaurator war eben zu bescheiden.
Er hatte zwar immer wieder etliche Kunden, die ihm ihre Bilder brachten, damit er den Firnis abnehme, das Bild reinige und wieder firnisse. Diese wenigen Kunden reichten aber nicht aus, den Mann, erst recht eine Familie zu ernähren.
Öffentliche Aufträge wurden ihm nicht erteilt, da er keine akademische Laufbahn mit Examina nachweisen konnte, ihm also die vermeintliche Qualifikation fehlte.
Gerade als aktiver Kunstmaler fühlte er sich jedoch befähigt hierzu.
Beispiel hierfür ist der Arbeitsbereich für Ergänzungen von Fehlstellen auf Gemälden. Hier ist viel künstlerisches Ge-

spür erforderlich, das keine Universität lehren kann. Voraussetzung ist eine fundamentale Materialkunde und Interpretationskunst. Sie lehrt nur die Praxis. Und die hat ihm Sehringer beigebracht.

Der Bilderrestaurator Anton Sehringer, bei dem sich Zauser das entsprechende Geschick angeeignet hatte, und der auch keine akademische Ausbildung nachweisen konnte, war der Meinung, das handwerkliche Können sei wichtiger als das "hochgestochene" akademische Studium, ja, die Restauratoren, die aus der Uni, der Akademie oder Fachhochschule kommen und sich als Diplom-Restauratoren bezeichnen dürfen, oder als "staatlich geprüfter Restaurator" hätten zu viel Wissen in sich hineingestopft, aber keine Ahnung von der handwerklichen Kunst und vom Gespür des erfolgreichen Restaurators.

Ihre Arbeit sei viel zu "kopflastig".

Gleichwohl: Weder Sehringer noch Zauser konnten auf öffentliche Aufträge hoffen.

Die junge Familie Mark und Hilde Zauser lebte vor allem vom Lehrerinnen-Gehalt der Frau und der Rente von Hildes Mutter.

Diesen unbefriedigenden Zustand wollte Mark Zauser nun ändern.

Denn er dachte ja daran, die Familie eines Tages durch Kinder zu vervollständigen.

Als er sich über das Gehalt eines Bürgermeisters in einer Gemeinde von der Größe Obertiemings erkundigt hatte, stellte er fest, dass dieses viel höher war, als er es sich vorgestellt hatte und dass es eine monatliche Größenordnung ausmachte, wie er sie als Künstler und Restaurator nie erreichen könnte. Zudem war dann auch für sein Alter vorgesorgt.

Da stand es für ihn fest: Er will und muss Bürgermeister werden.

In der Partei hatte er sich ob seiner Intelligenz und seiner angeborenen Beredsamkeit schnell vom einfachen Mitglied und von der "Jungen Union" hochgedient.

Vom Schriftführer zum stellvertretenden Ortsvorsitzenden und Delegierten zur Kreisversammlung war nur ein kurzer Schritt.

Als die Wahl des Vorsitzenden anstand und der bisherige, Rektor Siegfried Auer, zu fühlen begann, seine Position als Vorsitzender von Partei und Gemeinderatsfraktion sei nicht länger vereinbar mit den Aufgaben des Heimatpflegers, gab er zu erkennen, dass er den Ortsvorsitz aufgeben wolle.

Mark Zauser bewarb sich für diesen Posten und siehe da: Er bekam keinen Gegenkandidaten.

Das soll aber nicht sagen, dass er unumstritten war.

So mancher Parteigenosse traute sich ihm nicht über den Weg.

Seine unbestrittenen Fähigkeiten waren begleitet von einem undurchsichtigen Charakter.

Auch hielt man ihm hemmungslosen Opportunismus vor.

Seine immer öfter nebulösen Äußerungen, die so überzeugend klingen konnten, waren gemeinhin leer und ließen keine Ziele, Standpunkte und Überzeugungen erkennen.

So kam es, dass er bei der Wahl des Parteivorsitzenden, bei der er keinen Gegenkandidaten hatte, weil die Partei keinen geeigneten fand, ein Ergebnis von kläglichen runden 76% erzielte.

Mark Zauser störte das nicht. "Gewählt ist gewählt".

In dieser Position sah er sich natürlich auch als "geborenen" Kandidaten für das Amt des Bürgermeisters.

Bei der Wählergemeinschaft "Alles für Obertieming" (A-fO) sieht man mit sehr gemischten Gefühlen, dass sich Mark Zauser zum Bürgermeisterkandidaten aufbaut.

Die Mitglieder fürchten, mit diesem Bürgermeister kämen schlimme Zeiten für Obertieming.

Beispiel ist nun bereits das Thema "ehemaliges Krankenhaus".

So besteht Einigkeit, dass die AfO unbedingt einen Gegenkandidaten aufstellen müsse.

Im Bereich des Oberlandes gilt zwar jeder Kandidat der Staatstragenden Partei als praktisch schon gewählt. Deshalb müsse man ihm einen Gegenkandidaten gegenüber stellen, der das volle Vertrauen der Bevölkerung besitzt.

Bei der AfO kommt nur einer in Frage: Gemeinderat Alois Ganzer.

Er sträubte sich zunächst. Sein Betrieb, die Buch-und- Offsetdruckerei Ganzer, brauche seinen vollen Einsatz.

Er könne nicht als hauptamtlicher Bürgermeister tätig sein und nebenher die Druckerei führen. Das ginge schon rein zeitlich nicht. Eines von beiden käme dabei unter die Räder.

Seine Freunde beknieten ihn. Seine Frau könne doch den Betrieb mit Hilfe eines Geschäftsführers übernehmen.

Aber darüber müsse er mit seiner Frau erst sprechen.

Alois Ganzer ist gebürtiger Obertieminger. Er ist 1954 geboren, hat noch drei Geschwister, einen Bruder und zwei Schwestern.

Verheiratet ist er seit 1984 mit der fünf Jahre jüngeren Frau Theresia.

Sie stammt aus Torstadt.

Sie haben zwei Söhne, geboren 1985 und 1987.

Diese sind im Wahljahr 17 bzw. 15 Jahre alt und besuchen beide das Gymnasium in Torstadt.

Alois Ganzer hat eine kleine Druckerei von seinem Vater übernommen und sie zu der heutigen Größe ausgebaut.

Der ältere Sohn, der Vaters Vornamen Alois geerbt hat, sollte eines Tages die Druckerei übernehmen und weiterführen.

Aber das hat noch Zeit.

Theresia Ganzer stammt aus einer kleinen Buchdruckerei in Torstadt. Sie ist also im "Druckermilieu" aufgewachsen.

Nach der Realschule und Erlangung der Mittleren Reife begann sie eine Banklehre bei der Kreis- und Stadtsparkasse Torstadt.

Nach der dreijährigen Lehre wurde sie übernommen und zunächst im Schalterdienst eingesetzt.

Dabei konnte sie die erlernte Bankpraxis und Banktheorie in die Tat umsetzen und wurde selbstsicher im Gespräch mit den Kunden.

Kunde war auch Alois Ganzer.

Sie waren sich gleich sympathisch.

Nach kurzem hatte er sie zum Abendessen eingeladen.

Sie trafen sich, das heißt Alois erwartete sie vor den Torstuben in Torstadt. Dort hatte er einen Tisch reservieren lassen für zwei Personen, etwas abseits, damit sie sich ohne Publikum unterhalten konnten.

Er erzählte ihr, dass er Betriebswirtschaftslehre an der TU in München studiert hatte und nun dabei sei, den Abschluss als Mediengestalter für Digital- und Printmedien zu machen.

Er ist 28 Jahre alt, Theresia 23. Alois wird in einem Jahr die elterliche Druckerei übernehmen, zunächst als Juniorchef neben seinem Vater. Dieser werde demnächst 65 Jahre alt und habe verlauten lassen, dass er sich dann vom Betrieb zurückziehen werde.

Sie hatten ihr Pfeffersteak verzehrt und etliche Glas italienischen Rotwein geleert, als Alois den Mut fasste, bei Theresia direkt mit der Tür ins Haus zu fallen.

"Immer wenn ich in die Sparkasse komme, und Sie stehen an der Theke, bekomme ich Herzklopfen. Ich habe mich schrecklich in Sie verliebt. Und würde gerne auf ein 'Du' anstoßen".

Sie war nicht abgeneigt.

Alois ließ zwei Gläser Prosecco bringen und sie stießen an: Auf eine gemeinsame Zukunft!

Da kam aber ein Einwand von Theresia:

"Ich habe meine Banklehre abgeschlossen, möchte aber das Fachabitur ablegen und dann Betriebswirtschaftslehre studieren. - So lange müssten wir warten."

Alois rechnete: "Das wird etwa sechs Jahre beanspruchen." Und: "Ich warte auf dich!"

Nun kam es aber ein wenig anders.

Ein Kind meldete sich an.

So heirateten sie im Mai 1984.

Alois Ganzer hatte die väterliche Druckerei übernommen.

Das junge Paar bezog eine großzügige Wohnung im Betriebsgelände.

Zwei Söhne kamen 1985 und 1987.

17 Jahre waren seit der Hochzeit vergangen, als Alois vor die Frage gestellt wurde, ob er als Bürgermeister für Obertieming kandidieren könne.

Seine Frau wäre sicher im Stande, den Betrieb zu führen, auch wenn sie ihr Betriebswirtschaftsstudium nicht vollenden konnte.

Sie hatten einen tüchtigen Vorarbeiter, Hans Drescher. Ihn könnten sie zum Geschäftsführer machen, während Theresia als Chefin fungiert.

So erklärte er sich zur Kandidatur bereit.

Seine Freunde in der AfO waren überglücklich.

Mit Alois Ganzer würden sie es gegen Mark Zauser schaffen!

Sie erarbeiteten ein Konzept für den Wahlkampf.

Wichtigste Voraussetzung für einen Wahlsieg, war, dass der Bürgerentscheid zu ihren Gunsten ausging.

Dieser Entscheid war auf den übernächsten Sonntag festgesetzt.

Es waren dabei zwei Entscheidungen zu treffen:

1. Sind Sie dafür, dass das ehemalige Krankenhaus in Obertieming, Fl. Nr. 688 Gemarkung Obertieming im Gemeindeeigentum bleibt und nicht verkauft werden darf?

2. Sind Sie dafür, dass dieses Gebäude ab nächstem Jahr saniert und umgebaut wird für ein Seniorenzentrum?

Im Sinne der AfO sollten die Bürger zwei Mal mit "Ja" stimmen.

Dieses "Ja - Ja" wurde den Leuten nun eingebläut.

Ganzer druckte Flyer mit einem großen bunten Bild des Biedermeier-Hauses mit einem "Ja - Ja" darüber. Sie wurden an alle Haushalte verteilt.

Am Donnerstag vor dem Entscheid hielt die AfO im Gasthaus zum Schwarzen Adler eine "Aufklärungsversammlung" ab.

Die große Rede von Alois Ganzer war in zwei Teile gegliedert.

Zunächst rühmte er das Gebäude, das im ganzen Oberland seines Gleichen suche. Ein Gebäude, das der berühmte Wiener Architekt Joseph Georg Kornhäusel für seinen Freund, den renommierten Schriftsteller Karl Philipp Ringelstein entworfen hat und das 1830 errichtet worden ist. Das Gebäude, das Ringelstein per Testament der Gemeinde anvertraut hat mit der Maßgabe, dort ein Krankenhaus einzurichten.

"Wenn gemäß der gegenwärtigen Sozialpolitik ein Krankenhaus dieser Größe nicht mehr möglich ist, dann wäre eine vergleichbare Einrichtung ein Wohn- und Pflegeheim für die Senioren. Ein solches ist in der Zukunft unumgänglich. Unsere Alten sollen wissen, dass wir uns um sie kümmern, dass wir Vorsorge treffen, dass sie im Fall, sie brauchen Pflege, ihren Wohnort, wo sie womöglich geboren sind, wo sie möglicher Weise ein ganzes langes Leben gelebt und gearbeitet haben, nicht verlassen müssen.

Beide Aspekte, der Erhalt eines wichtigen historischen Gebäudes, zumindest seiner Fassade, und die Vorsorge für die Senioren sollen - nein müssen - uns verpflichten, beim Bürgerentscheid zweimal 'Ja' zu sagen."

Die Rede machte Eindruck.

Noch mehr, als am Samstag in den örtlichen Zeitungen über diese Rede in großer Aufmachung berichtet wurde.

Ganzer hatte diese Rede gedruckt und überall in Obertieming verteilen lassen.

Noch einmal bäumten sich Zauser und sein Freunde gegen diese Werbeübermacht auf.

Sie versuchten, mit Drohungen für ihr "Nein" zu werben: "Wenn dieses ehemalige Krankenhaus, das in einem erbärmlichen Zustand ist und das womöglich überhaupt nicht sanierungsfähig ist, von der Gemeinde hergerichtet werden muss, dann wird das Millionen verschlingen. Die Gemeinde ist finanziell lahmgelegt. Es bleiben dann keine Zuschussmittel mehr für den Schießstand des Schützenvereins und für das Heim des Sportvereins. In einigen Jahren werden wir ein neues Tanklöschfahrzeug für die Freiwillige Feuerwehr benötigen. Wir werden dann nicht in der Lage sein, die Mittel hierfür aufzubringen, wenn wir sie jetzt in diese alte Hütte stecken!"

Diese Drohungen waren schwergewichtig.

Weil die Behauptungen nicht hinterfragt wurden. Insbesondere die Behauptung von den "Millionen" war voll aus der Luft gegriffen, da es überhaupt noch keine Kostenschätzung gab.

Welche Argumente werden sich im Ergebnis des Bürgerentscheides niederschlagen - und welche werden die Entscheidung herbeiführen?

Das Rathaus hatte den Ort in drei Wahlbezirke aufgeteilt. Für jeden Bezirk war ein Raum mit Kabinen zur geheimen Stimmabgabe und einer Urne eingerichtet.

Obertieming hatte zum Zeitpunkt des Bürgerentscheides 5.844 Einwohner. Davon sind 3.565 wahlberechtigt. 2.923 gingen zur Wahl.

Die Frage hat obsiegt, die die meisten "Ja"-Stimmen und überdies mindestens 20% der Bürger auf sich vereinigen konnte.

Das Ergebnis war für Alois Ganzer, seine AfO und das Biedermeierhaus phänomenal:

Die erste Frage: Ja = 1.628 Stimmen
                   Nein = 1.295 Stimmen
Die zweite Frage. Ja = 2.380 Stimmen
                   Nein = 543 Stimmen

Damit waren beide Fragen mit "Ja" beantwortet. Die erforderlichen 20% Ja-Stimmen sind weit überschritten.

Die erste Frage wurde mit 1.628 Ja-Stimmen, entsprechend 55,7% der abgegebenen Stimmen angenommen. Das heißt, das Biedermeierhaus mit dem gesamten Grundstück darf nicht verkauft werden. Diese Bürgerentscheidung setzt den mit einer Stimme Mehrheit gefassten Beschluss, an Stelle des Biedermeierhauses einen "Wohnpark Ringelstein" zu errichten außer Kraft. Der Bürgerentscheid kann vom Gemeinderat ein volles Jahr lang nicht angetastet werden.

Die zweite Frage wurde mit erdrückender Mehrheit, mit 81,4% bejaht.

Offenbar haben auch Wähler, die die erste Frage mit nein beantwortet haben, für den Fall des Falles als Verwendung das Seniorenzentrum für richtig befunden.

Die Initiatoren um Alois Ganzer konnten triumphieren.

Mark Zauser und Umgebung waren geschockt.

Dieses Ergebnis muss als Stimmungsthermometer für die Bürgermeister- und Gemeinderatswahl in drei Monaten angesehen werden.

Mark Zauser sieht seine Zukunft gefährdet.

Gerhard Willmann, der Redaktionsleiter des "Torstädter Tag", eine Tageszeitung für Stadt und Landkreis Torstadt schrieb einen interessanten Kommentar:

"Das Ergebnis ist für die CSU des Landkreises Torstadt ernüchternd. Die Partei, für die all die Jahre der Erfolg als Gottes Wille galt, muss sehen, dass Obertieming aus der Reihe tanzt. Liegt es daran, dass Bürgermeisterkandidat Mark Zauser zu schwach, oder sein Konkurrent, Bürgermeisterkandidat Alois Ganzer zu stark ist? Oder liegt es einfach in der Sache? Haben Bürgermeister Ewald Meier und seine Fraktion aufs falsche Pferd gesetzt und den Willen der Bevölkerung verkannt?

Eine Gemeinde wie Obertieming müsste dankbar sein, dass ihr der einstige Ehrenbürger Karl Philipp Ringelstein dieses wertvolle Denkmal überlassen hat und sollte aufhören mit Ausdrücken wie ‚alte Burg‘, ‚altes Gemäuer‘, ‚marode Hütte‘ zu hantieren, sondern die Chance nutzen, es für das längst notwendige Seniorenzentrum herzurichten.

Alois Ganzer und die AfO haben die Stunde genutzt und können nun triumphieren. Zausers Partei hat zusammen mit seinem Kreisvorsitzenden, Landrat Toni Eiserer, eine bitterböse Niederlage erlitten, die ein Streiflicht auf die bevorstehende Gemeinderats-, Bürgermeister-, Kreistags- und Landratswahl wirft.

Es hat sich damit erwiesen, dass reine Parteipolitik, wie sie Landrat Eiserer bei der jüngsten Bürgerversammlung in

Obertieming gezeigt hat, bei der aufgeklärten Bevölkerung
nicht mehr ankommt.
Ganz gleich, wie der geneigte Leser zu der Sache steht,
eines dürfte klar sein: Das Ergebnis des Bürgerentscheids
war im Sinne unserer Volksdemokratie ein großer Erfolg.

Zausers Partei muss jetzt alles unternehmen, um die Stimmung in der Bevölkerung zu ihren Gunsten zu ändern.
Es wird mit dem Parteikreisvorsitzenden, Landrat Toni Eiserer, ja mit dem Generalsekretär in München gesprochen.
Beide haben versprochen, behilflich zu sein und nach Obertieming zu einer Wahlversammlung zu kommen.
Wahlprospekte in bunten Farben mit schönen Ortsansichten werden hergestellt. Leider lässt es sich nicht vermeiden, dass auf dem einen oder anderen Bild auch das Biedermeier-Haus zu sehen ist. Gedruckt werden sie nicht bei Alois Ganzer, sondern in einer der Partei nahestehenden Druckerei in Torstadt. Die Gegenseite soll nicht im Vorhinein Kenntnis von den Inhalten bekommen.
Dasselbe gilt für die Plakate.
Eines von Mark Zauser hat ein Witzbold bei Nacht und Nebel mit dickem schwarzem Filzstift überschrieben mit: "Lieber ein Biedermeierhaus in der Gemeinde, als Biedermeier im Gemeinderat!"
Der heftigste Wahlkampf entbrannte aber in den Wirtshäusern.
Am Stammtisch im Gasthaus zum Schwarzen Adler führte Mark Zauser das Kommando.
Alois Ganzer war meist im "Gasthaus Am Waldrand" anwesend und wortführend.
Die Jugend aber traf sich in der Kneipe "Ums Eck":
Die Wogen der Argumentationen schwappten hin und her.
Über Alois Ganzer hieß es, er solle sich lieber um seinen

Betrieb kümmern und um die Arbeitsplätze, die er als größter Arbeitgeber in der Gemeinde bietet.

Mark Zauser muss sich anhören, er habe in seinem Beruf und Metier versagt. Wer im Privaten und Persönlichen nichts tauge, der werde auch die Gemeinde nicht vorwärts bringen.

Spitzenkandidaten auf der Gemeinderatsliste waren für die CSU: Mark Zauser, für die AfO: Alois Ganzer, für die SPD: Franz Zundinger, für die Grünen: Franz Adam.

Bürgermeisterkandidaten gab es allerdings nur zwei: Zauser und Ganzer.

Die Tage und Wochen verstrichen.

Der Generalsekretär der Partei aus München wurde gebührend empfangen.

Nach Strauss-Passauer Manier spielte die Obertieminger Schützenkapelle den Bayerischen Defiliermarsch zum Einzug.

Mark Zauser begrüßte den "hohen Gast" aus München und den Landrat, "unseren" Landrat, wie er sich ausdrückte.

Der Generalsekretär sprach hauptsächlich über Landespolitik, wie viele Probleme es zu "schultern" gelte und dass Mitglieder von Wählergemeinschaften zu feige seien, Farbe zu bekennen und einer Partei beizutreten.

Dagegen seien Bewerber bei der Wahl, die für ihre Partei antreten, ehrlich und verdienten die Stimmen der Wähler.

Der Landrat sprach über Denkmalschutz und dass dieser nicht dazu führen dürfe, dass die Gemeinde- und Kreiskassen ausbluten und für wichtigere Dinge keine Mittel mehr vorhanden seien.

Es war für jedermann erkennbar, dass damit das Biedermeierhaus gemeint war.

Hier gab es Pfiffe. Ein Zeichen, dass nicht nur Parteifreunde im Saal waren.

Dann ergriff Mark Zauser das Wort.

Er hatte nur noch den Bügerentscheid und das Bieder--
meierhaus zum Thema.

Es seien falsche und unrichtige, ja lügnerische Behauptungen geäußert worden.

Schon die Fragestellung im Bürgerbegehren und im Bürgerentscheid sei irreführend gewesen.

Sie sollte suggerieren, dass ein Seniorenzentrum, das natürlich auch er bejahe, nur im Biedermeierhaus untergebracht
werden könnte.

Selbstverständlich könne ein Seniorenzentrum auch an
anderer Stelle errichtet werden.

Ein Neubau sei nicht teurer als die Sanierung eines so bau-
fälligen alten, verbrauchten Gebäudes.

Dass so auch die Meinung des Wählers zu verstehen ist, der
nur mit 56% für den Erhalt des Hauses, für die Errichtung
eines Seniorenzentrums aber mit 81,4 % votiert hatte.

"Wenn Sie mir Ihre Stimme bei der Bürgermeisterwahl und
bei der Gemeinderatswahl geben, verspreche ich Ihnen,
dass noch in diesem Jahr mit dem Bau eines Seniorenzentrums begonnen wird!"

Dieses Wahlversprechen stand zwar im Widerspruch zum
Ergebnis des Bürgerentscheids, sollte aber dazu dienen,
einen Vorsprung vor Ganzer zu erreichen und zu halten.

Um das zu untermauern, stellte Mark Zauser für seine Fraktion den Antrag an den Gemeinderat, noch bevor der neue
Bürgermeister und der neue Gemeinderat ins Rathaus ein-
ziehe, mit den Vorarbeiten zu beginnen und ein Seniorenzentrum auf dem Grundstück der Gemeinde "Am Waldrand" zu planen. Das Grundstück sei größer als das beim
Biedermeierhaus.

Dieser Antrag wurde im Wortlaut an die Presse verteilt, so
dass schon zwei Tage später in den örtlichen Blättern dieses
Vorhaben bekannt gemacht wurde.

Wiederum hatte dies einen bissigen Kommentar von Gerhard Willmann im "Torstädter Tag" zur Folge.

Bürgermeisterkandidat Mark Zauser und seine Mitstreiter wollen im Falle ihrer Wahl ein Seniorenzentrum "Am Waldrand" errichten.

Abgesehen davon, dass ein solches Heim nicht an den Waldrand abgeschoben werden darf, sondern so zentral wie möglich liegen sollte, hat man das Gefühl, dass sich die Initiatoren dieses Vorhabens damit selber "an den Rand" begeben haben.

Sie müssten wissen, dass der Bürgerentscheid eindeutig eine andere Sprache spricht. Er sieht vor, dass das Haus nicht verkauft werden darf und dass ein Seniorenzentrum dort - und nur dort errichtet werden soll. Jeder Wähler muss wissen, wie die Fakten sind. Es ist nicht zulässig, diese zu verschleiern und zu verdrehen. Für ein volles Jahr ist der Entscheid bindend. Gleich, welcher Bürgermeister ab 1. Mai im Rathaus sitzt, er muss sich an diesen Entscheid halten.

Natürlich ließen Zausers Veröffentlichungen Bürgermeisterkandidat Alois Ganzer und seine Freunde nicht ruhen.

Vor allem das Argument, ein Neubau sei nicht teurer als die Sanierung eines "nicht mehr sanierungsfähigen" Altbaus zerpflückten sie bis ins Detail mit unzähligen Fakten und Zahlen.

Für sie gilt ja nach wie vor, es sei sinnvoller und selbstverständlich auch billiger, das bestehende, im weiten Umkreis bekannte, unter Denkmalschutz stehende Gebäude zu sanieren und einem sozialen Zweck zuzuführen, als es mit großen Kosten abzureißen und dann den wertvollen Grund für unschöne Reihenhäuser zu opfern. Der Erbauer des Hauses,

Ehrenbürger Karl Philipp Ringelstein, dem die Gemeinde auch eine Straße gewidmet hat, würde sich im Grab umdrehen, wenn er sähe, dass so mit seinem Vermächtnis umgegangen wird.

Es bleibt dabei: "Wenn Sie mir bei der Bürgermeisterwahl und der AfO bei der Gemeinderatswahl Ihre Stimme geben und wir im nächsten Gemeinderat gegenüber Zauders Partei eine Mehrheit finden, werden wir noch heuer mit der Planung des Umbaues und mit Verhandlungen mit potentiellen Betreibern eines Senioren Wohn- und Pflegeheimes beginnen. Das verspreche ich Ihnen"

So sind die Koordinaten für die Wahl gesetzt.

Nur einer in den Reihen der AfO, Hans Drescher, ist hier anderer Meinung. Er möchte Haus und Grundstück an die W.B.Immo des Wilfried Brauer verkaufen, allerdings verbunden mit der Maßgabe, es zu sanieren und in ein Seniorenzentrum umzubauen.

Das Landratsamt Torstadt hat einen Erlass an alle Gemeinden herausgegeben, dass bei der anstehenden Kommunalwahl erstmals die Wahllokale bis 22 Uhr geöffnet bleiben sollen.

Weiters steht in diesem Rundschreiben, dass niemandem zugemutet werden kann, dann noch das Ergebnis durch Auszählen der Stimmen zu ermitteln.

Deshalb sollen in allen Gemeinden einheitlich um 22 Uhr die Wahlurnen mit den darin befindlichen Stimmzetteln verschlossen und versiegelt und in einem sicheren, versiegelten Raum im Rathaus aufbewahrt werden.

Am Montag soll dann ab 7 Uhr die Auszählung beginnen.

"Die ehrenamtlichen Wahlhelfer sind an diesem Tag, weil es ein normaler Arbeitstag ist, nicht zu haben. Deshalb muss die Auszählung von den Gemeindebediensteten vorgenommen werden.

Das Rathaus ist mit Ausnahme des Standesamtes an diesem Tag geschlossen.

Wilfried Brauer, der Geschäftsführer und Eigentümer von W.B.Immo-GmbH & Co.KG hat sein Büro in Torstadt. Sein Hauptaufgabengebiet und seine Spezialität ist es, Grundstücke aufzukaufen, für sie in Zusammenarbeit mit der entsprechenden Gemeinde Bebauungspläne zu erarbeiten, die Flächen zu erschließen, zu parzellieren und einzeln zu verkaufen.

Wilfried Brauer beschäftigt in seiner Firma einige Architekten, die die Bebauungspläne fertigen und gegebenenfalls auch die Flächennutzungspläne dazu passend machen.

Tiefbauingenieure der Immo planen die Erschließung, erarbeiten die Ausschreibungen für die einzelnen Gewerke und prüfen die Angebote. Die so aufbereiteten Aufträge können die Gemeinderäte dann erteilen.

Immo übernimmt die Bauleitung und prüft die Rechnungen. Die wichtigste Arbeit leistet Brauer selbst:

Er stellt die Beziehungen zu den Grundeigentümern her, meist sind es ja Gemeinden und Städte, und verhandelt mit den Behörden, den Landrats-, Wasserwirtschafts-, Straßenbau-, Forstämtern und so weiter.

Um an interessante Baugebiete heranzukommen, bereist er die Gemeinden, besucht die Bürgermeister, Geschäftsleiter, aber auch einflussreiche Gemeinderäte, wie Fraktionsvorsitzende und Mitglieder der Bau- und Planungsausschüsse.

Ebenso sucht er regelmäßig die Landräte, die Baujuristen und die Angestellten der Bauämter seines Einflussbereiches auf.

Von ihnen allen kennt er die "verehrten Frau Gemahlinnen", die Geburtstage und entsprechende Dienstjubiläen.

Besonders leicht tut er sich, wenn die entsprechenden Personen Damen sind. Hier kann er seinen beachtlichen

Charme versprühen.

Dafür und für Weihnachten und Ostern hat er den Kofferraum seines Autos mit kleineren und größeren Geschenken stets voll gefüllt.

Er kennt die Lebensgewohnheiten all dieser Personen und wählt die Geschenke nach ihnen aus.

Würde ihm jemand Bestechung vorhalten, würde er dies weit von sich weisen. Das sei keine Bestechung, sondern nur der Versuch, die einzelnen Personen und die Atmosphäre gewogen zu machen.

So bekommt er stets Hinweise, wenn interessante Flächen von Privat abgegeben werden, besonders aber ist er eingeweiht, wenn Gemeinden neue Bau- oder Gewerbegebiete ausweisen wollen.

Wenn Gemeinden Grundflächen zum Verkauf ausschreiben, ist es regelmäßig Brauer und seine Immo-GmbH, die das günstigste Angebot abgeben und so den Zuschlag erhalten. Es fällt auf, dass diese Immo-Angebote regelmäßig nur knapp über dem Angebot des nächst Günstigen liegen.

So war Wilfried Brauer natürlich von Anfang an über das Areal des ehemaligen Krankenhauses im Bilde.

Er hatte schon Bürgermeister Meier und Geschäftsleiter Hermann Dachs erklärt, dass er Interesse an der Fläche habe. Er würde sie der Gemeinde abkaufen, dafür auf eigene Kosten einen Bebauungsplan "Wohnpark Ringelstein" erarbeiten und, weil im Flächennutzungsplan die Fläche wegen der früheren Nutzung als Krankenhaus immer noch als "Sondergebiet" ausgewiesen ist, die Änderung in ein "Allgemeines Wohngebiet", auch auf eigene Kosten, herbeiführen.

Der Gemeinderat brauche nur die einzelnen Beschlüsse zu fassen und könne ohne weitere Leistung das Geld für die Gemeinde einstreichen.

Wilfried Brauer sieht natürlich auch, dass dieses Vorhaben

in Gemeinderat und Bevölkerung umstritten ist.

Er verfolgt mit Unbehagen, dass Unterschriften für ein Bürgerbegehren gesammelt wurden und ein Bürgerentscheid zur weiteren Nutzung als Seniorenzentrum beschlossen wurde.

Wendig wie er nun mal ist, kann er sich auch mit einem für ihn ungünstigen Ergebnis des Bürgerentscheides abfinden, wenn auch der Kauf das eigentliche Ziel war.

Brauer erklärt dem Bürgermeister und dem Geschäftsleiter, er könne Sanierung und Umbau des Biedermeier-Hauses mit seiner Firma bewerkstelligen. Die Fachleute hierfür habe er, bzw. könne er einstellen.

Er stelle sich hierbei einen "geschlossenen Immobilienfond" vor. Seine Firma würde im Einvernehmen mit dem späteren Träger die Umbaumaßnahmen vornehmen und die Flächen an Geldanleger oder Selbstnutzer verkaufen.

Wir wissen inzwischen aber längst, wie der Entscheid ausgefallen ist.

Wir wissen auch, dass der Gemeinderat an diesen Entscheid nur ein Jahr gebunden ist.

Und ein Jahr vergeht rasch.

Im Wahlkampf zur Gemeinderats- und Bürgermeisterwahl sind von den Bürgermeisterkandidaten, natürlich in Absprache mit ihren Gemeinderatskandidaten, Versprechungen abgegeben worden.

Auch wenn von Wahlversprechen nicht immer viel zu halten ist, muss Brauer nun einmal davon ausgehen.

Sollte Zauser gewinnen und im Gemeinderat die nötige Mehrheit erreichen, was er hofft, könnte sein "Wohnpark Ringelstein" Wirklichkeit werden.

Wenn Ganzer Bürgermeister wird, käme für ihn die Sanierung und der Umbau zum Zug.

Für beide Fälle hat er also den Fuß in der Tür.

Heute ist der Samstag vor dem Wahl-Sonntag.

Es ist für alle Betroffenen ein sonderlicher Tag, besonders für die beiden Bürgermeisterkandidaten: Alle Vorbereitungen sind getan. Alles ist gesagt.

Die Sanduhr läuft - unaufhaltsam.

Wehe, wenn jetzt noch wichtige Gedanken auftauchen, die man nicht berücksichtigt, die man nicht in die Diskussion gebracht hat. Gerade sie hätten vielleicht den Ausschlag geben können.

Jetzt ist es zu spät.

Ein langer Spaziergang wäre wohl anzuraten.

Nur keine Begegnung mit Parteifreunden!

Auch bei Mark Zauser sind alle Vorkehrungen getroffen. Um sich abzulenken, geht er in die Werkstatt im Keller.

Er hat ein Ölgemälde zur Renovierung erhalten. Eine Landschaft mit Fluss, dichte Baumkulisse, etwas düster, ein breites Kiesufer, eine Frau liegt dort in vollen Kleidern, sie liegt auf dem Rücken und blickt zum Himmel.

Angeschwemmtes Gut um sich: Äste, Gesträuch, auch Unrat.

Das Bild ist sehr verschmutzt. Zauser hat den Firniss abgenommen. Jetzt wird der Himmel heller und ein silberner Lichtstreifen sichtbar.

Ein Hoffnungsschimmer? Hat die Frau Kummer? Ist sie etwa verzweifelt? Hat sie etwas getan, was sie nun bereut? Oder hat sie etwas vor, von dem sie weiß, dass es nicht richtig ist, aber dass es für sie kein Zurück gibt?

Soll ihr der Silberstreif einen Ausweg zeigen?

Der Maler ist nicht bekannt. Das Bild ist nicht signiert. Seine Qualität ist gut. Nachimpressionismus. Es dürfte um 1920 entstanden sein.

Nach dem Weltkrieg. Hungersnot. Der Maler hat mit dem Bild vielleicht Lebensmittel eingetauscht, um sich und seiner Familie das Überleben zu retten.

An einigen Stellen im Grün der Bäume ist etwas Farbe abgesprungen. Mark mischt aus verschiedenem Grün die passende Nuance, trägt sie vorsichtig auf. Perfekt. Nun braucht er das Bild nur noch zu firnissen und kann es dem Eigentümer zurückgeben.

Bei einem Aquarell ist der Rahmen beschädigt, das Glas zersprungen. Mark schleift den Rahmen ab, gibt ihm eine neue Struktur, versucht die vorherige Farbe zu mischen, schneidet ein Glas zurecht und baut das Bild wieder zusammen. Es zeigt die Kampenwand in frischen, starken Farben. Der Berg mit dem riesigen Gipfelkreuz ist etwas wolkenverhangen, im Hintergrund rechts scheint sich ein Gewitter zu entwickeln. Die Flanke des Berges, die noch im satten Blau schwelgt, ahnt das kommende Wetter und scheint sich mit spürbarem Optimismus dagegen stemmen zu wollen.

Ein gut gemachtes Bild. Gekonnt sind die Farben ineinander verflossen, dort, wo es ins Ungewisse verweist, aber klar die Konturen sonst.

Mark Zauser ist froh, dass er sich an diesem Tag seiner Arbeit widmen kann. Eine andere Tätigkeit kann er sich im Augenblick nicht vorstellen.

Lesen? Geht nicht. Die Gedanken schwirren sofort in die Gegenwart. Jeden Absatz müsste er zweimal lesen.

Fernsehen? Die 37 oder mehr zur Verfügung stehenden Programme sind inakzeptabel.

Auch Alois Ganzer, der andere Bürgermeisterkandidat ist unruhig.

Auch er sucht Ablenkung in der Arbeit. Seit Stunden ist er in der Druckerei, sortiert Akten, liest in alten Druckwerken. Er hat im Auftrag der Gemeinde die Wahlzettel gedruckt. Sie sieht er sich an.

Auf dem Stimmzettel für den Bürgermeister steht er nur an

zweiter Stelle. Die Mehrheiten bei der letzten Landtagswahl bestimmen die Reihenfolge.

Bei der Gemeinderatswahl ebenso. Hier steht die AfO an letzter Stelle. CSU - SPD - Grüne - AfO ist die Folge.

Ganzer hält die letzte Stelle für gar nicht so schlecht. Den Wählern, die für gewöhnlich die erste Liste ankreuzen, muss man nur klar machen, dass sie diesmal die erste Liste von rechts nehmen müssen. Ihnen dies zu vermitteln, haben sie natürlich versucht.

Gut, dass nur zwei Bürgermeisterkandidaten zur Wahl stehen. Eine Stichwahl wird es aus diesem Grund nicht geben.

Die beiden Bürgermeisterkandidaten führen auch ihre Listen an: Mark Zauser die CSU, Alois Ganzer die AfO.

Listenführer bei der SPD: Franz Zundinger, angestellt im Bauhof der Kreisstadt Torstadt, ein ruhiger, braver, integerer Mann.

Er ist seit seinem 16. Lebensjahr Mitglied der SPD, genauso, wie es sein Vater und sein Großvater waren.

Es zeichnet die SPD aus, dass sie über treue Mitglieder verfügt, über Mitglieder, die wie selbstverständlich zur Verfügung stehen, nicht wegen momentaner politischer Interessen, sondern aus Tradition, so wie andere ihre Mitgliedschaft in einer Konfession sehen. Wie ihre Eltern und Großeltern sind sie katholisch oder evangelisch. Auch wenn sie mit ihrer Religion oder mit deren Repräsentanten nicht einverstanden sind, würden sie nie daran denken, deshalb auszutreten, oder gar sie zu wechseln.

Wer austritt, macht das in der Regel, um Kirchensteuer zu sparen.

Franz Zundinger ist in Obertieming aufgewachsen. Er ist katholisch. Wegen seiner Zugehörigkeit bei den "Roten" hat ihn früher, als er noch nicht kommunalpolitisch tätig war, der Pfarrer zu "missionieren" versucht. Es sei doch nicht ziemlich, in diesem überschaubaren Ort, wo alle ernstzunehmenden Bürger einer christlichen Partei angehören, den Gottlosen nachzulaufen. Der Pfarrer hatte gesehen, dass Zundinger eine politische Begabung hatte und dass er bei den Mitbürgern Ansehen genoss. Er fürchtete, dass er über kurz oder lang politisch tätig werde und dann die Chance bekäme, in den Gemeinderat gewählt, oder gar Bürgermeister zu werden.

Zundinger hatte in aller Ruhe, so wie es seine Art war, dem Pfarrer wissen lassen, er solle sich um seine Kirche kümmern und brauche ihn nicht aufzuklären. Er sei und bleibe katholisch und gläubig und - Sozialdemokrat.

Der Pfarrer hatte mit seiner Prognose nicht unrecht. Zundinger wurde 1996 Gemeinderat und Vorsitzender seiner 2-Personen-Fraktion.

Bei den Grünen: Biolandwirt Franz Adam. Er genießt in der Gemeinde großes Ansehen. Aber noch nicht lange.

Früher haben die Bauern die Nase gerümpft, wenn einer von ihnen angefangen hat, auf "Bio" zu machen. Lange hat es gedauert, bis Adams Betrieb als Bio-Landwirtschaft anerkannt wurde. Eine lange Durststrecke, in der er nach den Prinzipien der Bio-Landwirtschaft arbeiten musste, aber noch nicht mit ihr werben durfte.

Heute beneiden ihn viele Kollegen und versuchen, ihm beruflich zu folgen.

Franz Adam hätte gute Chancen, Bürgermeister zu werden. Doch sein Hof, der seine Anwesenheit braucht, erlaubt es ihm nicht, voll in die Politik einzusteigen.

Sein Einfluss im Gremium ist aber groß.

Weder Zundinger, noch Adam möchten mit Mark Zauser zusammenarbeiten. Sie und ihre Gemeinderatskollegen betrachten mit großem Vorbehalt Zausers Vorgehen im Rat und in den Wirtshäusern.

Nachdem weder SPD noch Grüne einen Bürgermeister-kandidaten aufgestellt haben, überlegen sie - jede Partei für sich, ob sie Alois Ganzer offiziell unterstützen sollen.
Sie tun es schließlich beide und ihre Parteifreunde tun es auch, nachdem ihnen das Gehabe von Zauser zuwider geworden ist.

In Bezug auf das Biedermeierhaus stehen Mark Zauser und seine Gemeinderatskandidaten allein. Ein Verkauf könnte nur zustande kommen und dies auch nur nach der Schonfrist, hervorgerufen durch den Bürgerentscheid, wenn Zauser und seine Fraktion die absolute Mehrheit erhalten.
Dass sie das erreichen, glauben die beiden nicht.
Sie sind überzeugt, dass es eine Mehrheit außerhalb der CSU geben werde. Wer würde dann die relative Mehrheit erreichen? Diese Partei würde dann wohl den zweiten Bürgermeister, der vom Gemeinderat gewählt wird, stellen.
Hans Drescher, Ganzers Vorarbeiter und rechte Hand in der Druckerei, ist nicht nur Mitglied seiner AfO, sondern auch sonst ein treuer politischer Wegbegleiter. Nicht aber im Fall "Biedermeierhaus". Er ist für den Verkauf.

Der Geschäftsleiter im Rathaus der Gemeinde Obertieming, Verwaltungsoberinspektor Hermann Dachs, ist so nervös wie die Bürgermeisterkandidaten. Auch für ihn bringt diese Wahl eine Änderung. Er muss mit einem neuen Bürgermeister eng und vertrauensvoll zusammenarbeiten.
Loyal und verschwiegen, wie er ist, hat er nie zu erkennen gegeben, welcher der beiden Kandidaten ihm der liebere wäre.
Er kennt sie ja beide gut. Sie waren Jahre bereits Mitglieder des Gemeinderates und Sprecher ihrer Fraktionen und kennen sich in den Belangen der Gemeinde aus.

Sarah Bader ist mittlerweile 28 Jahre alt. Sie hatte nach dem Abitur eine Banklehre absolviert, dann Betriebswirtschaft an der TU München studiert und war in die Volksbank Torstadt eingetreten.

Hier fiel sie durch ihren Fleiß, durch ihre Disziplin und Kontaktfreudigkeit auf. Sie ist hübsch, weiß sich schick zu kleiden und sich bei ihren Chefs unverzichtbar zu machen.

Nach diversen Fortbildungskursen stieg sie auf der Bankkarriereleiter bis zur Bereichsleiterin für Fragen der Baufinanzierung auf. Ihr wurde in diesem Bereich die Leitung in fachlichen, organisatorischen und personellen Fragen übertragen, hatte also eine sehr verantwortungsvolle Arbeit und war im Kreis der Mitarbeiter geachtet.

Nur in einem Belang war sie immer noch nicht ans Ziel gekommen. Sie warb immer noch um ihren Hermann. Er mochte ihre Gegenwart, machte mit ihr gemeinsam auch diese und jene Unternehmung, zweimal waren sie sogar miteinander in Urlaub, klar teilten sie auch das Bett, aber zu einer Heirat war Hermann Dachs nicht zu gewinnen. Er liebte einfach die Vielfalt und wollte sich nicht auf eine Frau beschränken.

So warb sie weiter um ihn.

Am Samstag vor der Wahl klopfte sie zunächst vergeblich an sein Telefon.

Er hatte keine Zeit.

Aber nicht eine andere Frau war im Weg, sondern die Wahl.

Hermann Dachs war im Rathaus, obwohl oder gerade weil es an Samstagen geschlossen war.

Er prüfte die vier Wahllokale und auch den Raum, in dem die Briefwahl gesammelt wurde.

Sie alle waren im Rathaus, in verschiedenen Zimmern, eingerichtet.

Die Wähler waren nach dem Alphabet in diese vier aufgeteilt.

Zuerst prüfte er die Wahlkabinen, die blauen Stifte, die dort an einer Schnur befestigt waren zum Ankreuzen der Listen und Kandidaten.

Dann prüfte er die Wahlurnen, dass sie wirklich leer waren. Anschließend die Wahlzettel, für jeden Wähler vier: Für Landrat, Kreistag, Bürgermeister, Gemeinderat.

Zuletzt die Schlösser zum Verschließen und die Siegelmarken zum Versiegeln der Wahlurnen.

Die Vorschrift, dass die Wahllokale bis 22 Uhr geöffnet sind und dass die Urnen dann mit Vorhängeschlössern zu verschließen und zu versiegeln sind bis zur Auszählung am nächsten Tag durch Gemeindebedienstete, wird zum ersten Mal praktiziert. Und dies mit gutem Grund.

Fast alle Wahlhelfer, die sonst nach Schließen der Wahllokale um 18 Uhr die Auszählung vorzunehmen hatten, waren ja direkt oder indirekt vom Ausgang der Wahl betroffen.

Triumph oder Enttäuschung führten dazu, dass sich hier und da unschöne Szenen ergaben, die die Richtigkeit und Zuverlässigkeit der Auszählung in Frage stellen konnten.

Bei so komplizierten Auszählungen wie der Gemeinderats- und Kreistagswahl, bei denen das "Panaschieren" und "Kumulieren" möglich ist, müssen die Stimmzettel einzeln und nacheinander nach Kreuzchen abgesucht werden.

Nachdem diese Wahlzettel als letzte nach dem Auszählen der Bürgermeister- und Landratswahlen dran waren, trat auch schnell Übermüdung ein - es ging ja dann schon gegen Mitternacht - und die Wahlhelfer sollten am nächsten Tag wieder ihrem Beruf nachgehen.

So konnten sich leicht Flüchtigkeitsfehler einschleichen.

Außerdem verloren die meisten irgendwann die Lust.

Das Auszählen der Bürgermeister-Stimmzettel war ja noch

spannend. Ätzend wurde dann die Arbeit an den Kreistags-
zetteln. Sie kamen als letzte dran.

Wenn jedoch das Rathauspersonal am folgenden Tag die
Auszählung vornahm, dann war es ausgeruht. Außerdem
waren es geschulte Leute und es geschah während der Ar-
beitszeit und nicht in der Nacht nach einem aufregenden
Tag.

Hermann Dachs befand alles in Ordnung und begab sich
nach Hause.

Er war aufgeregt, obwohl er selber ja nicht zur Wahl stand.
Aber immerhin war er örtlicher Wahlleiter und dafür verantwortlich, dass die Wahl ohne Zwischenfälle ablief.

Er rief Sarah an.

"Ob du Lust hättest, mit mir nach Torstadt zu fahren, dort
ein wenig zu bummeln und dann Abendessen zu gehen?"

Aber natürlich hatte Sarah Lust.

So holte er sie ab.

Dachs parkte seinen voluminösen BMW am Stadtplatz und
hatte damit keine Probleme. Die Stellplätze waren am
Samstagabend leer.

Die beiden gingen untergehakt wie ein trautes Ehepaar von
Schaufenster zu Schaufenster.

Als sie dann im Restaurant saßen und bestellt hatten, sprach
Sarah wieder einmal ihr Verhältnis an.

Er stöhnte kaum hörbar, hörte aber ohne Widerrede zu.

Da wurde sie ernst.

"Wenn ich mitkriege, dass du mit einer anderen das Bett
teilst, dann weiß ich nicht mehr, was passiert."

"Das musst du nicht vermuten"

"Dann kenne ich mich nicht mehr und dann komme ich
außer Kontrolle."

"Aber Kind!"

"Nimm es bitte ernst!"

Wenn er dann seinen Arm um sie legte, war alles wieder gut.

Als sie wieder in Obertieming ankamen, wollten sie sich nicht trennen.
Zu ihr oder zu ihm?
Sie gingen zu ihm und verbrachten einen trauten Abend und eine lustvolle Nacht.

Endlich ist der Tag der Wahl gekommen.
Um acht Uhr öffnen die Wahllokale. Die Wahlhelfer prüfen noch einmal Kabinen und Urnen mit dem jeweiligen alten Scherz, "ob kein doppelter Boden" vorhanden ist.
Die Stimmzettel liegen wohlgeordnet bereit und unter Verwahr durch einen der Wahlhelfer, die in jedem Wahllokal nach dem Proporz der Parteien im Gemeinderat eingeteilt sind.
Ein Teil der Wähler hat bereits durch Briefwahl gewählt. Sie sind in der Wahlliste vermerkt.
Jeder Wähler, der ins Lokal kommt, erhält die vier Wahlzettel, geht in die Kabine, macht seine Kreuzchen, weist sich bei den Wahlhelfern aus, wenn er nicht ohnehin bekannt ist.
Dann wird nachgeprüft, ob er nicht schon durch Briefwahl gewählt hat. Wenn alles in Ordnung ist, öffnen sich für ihn die vier Urnen, wobei streng darauf geachtet wird, dass der richtige Zettel in die richtige Urne geworfen wird.
Bürgermeister-Kandidat Mark Zauser kommt mit Gattin und Schwiegermutter, steht mit großer Geste mit den ausgefüllten Stimmzetteln feierlich vor den Urnen, sieht sich um. Leider keine Pressefotografen da.
Die Wahlhelfer - und es werden viele davon gebraucht - arbeiten ehrenamtlich und opfern ihren Sonntag.
Sie müssen bei Laune gehalten werden.

Dies geschieht mit Kaffee und Kuchen, Würstchen, Brezen, Aufschnitt und Bier.

Bis 22 Uhr ist lang. So wird in Schichten von zwei bis vier Stunden gearbeitet.

Um 22 Uhr ist endlich Schluss.

Hermann Dachs kommt mit Vorhängeschlössern und Siegelmarken, verschließt die vier Urnen pro Wahllokal und zusätzlich die Urne mit der Briefwahl, versiegelt sie und lässt sie alle in einen Raum bringen, der auch verschlossen und versiegelt wird.

Die Wahlhelfer setzen sich noch einmal kurz zusammen, freuen sich an den übrig gebliebenen Brotzeiten und gehen schließlich nach Hause, um diesen wichtigen Tag zu beenden.

Natürlich ist es unbefriedigend, den ganzen Tag aufgewendet zu haben und ohne Ergebnis nach Hause zu kommen.

Der Montag ist ein Arbeitstag und es wird bis zum Abend dauern, bis sie die Sieger der Wahl erfahren.

Auch Hermann Dachs geht nach Hause.

Heute kann er aber Sarah nicht gebrauchen, was sie partout nicht verstehen kann.

Am nächsten Tag kommen die Bediensteten der Verwaltung um 7 Uhr ins Rathaus.

Die Bürgermeister-Kandidaten haben sich frei genommen. Sie sind anwesend und beobachten die Auszählung.

Hermann Dachs entfernt vor den Augen des Bürgermeisters und der Angestellten Schloss und Siegel von der ersten der fünf Wahlurnen, der für die Bürgermeisterwahl.

Die Auszählung geht sehr schnell. Die Wahlzettel werden auf drei Häufchen gelegt, für je einen Kandidaten und die ungültigen. Die Zettel werden zweimal gezählt und nach Wahllokal dokumentiert.

Zum großen Erstaunen aller Anwesender hat Mark Zauser

die Wahl knapp gewonnen.

Und zwar in jedem Wahlbezirk. In keinem einzigen hatte Alois Ganzer "die Nase vorn".

Er gratuliert seinem Widersacher und geht enttäuscht nach Hause. Nicht einmal das Ergebnis der Gemeinderatswahl wartet er ab.

Dann die Landratswahl.

Das erwartete Ergebnis: Toni Eiserer mit 72% bei zwei Kontrahenten.

Komplizierter wird es bei der Gemeinderats- und Kreistagswahl.

Die Gemeinderatswahl bringt ein sensationelles Ergebnis:

Die AfO ist mit 9 Gemeinderatssitzen durchgestartet, die CSU auf 5 zurückgefallen, bei SPD und den Grünen bleibt es bei je 2 Sitzen.

Das ist ein Ergebnis, wie es nicht einmal die AfO selbst erwartet hat.

Über das Ergebnis der Bürgermeisterwahl gibt es großes Erstaunen.

Jedermann hatte mit einem Wahlsieg von Alois Ganzer gerechnet.

Als alle Stimmzettel ausgezählt sind, überwiegen die für Mark Zauser jedoch leicht: 52% für ihn, 48% für Alois Ganzer.

Es wird noch einmal ausgezählt: Dasselbe Ergebnis.

Die Wahl Zausers hat zur Folge, dass er sein Mandat als Gemeinderat, das er als Spitzenkandidat seiner Gruppierung erhalten hat, nicht annehmen kann und dass deshalb auf der Liste der CSU ein weiterer Gemeinderat nachrückt.

Das Mandatsverhältnis lautet somit: 9:6:2:2.

Keine Gruppierung hat die absolute Mehrheit.

Am Abend wird gefeiert. Sowohl AfO wie CSU sind Sieger: erstere durch die relative Mehrheit an Mandaten, die

CSU durch den Gewinn bzw. die Verteidigung des Bürgermeisterstuhls. Der bisherige Bürgermeister Ewald Meier gehörte ja derselben Gruppierung an.

Zur Feier kam der Kreisvorsitzende, der bisherige und künftige Landrat Toni Eiserer, angereist.

Die Sektkorken knallen im Gasthaus zum Schwarzen Adler und der Landrat hält eine triumphale Rede, dass in Obertieming die Welt noch in Ordnung sei, dass der Name der Gemeinde wohl von "Team" abgeleitet sei und dass deshalb hier das Team der Partei seine Duftmarken wieder deutlich gesetzt habe.

Das weniger gute, ja niederschmetternde Ergebnis der Gemeinderatswahl sei nur ein kleiner Schönheitsfehler und müsse in sechs Jahren korrigiert werden.

Er konnte oder wollte nicht erkennen, dass sein Bürgermeister künftig ohne Mehrheit im Gemeinderat agieren muss.

Es dauert noch einige Tage, bis auch das Gesamtergebnis der Kreistagswahl feststeht.

Dort war Zauser nicht erfolgreich. Er wurde nicht gewählt.

Obwohl seine Partei wieder, wenn auch knapp, die absolute Mehrheit errang, kam er nicht einmal auf den Rang eines vorderen Nachrückers.

In Bezug auf das Biedermeierhaus ist das Ergebnis als hoffnungsreich zu bezeichnen.

AfO und Grüne, vielleicht sogar mit der SPD werden mit ihrer Mehrheit einen Verkauf der Immobilie, so wie der künftige Bürgermeister es versprochen hat , nicht zulassen.

Zunächst gilt aber noch das "Moratorium" durch den Bürgerentscheid.

Die Gemeinderäte der AfO, SPD und Grünen werden den Beschluss auf Verkauf des Biedermeierhauses offiziell aufheben und gleichzeitig beschließen, das Gebäude zu sanieren und dort ein Seniorenzentrum mit Wohn- und Pflegeheim und mit Appartements für "Betreutes Wohnen" zu errichten. Nachdem dieser Beschluss mit dem Votum des Bürgerentscheids übereinstimmt, gibt es keine Wartezeit mehr.

In der ersten Mai-Sitzung des Gemeinderates 2002 werden der neue Bürgermeister und die neuen Gemeinderäte vereidigt. Die Arbeit wird aufgenommen.
Anspruch auf den Posten des zweiten Bürgermeisters erhebt Alois Ganzer. Er wird mit 13:6 Stimmen, also mit den kompletten Stimmen von AfO, SPD und Grünen gegen die sechs Stimmen der CSU schriftlich und geheim gewählt.
Einstimmig wird Bürgermeister Ewald Meier zum "Altbürgermeister" gekürt.
Dann werden die Ausschüsse und deren Besetzung festgelegt . Sie werden gemäß dem Wahlergebnis von der AfO dominiert.

III

Der Tod von Hans Drescher, seine Beerdigung, die Vernehmungen und die Untersuchungshaft von Fred wurden vorweggenommen.

Chronologisch gesehen passierte das alles erst jetzt. Genau genommen starb Hans Drescher am 17. September 2002.

Kriminalhauptkommissar Paul Kapulski lässt die Sache Fred und sein Verhältnis zu „Hansi" keine Ruhe.

Er fährt erneut nach München in die Demianstraße zum Gasthaus "Blauer Löwe".

Es ist etwa 20 Uhr 30.

Etliche Boys lehnen an der Theke.

"Hast du Fred gesehen", wendet er sich an einen hübschen Bengel, der neben ihm steht und an seinem Kaffee nippt.

"Schon lange nicht mehr".

Der Wirt bestätigt dies.

Fred war nicht mehr gesehen, seit er aus der Untersuchungshaft entlassen ist.

Kapulski geht zu Freds Wohnung.

Auf sein Läuten reagiert niemand.

Er läutet an der Nachbarwohnung.

Eine ältere Frau öffnet: "Ach der Fred ist nicht mehr hier. Der ist ausgezogen. Wohin, das weiß ich nicht. Die Wohnung soll wieder vermietet werden".

Kapulski fährt nach Torstadt zurück ins Büro.

Am nächsten Tag Telefonat mit dem Einwohnermeldeamt München Giesing.

Nein. Ein Alfred Dommert war hier nie gemeldet und konnte sich deshalb auch nicht abmelden.

Auch beim Verwaltungsreferat konnte er nicht ermittelt werden.

Kapulski bittet seine Sekretärin, die Fahndung nach Fred zu veranlassen. Gleichzeitig bittet er sie, den Zahlungsverkehr auf den Girokonten von Hans Drescher beizubringen.

Paul Kapulski kann es immer noch nicht glauben, dass Fred an der Sache nicht beteiligt ist.

Hans Drescher hat Fred wohl gestanden, dass er einen anderen Liebhaber hat, dass er die Zahlungen für Wohnung und Sonstiges einstellen werde.

Der Schluss des Untersuchungsrichters, Fred scheide als Mörder aus, weil er doch immer noch gehofft hatte, "Hansi" wieder zu gewinnen und es deshalb nicht sein könne, dass er ihn in dieser Situation und in dieser Hoffnung beseitigen wolle, erscheint Kapulski unrealistisch.

In der Schwulenszene herrscht bisweilen verheerendere Eifersucht als bei Heterosexuellen.

Deshalb kann Fred in blinder Wut gehandelt haben.

Gegen diese These spricht aber die Mordart, die auf kühles Kalkül hinweist.

Lediglich die angebliche Androhung Dreschers, er werde Fred wegen ungenehmigter Prostitution zur Anzeige bringen, könnte Auslöser für einen Mord gewesen sein.

Warum ist er nun untergetaucht?

Der Kommissar müsste Fred noch einmal in die Zange nehmen.

Wenn er ihn denn hätte.

So will er noch einmal nach Obertieming fahren, will mit den Leuten über Hans Drescher reden, mit Alois Ganzer, seinen Mitarbeitern, mit dem neuen Bürgermeister, mit den Kollegen vom Gemeinderat, dem Pfarrer, dem Lehrer, kurz mit allen, die in irgendeiner Weise Kontakt zu ihm gehabt haben.

Gemeinderat Franz Zundinger von der SPD, kann nur Gutes über ihn berichten.

Er sei sehr kollegial gewesen, sowohl im Gemeinderat wie auch privat. Allerdings habe er so zurückgezogen gelebt, dass Kontakte eher selten waren.

Nur einmal, bei einem Gemeinderatsausflug am Ende der letzten Wahlperiode, habe er mit ihm länger gesprochen.

In seinen Augen sei Drescher gespalten gewesen wegen des Biedermeierhauses. Einerseits musste er auf der Linie seines Arbeitgebers und Fraktionskollegen Ganzer sein und für den Erhalt des Gebäudes eintreten.

"Auf der anderen Seite hatte ich das Gefühl, er sei eher für den Verkauf."

"Wie hat er dann im Gemeinderat abgestimmt?"

"Für den Verkauf. Aber unter der Bedingung, dass der Käufer das Gebäude nicht abreißen darf."

"Würden Sie so einen Käufer finden?"

"Drescher hat mir damals erzählt, er habe mit Wilfried Brauer darüber gesprochen. Der habe nicht "Nein" gesagt."

"Das wäre doch ein vernünftiger Kompromiss gewesen."

"Ja. Wir wollten, dass dort ein Seniorenzentrum entsteht. Innerhalb der Fraktion gab es nun folgende zwei Meinungen:

Die eine: Die Gemeinde behält das Haus, saniert es und gestaltet es um zum Senioren-Wohn-und Pflegehaus. Die andere: Die Gemeinde verkauft es und der Käufer baut es um und bietet es in einem geschlossenen Immobilien-Fond zum Kauf an".

"Letztere Variante wurde nun abgelehnt. Wie hat Drescher da gestimmt?"

"Er hat dem Verkauf in der zweiten Variante, die ja auch von ihm entwickelt worden war, zugestimmt. Ich denke, das war mit Ganzer abgesprochen. Und Ganzer war nicht dagegen, weil er auch ohne Drescher eine Mehrheit für seine erste Variante erwartete - und auch bekam."

Alois Ganzer bestätigte diesen Sachverhalt.

"War Dreschers Verhalten in dieser Frage Folge eines starken Charakters, der sich eine einmal gefasste Meinung nicht umdrehen lässt durch einen Fraktionsbeschluss?"

"Ich weiß es nicht. Vielleicht."

Der Pfarrer der Gemeinde, Josef Hirtnagel, war nicht gut auf Drescher zu sprechen.

"Hans Drescher war aus der Kirche ausgetreten. Ich hatte seit dem keinen Kontakt mehr zu ihm."

"Aber Sie haben ihm das Totenamt gehalten und ihn beerdigt. Obwohl er aus der Kirche ausgetreten ist?"

"Ich halte das so. Wenn die Bitte, meist der Hinterbliebenen, an mich herangetragen wird, die Beerdigung vorzunehmen, dann mache ich das, auch wenn der Verstorbene nicht mehr Mitglied unserer Kirche war."

"Drescher hatte keine Hinterbliebenen."

"Der Bürgermeister hat mich gebeten".

"Was wissen Sie über Dreschers Lebenswandel?"

"Nichts, was Sie nicht schon wissen dürften."

Auch der Rektor der Volksschule, Siegfried Auer, konnte nichts weiter berichten.

Erfolglos, ohne neue Erkenntnisse sitzt Kapulski wieder in seinem Auto auf der Rückfahrt nach Torstadt.

Er lässt sich die Gespräche noch einmal durch den Kopf gehen.

Einzig die Äußerungen von Franz Zundinger scheinen ihm wert, sie noch einmal zu überdenken.

Drescher hat, wenn es stimmt, mit Brauer von der W.B.Immo-GmbH & Co.KG verhandelt.

Der Großmakler aus Torstadt war, so die Meinung am Biertisch, eher mit Zauser verbunden als mit einem Mitglied der AfO. Den AfO-Leuten war Brauer immer verdächtig gewesen.

Bei der letzten Bürgermeisterwahl war Brauer offen für

seinen "Freund und Partner", Bürgermeisterkandidat Mark Zauser, eingetreten.

Kapulski fasst den Entschluss, Wilfried Brauer aufzusuchen.

Als er in seinem Büro angekommen war, fand er auf seinem Schreibtisch die Kontoauszüge der Volksbank Obertieming von Hans Drescher der letzten fünf Jahre.

Der letzte Kontostand war bei 12.488,29 Euro.

"Wie sind Sie an die Kontoauszüge gekommen?", wunderte sich Kapulski.

"Da habe ich so meine Quellen", orakelte die Sekretärin, „sonst hätte ich ja einen Gerichtsbeschluss gebraucht", so die Antwort, die Kapulski einigermaßen verblüffte.

In den Kontoauszügen fiel dem Kommissar auf, dass Drescher regelmäßig, jede Woche ein- bis zweimal Beträge in der Höhe zwischen 500 und 1000 Euro abhob.

Offensichtlich zahlte er Fred und dessen Wohnung immer in bar.

Bei den Einnahmen erscheinen die monatlichen Gehaltszahlungen der Buch- und Offsetdruckerei Alois Ganzer.

Einmal, zweimal, einmal sogar ein drittes Mal werden pro Monat relativ hohe Beträge einbezahlt, runde Beträge: 10.000 Euro, 20.000, etliche Male sogar 25.000 Euro.

Eine Quelle für diese Beträge findet er nicht.

Kapulski wendet sich an die Volksbank. Er meldet sich als Kriminalhauptkommissar und bittet um Auskunft über die Herkunft dieser Summen.

Die Auskunft wird ihm verweigert.

Dazu bräuchte er einen richterlichen Beschluss. Das hatte er schon gewusst, hatte aber gehofft, dass seine überfallartige Frage Erfolg hätte.

Er wendet sich an das Finanzamt Torstadt. Hat Hans Drescher diese Summen versteuert?

Keine Antwort.

Also muss sich Kapulski auf den Weg zum Untersuchungs-richter machen, die "Ochsentour".

Seinen Besuch bei Ganzer schiebt Kapulski auf.

Im Amtsgericht München trifft er auf den Richter, der vor kurzem Fred aus der Untersuchungshaft entlassen hat.

"Sind Sie immer noch hinter dem Strichjungen her? Da werden Sie wenig Glück haben. Aber bitte ..."

"Der Strichjunge hat von Hans Drescher, dem Toten im Porsche, regelmäßig Geld und die Wohnung bezahlt bekommen. Fred, der Strichjunge, ist untergetaucht. Derzeit läuft die Fahndung nach ihm."

"Und was wollen Sie vom Bankkonto des Hans Drescher erfahren?"

"Es wurden regelmäßig seit Jahren hohe Summen einbezahlt. Der Einzahler ist auf den Kontoauszügen nicht genannt."

"Und den wollen Sie herauskriegen?"

"Ja. Und dazu brauche ich Sie. Ich brauche einen richterlichen Beschluss. Es ist möglich, dass der Weg zum Überweiser einen Hinweis auf den Mörder von Hans Drescher gibt."

"Das ist plausibel. Ich werde das Nötige veranlassen".

Am nächsten Tag hat Kapulski den richterlichen Beschluss in Händen.

Wieder fährt er nach Obertieming. Dort zur Volksbank.

Kapulski zeigt seine Marke als Kommissar der Kripo und den Richterbeschluss.

Er wird zum Direktor gebeten.

Der Direktor empfängt ihn freundlich, bietet ihm einen Sessel am Gesprächstisch an, der etwas abseits von seinem Schreibtisch steht und lässt ihm Kaffee bringen.

Der Raum ist großzügig und herrschaftlich.

Möbel, Schreibtisch, Bücherschrank, Vitrine mit Kristall-
gläsern, Besprechungstisch, alles in Teak, tiefe Sessel,
schwere Vorhänge, dicke teure Teppiche, in denen die
Schritte unhörbar versinken, indirekte warme Beleuchtung,
doppelte lärmgeschützte, gepolsterte Türen, Klimaanlage.
Dagegen ist das Arbeitszimmer des Bürgermeisters be-
scheiden, um nicht zu sagen, armselig. Ganz zu schweigen,
wenn Kapulski sein eigenes zum Vergleich heranziehen
wollte.
"Das Konto ist seit dem Tod von Hans Drescher gesperrt.
Es ist noch nicht klar, wer Erbe ist. Ob Herr Drescher ein
Testament hinterlassen hat, wissen wir auch noch nicht.
Danach wird noch gesucht."
Er lässt die Bankverbindungen Dreschers auf dem Bild-
schirm seines Computers aufleuchten.
"Festgeld, Tagegeld, einige wenige Aktien. Alle Anlagen
auf der sicheren Seite.
Hier das Girokonto."
Der Direktor bestätigt, was Kapulski bereits aus den Kon-
toauszügen weiß. Er lässt es sich aber nicht anmerken.
"Ich bitte um Auflistung aller Haben-Buchungen über 1000
Euro mit Namen und Bankverbindung des Einzahlers".
"Ich werde das veranlassen".

Der Bankdirektor hatte Drescher natürlich auch gekannt.
Und wollte nun seinerseits wissen, welche Tatsachen dafür
sprechen, dass er von einem Strichjungen umgebracht wor-
den sei. Das werde zumindest im Ort so herumerzählt.
Kapulski erwiderte, das könne er vorerst nicht bestätigen.
Er denke aber, dass er es in Kürze aufklären könne.
Er bedankt sich beim Direktor, verabschiedet sich, verlässt
das Haus und fährt mit seinem Wagen zurück nach
Torstadt.
Dort fährt er aber nicht zum Büro, sondern entschließt sich,

Wilfried Brauer von der "Immo" aufzusuchen.

Kapulski meldet sich an mit seiner Marke.
Brauer empfängt ihn kühl aber mit Manieren.
"Kennen Sie Herrn Drescher, der kürzlich tödlich verunglückt ist?"
"Natürlich, ich habe viel in Obertieming zu tun, mit der Gemeinde, und dort ist, nein Entschuldigung, war Herr Drescher Gemeinderat. Ein sehr tüchtiger Gemeinderat.
Ich bedauere es sehr, dass er nun nicht mehr lebt."
"Haben Sie eine Ahnung, wer ihn getötet haben könnte?"
"Nein, man nimmt doch an, dass es einer aus der Schwulenszene gewesen ist".
"Sie hatten mit der Gemeinde Obertieming zu tun. Ich nehme an, geschäftlich."
"Ja natürlich. Ich habe ein Immobilienbüro. Gerade mit dieser Gemeinde habe ich gute Geschäfte gemacht. Sowohl mit Bürgermeister Ewald Meier, wie auch mit dem jetzigen, Mark Zauser."
"Welcher Art waren diese Geschäfte?"
"Zunächst die Geschäfte, die Immobilienmakler für gewöhnlich tätigen: Grundstücke und Häuser, Immobilien eben, kaufen und verkaufen.
Ich habe aber darüber hinaus auch Grundstücke erschlossen, Bebauungsplanentwürfe gefertigt, die Bauflächen parzelliert und die Erschließungsarbeiten überwacht. Anschließend habe ich die Parzellen verkauft."
"Sie haben rohe, unerschlossene Bauflächen gekauft. Von wem? Von der Gemeinde? Oder von Privat?"
"Sowohl als auch".
"Man sagt, seit Bürgermeister Ewald Meier im Amt war, kam kein anderer Bauträger zum Zug. Und unter Bürgermeister Mark Zauser gilt nun das Gleiche."
"Das habe ich nie hinterfragt. Ich habe meine Angebote

abgegeben. Es waren dann jeweils wohl die für die Gemeinde wirtschaftlichsten. Sonst hätte ich die Flächen nicht bekommen."

"Sie haben großzügige Geschenke verteilt. An den Bürgermeister, den geschäftsleitenden Beamten, einige Gemeinderäte."

"Nur im Rahmen des Erlaubten. Es gibt genaue Richtlinien des Finanzamtes, bis zu welcher finanziellen Größe das zulässig ist."

" Auch Gemeinderäte haben Sie bedacht. Welche waren es und wie haben Sie diese ausgewählt?"

"Nur Gemeinderäte, die Einfluss haben: Fraktionsvorsitzende, Mitglieder im Bauausschuss usw."

"Auch den SPD-Gemeinderat Franz Zundinger?"

"Da kann ich mich nicht erinnern. Ich glaube eher nein."

"Warum nicht? Er ist doch Fraktionsvorsitzender."

"Ich weiß es nicht. Vielleicht ein Zufall. Oder meine Sekretärin wusste es nicht."

"Bitte machen Sie mir eine Liste der Gemeinderäte, die Sie mit Geschenken bedacht haben."

"Das mache ich sicher nicht. Ich bin loyal und verschwiegen."

Kapulski war hier an eine Stelle geraten, die Brauer schmerzte. Deshalb fuhr er fort.

"Ich könnte mir das erzwingen. War Hans Drescher unter den Bevorzugten?"

"Ich denke schon. Er ist, nein, er war äußerst einflussreich. Aber wie ich schon gesagt habe, es waren immer nur kleine Geschenke."

"Sind auch Gelder geflossen?"

"Nein". Jetzt wurde es für Wilfried Brauer allmählich unangenehm. Kleine Schweißperlen sammelten sich auf seiner Stirn.

Kapulski ist dies nicht entgangen.

"Ich danke Ihnen für das Gespräch, Herr Brauer. Ich werde zu gegebener Zeit auf Sie zurückkommen müssen."
Sie verabschiedeten sich.

Zurück im Büro fand Kapulski auf seinem Schreibtisch die Auflistung der Volksbank Obertieming.
Die Summen auf Dreschers Konto kamen jeweils aus Oberösterreich, von Wels, auch mal von Linz. Die Einzahler sind nicht bekannt.
Die Raiffeisenbanken von Wels und von Linz konnten keine Auskünfte geben, außer dass die Überweisungen von anonymen Einzahlern getätigt worden sind.
Jetzt ist es Kapulski klar. Diese Geldtransfers sind faul.
Wer macht so etwas? Wer zahlt im Ausland anonym solche Summen ein, um sie an Drescher zu überweisen?
Hatte Drescher jemanden erpresst?
Hatte er jemand in der Hand?
Und: Wer sich einen Porsche-Carrera GT 911 Cabrio leistet, den hohen Anschaffungspreis bezahlt, auch wenn er ihn möglicherweise gebraucht gekauft hat, die hohen Steuer- und Versicherungssummen, den Spritverbrauch, und daneben einen Strichjungen "aushält", der braucht viel Geld.
Sein Gehalt bei Ganzer wird hierfür wohl nicht ausreichen.
Paul Kapulski legt sich eine seiner gedanklichen Konstrukte zurecht:
Wer zahlt?
Ist es ein Österreicher?
Oder ein Deutscher, der mit solchen Summen Bargeldes nach Oberösterreich reist, um es von dort nach Deutschland zu überweisen?
Aus welchem Milieu stammt der Zahler?
Direkt aus dem Schwulenmilieu sicher nicht. Oder doch?
Hat er dort eine öffentlich bekannte Person kennen gelernt, die nicht will, dass ihre sexuelle Neigung bekannt wird?

Etwa ihrer Frau – der Familie? – Den Kindern? – Den Geschäftspartnern?
Kauft sich diese Person das Schweigen?

Kapulski fährt zu Ganzer.
"Wissen Sie, dass Drescher über viele Jahre hinweg große Summen Geldes eingestrichen hat, von denen wir nicht wissen, von wem sie stammen und wofür sie bezahlt wurden?"
Ganzer ist überrascht.
"Nein, das wusste ich nicht."
"Sind Ihnen nie Kontakte zwischen Drescher und Personen aufgefallen, die in die Sache verwickelt sein könnten?"
"Sie meinen, Drescher habe etwa jemand erpresst haben können? Nein, ich kann mir das nicht denken. Ich kannte ihn nun wirklich gut. Hätte ich das für möglich erachtet, wäre ich nie auf den Gedanken gekommen, ihm die Geschäftsführerstelle meines Betriebes anzubieten."
"Drescher hatte offenbar einen aufwändigen Lebensstil. Konnte er sich den leisten?"
"Ich weiß nicht, ob der Lebensstil aufwändig war. Den einzigen Luxus, den er sich leistete, war dieses Auto."
„Und Fred!"
Nun haben wir also neben Fred weitere mögliche Täter.
Kapulski fährt nach München zum "Blauen Löwen".
Er bestellt einen Kaffee und wendet sich an den Wirt:
"Sie kannten Herrn Drescher."
"?"
"Genannt 'Hansi'"
"Ja, ja, der Liebhaber von Fred"
"Haben Sie jemals beobachtet, dass Herr Drescher mit einer anderen Person, ob Frau oder Mann, hier in Ihrem Lokal gesprochen hat?"
"Also mit einer Frau keinesfalls. Frauen verlaufen sich

104

kaum in mein Lokal"

"Aber mit einem Mann?"

"Ja, da erinnere ich mich. Ein Mann. Einer der hierher passt. Mit ihm habe ich ihn häufig parlieren sehen. Er hatte auch so einen kleinen Liebhaber. 'Taco'. Dort sitzt er.

Kapulski wendet sich um.

Da sitzt ein Junge, vielleicht 16 Jahre alt. Dunkles kurzes Haar, glänzend vom Gel. Er wirkt, zumindest aus der Entfernung muskulös und durchtrainiert, sein Teint ist dunkel südländisch, sein Gesicht schmal und ebenmäßig.

Kapulski dankt dem Wirt und geht auf Taco zu.

Der steht auf, weicht zurück. In der Entfernung hatte er selbstsicher gewirkt. Jetzt ist er auf Abstand bedacht. Schlechtes Gewissen - Angst?

"Du heißt Taco?"

"Ja"

"Du hast hier einen Lover. Wartest du gerade auf ihn?"

"Nein. Er kommt heute nicht"

Seine Sprache ist flüssig. Die Betonung und die Aussprache weist ihn aber als Ausländer aus. Marokko? Wohl aus dieser Ecke.

"Wie heißt dein Lover?"

"Max"

"Und weiter?"

"Weiß nicht."

"Wo wohnt er?"

"Weiß nicht. Das sagt er nicht. Ich soll nicht wissen."

"Wo trefft ihr euch?"

"Drüben im Hotel 'Seidener Schuh'"

Das ist ein in der Gegend bekanntes Stundenhotel.

"Zahlt er dich gut?"

"Nein. Er sagt, er hat nicht viel Geld"

Kapulski wendet sich an   Direktor Ferdinand Hohenstein

von der Kriminalpolizeiinspektion Torstadt, seinen Vorgesetzten .

Direktor Hohenstein ist gute fünfzig Jahre alt. Er ist groß, massig, mit breiten, aber formschönen, gepflegten Händen. Sein Haupthaar ist fest, mit einem schnurgeraden Scheitel rechts, graue Schläfen.

Er hat eine wohltönende tiefe Bassstimme.

Sein dunkelgrauer Anzug sitzt perfekt, wohl eine extra Anfertigung. Weißes Hemd, hellblaue Krawatte mit kleinen Röschen, randlose Brille. Er wird von seinen Leuten als kompetent eingeschätzt und geachtet. Ja, man kann sagen, er ist beliebt bei seinen Untergebenen, wenn er auch zuweilen zu Jähzorn neigt und dann auch ungerecht sein kann. Aber er sucht bei allen Meinungsunterschieden das Gespräch mit dem Ziel, diese auszuräumen und ist nicht nachtragend.

Der Kommissar wird vorgelassen.

Hohenstein weist auf einen Stuhl am Schreibtisch, dem seinen gegenüber.

"Nun, Kapulski, was gibt's?"

Kapulski erzählt die ganze Geschichte Drescher.

Besonders ausführlich das Verschwinden von Fred und die Anonymität von Max, die Zahlungen an Drescher aus Oberösterreich.

Er erläutert auch die Verdachtsgründe am Mord Dreschers, die sich in zwei Richtungen bewegen.

Entweder Fred. Seine Akte wollte Kapulski ja schon schließen. Aber sein Untertauchen wirft wieder neue Momente auf.

Oder der anonyme "Max", der möglicher Weise von Drescher unter Druck gesetzt wurde und Schweigegeld bezahlen musste.

Kapulski bittet den Kriminaldirektor um Unterstützung.

Taco müsse rund um die Uhr beschattet werden, um an "Max" heranzukommen.

Die Fahndung nach Fred, die vor sich hindümpelt, müsse verstärkt werden.

Die Kriminalpolizei in Linz müsse gebeten werden, dass von den oberösterreichischen Banken in den größeren Orten und Städten bei allen versuchten anonymen Barüberweisungen nach Bayern, die über 1000 Euro liegen, die Einzahler festgestellt und gemeldet werden. Sollte sich der Einzahler weigern, seine Identität preiszugeben, solle die Überweisung nicht ausgeführt werden.

Direktor Hohenstein hebt die Hände.

"Ich verstehe. Ich glaube Ihnen auch, dass das alles nötig wäre. Aber - woher soll ich die Leute nehmen für die Beschattung dieses Strichjungen?"

Auch dass die Fahndung nach Fred nicht vorwärts kommt, liege einfach am fehlenden Personal.

Das mit den Banken werde er aber regeln. Zur Kriminalpolizei in Linz habe er gute Verbindung. Er denke, dass er mit den Kollegen dort gut zurecht komme.

"Nur - werden Überweisungen überhaupt noch folgen, nachdem Drescher nicht mehr lebt?"

Das hatte Kapulski auch bedacht. Er hofft nur, dass der mögliche Zahler vom Tod Dreschers noch nichts weiß. Der Vorfall war zwar in den Regionalblättern ausführlich geschildert worden, nicht aber in den überregionalen Zeitungen. Er geht davon aus, dass die Provinzblättchen im Ausland nicht gelesen werden.

Hohenstein versichert, er werde alles versuchen, die Beschattung Tacos so schnell wie möglich einzuleiten.

Direktor Hohenstein erhebt sich. Er reicht Kapulski die Hand und verabschiedet ihn.

Kapulski geht in sein Büro. Auf dem Schreibtisch türmen

sich die unerledigten Akten.

Er hasst Schreibtischarbeit. Und doch muss sie sein.

Heute will er so viel wie möglich abarbeiten.

Er lässt sich einen Kaffee bringen.

Protokolle von Vernehmungen - Anzeigen und Nieder-schriften von Verkehrsdelikten, von Einbrüchen und La-dendiebstählen.

Die hakt er normalerweise ungelesen ab. Doch seit er mit dem Fall Drescher befasst ist, liest er auch sie aufmerksam.

Besonders dann, wenn Obertieming genannt wird Er könnte vielleicht einen Hinweis zu seinem Fall finden.

Aber nichts da. Er legt die Brille ab und reibt sich die Na-senwurzel.

Es ist Mittag geworden.

Die bearbeiteten Akten legt er säuberlich in die Ablage "erledigt".

Die "unerledigten" sind weniger geworden, aber in Kürze wird die Sekretärin mit einem neuen Stoß erscheinen und der Aktenturm wird höher sein, als wie er ihn heute vorge-funden hat.

Er steht auf und verlässt den Raum. Im Vorzimmer redet die Sekretärin in den Telefonhörer.

Hoffentlich nicht für ihn, denkt sich Kapulski und macht sich heimlich davon.

Nach dem Mittagessen möchte er wieder am Schreibtisch arbeiten. Denn in der Sache Drescher kann er vorläufig nichts unternehmen. Er muss warten, bis "Max" ausfindig gemacht worden ist und die Österreicher über den Einzahler etwas herausgekriegt haben.

Am nächsten Morgen, als er sein Büro betritt, kommt ihm ganz aufgeregt seine Sekretärin entgegen. Soeben habe die Polizeiinspektion angerufen, in Obertieming hat sich der geschäftsleitende Beamte das Leben genommen.

Sie sieht auf ihren Notizzettel.

"Er heißt Hermann Dachs. Er hat sich erschossen mit einem Revolver im Dienstzimmer. Heute früh hat ihn seine Sekretärin tot auf dem Boden liegend gefunden."

Wieder sieht sie auf ihren Zettel. "Die Sekretärin heißt Franziska Lehr."

"Ist der Erkennungsdienst schon angefordert?"

"Er ist unterwegs".

Als Kapulski im Auto sitzt und Richtung Obertieming fährt, geht ihm die Person Hermann Dachs durch den Sinn.

Er war schon geschäftsleitender Beamter unter dem früheren Bürgermeister. Seit 1990 ist er in Obertieming. Damals kam er als 25-Jähriger zu der Stelle.

Sowohl mit Bürgermeister Ewald Meier wie mit dessen Nachfolger Mark Zauser hatte er ein gutes, loyales Verhältnis.

Er galt als fleissig, verständnisvoll, humorig, sachkompetent, ein guter Gesprächspartner für alle Bürger, die ein Anliegen vorzubringen hatten.

Er sah verdammt gut aus, war unverheiratet, der Schwarm aller Frauen, vor allem aber von Sarah Bader, der Arzttochter aus dem Ort.

Wenn er das alles bedenkt, muss Kapulski zum Schluss kommen: Ein idealer Mensch. Gibt es so etwas: einen idealen Menschen?

Als Kapulski im Rathaus ankommt, ist dort große Aufregung.

"Na endlich, dass Sie kommen!" Bürgermeister Zauser war völlig außer Fassung.

Bürgermeister Zauser, zweiter Bürgermeister Alois Ganzer, Kämmerer Josef Damann, Kommissar Kapulski und ein Polizeibeamter, der als erster am Tatort war, betreten das Amtszimmer von Hermann Dachs.

Der liegt verkrümmt am Boden. Eine dünne Blutlache rinnt aus seinem Mundwinkel.

Der am Ort niedergelassene Arzt Dr. Bader hatte schon den Tod festgestellt und dem Toten die Augen geschlossen.

Der Erkennungsdienst war eben dabei, den Raum nach möglichen Fingerabdrücken zu untersuchen.

"Frau Lehr war zum Dienstantritt heute früh gekommen", begann der Bürgermeister "und hat ihn so gefunden. Sie erlitt einen Schock. Ich habe darauf sofort Dr. Bader angerufen, der in wenigen Minuten hier war und den Tod festgestellt hat. Er hat sich auch um Frau Lehr gekümmert.

Dann haben wir die Polizeiinspektion in Torstadt verständigt"

"Wo ist die Tatwaffe?"

"Ich habe sie sichergestellt." antwortete der Mann vom Erkennungsdienst. "Es handelt sich um eine 'Mosquito Sport-Pistole Kaliber 22 lfB'. Die Patrone haben wir gefunden und ebenfalls sichergestellt."

"Sind Sie mit Fingerabdrücken fündig geworden?"

"An der Waffe gibt es nur Fingerabdrücke von Hermann Dachs.

Am Schreibtisch, an den Schubladen, am Telefon, an der Tastatur des Computers, an den Türen, Fenstern und Schränken eine große Menge wie überall."

"War bekannt, dass Dachs eine Schusswaffe hat?

"Ja, es war bekannt" so Bürgermeister Zauser.

"Hat er einen Waffenschein oder wenigstens eine Waffenbesitzkarte?"

"Er hat einen Waffenschein".

"Wo hatte Dachs die Waffe aufbewahrt? Hier im Rathaus - in seinem Zimmer?"

"Das weiß ich nicht. Da müssen wir Frau Lehr fragen"

Frau Franziska Lehr wusste es.

"Herr Dachs hatte sie meist hier in seinem Schreibtisch in der Schublade rechts oben. In der Regel war die Schublade verschlossen."

"Wer hatte einen Schlüssel zu dieser Schublade?"

"Jeder Generalschlüssel sperrt", so Bürgermeister Zauser.

"Wer hat einen Generalschlüssel?"

"Es gibt eine Liste. Bitte, Frau Lehr, können Sie die Liste heraussuchen?"

Es stellte sich heraus, dass es eine ganze Reihe von Personen gibt, die einen Generalschlüssel besitzen:

Erster und zweiter Bürgermeister, Geschäftsleiter, Kämmerer, Sekretärin, Putzfrau, der Leiter des Bauhofes, sein Stellvertreter, der Pförtner usw.

"Gibt es einen Abschiedsbrief?"

"Wir haben keinen gefunden" antwortete der Bürgermeister.

"Haben Sie einen Schlüssel für seine Wohnung?"

"Nein."

"Die Wohnung habe ich versiegelt" meldet sich der Polizeibeamte zu Wort.

"Gut so."

"Wenn Sie mit Ihrer Arbeit fertig sind" richtet sich Kapulski an den Erkennungsdienst, "lassen Sie bitte die Leiche ins gerichtsmedizinische Institut bringen.

"Ja, natürlich" so die beflissene Antwort. "Der Leichenwagen ist bestellt".

"Die Waffe bitte ins kriminaltechnische Institut. Ich möchte, dass sich Günter Specht, der Leiter, persönlich damit befasst."

"Nun zu Ihnen, Herr Bürgermeister" wendet sich Kapulski an Mark Zauser.

"Ich möchte unter vier Augen mit Ihnen sprechen".

"Gut, gehen wir auf mein Zimmer".

Zauser geht voraus die wenigen Meter, öffnet die Tür zu seinem Büro.

"Ich bitte Sie einzutreten"

Kapulski kennt den Raum schon von früheren Besuchen.

"Bitte, nehmen Sie Platz."

Der Bürgermeister weist auf einen kleinen Konferenztisch mit zwei Stühlen, etwas abgesetzt vom Schreibtisch.

"Hermann Dachs ist also gestern gestorben. In seinem Arbeitszimmer. Heute früh hat die Sekretärin ihn gefunden" fasst der Kommissar zusammen.

"War da niemand mehr im Haus? Hat niemand den Schuss gehört?"

"Offensichtlich nein."

"Keine Putzfrau?"

"Die Reinigungsfrau hatte sich gestern bei Frau Lehr telefonisch entschuldigt. Sie ist krank, hat Fieber. Frau Lehr hat es mir gleich berichtet."

"Kann es nicht vorkommen, dass jemand im Haus länger arbeitet? Ist das Haus nach Betriebsschluss völlig verwaist?"

"Ja, der Betrieb schließt um 17 Uhr. Dann kommt normalerweise die Putzfrau. Aber gestern kam sie eben nicht."

"Sie haben mit Herrn Dachs eng zusammengearbeitet. In so einem engen und vertrauten Miteinander spricht man gewöhnlich neben dem rein Dienstlichen auch mal über persönliche Dinge. Kam das bei Ihnen auch vor?"

"Ja, ab und an. Nicht sehr oft."

"Haben Sie irgendeine Erklärung für diese Tat? Ich meine, wer die Absicht hat, sich selber zu töten, befindet sich psychisch in einem Ausnahmezustand. Ist Ihnen irgendetwas am Verhalten von Hermann Dachs aufgefallen, das auf so einen Ausnahmezustand hinweisen könnte?"

"Ich habe Herrn Dachs zuletzt vor dem Mittagstisch gesehen. Am Nachmittag hatte ich einen Termin im Landratsamt und bin erst nach 17 Uhr zurückgekehrt. Nachdem es schon nach Dienstschluss war, bin ich nicht mehr ins Rathaus gekommen, sondern gleich nach Hause gefahren."

"Sie können sich die Tat nicht erklären? Sie haben keinen Anhaltspunkt, warum sich Hermann Dachs umgebracht hat?"

"Nein, ich kann es mir nicht erklären. Der Grund muss im persönlichen Bereich liegen. Vielleicht eine Frauengeschichte."

"Eine Frauengeschichte?"

Mark Zauser erzählt nun von den vielen Frauenbeziehungen, die Dachs unterhielt. All das Gerede, das über ihn im Umlauf war. Auch die Geschichte mit Sarah Bader, dass er ihr sehr gewogen war und sie wohl brauchte als Partnerin, als Geliebte, aber besonders für Gespräche bei Problemen, bei freudigen Anlässen wie bei Sorgen, wie man eben jemanden braucht, um seine Seelenlast abladen zu können.

Andererseits habe er eine außergewöhnliche Bindungsangst gehabt und Sarahs Wünsche, ihre Verbindung zu legalisieren, stets von sich geschoben.

Zauser ist überzeugt, dass Sarah am ersten über mögliche Beweggründe Bescheid wissen könne.

"Gibt es im Haus hier eine Person, mit der er näheren Kontakt hatte?"

"Nicht dass ich wüsste"

"Dann danke ich Ihnen vorerst für das Gespräch"

Kapulski hatte vorher im Büro von Dachs alle Anwesenden gebeten, ihm heute Vormittag für Einzelgespräche zur Verfügung zu stehen.

Sie brachten ihn jedoch keinen Schritt weiter.

Weder der zweite Bürgermeister, noch der Kämmerer hatten engeren Kontakt zu Dachs. Auch die Sekretärin ist über seine Lebensweise, über sein Privatleben nicht informiert.

Sie erklärte nur, sie habe gerne mit ihm zusammen gearbeitet. Er sei ein sehr fürsorglicher Chef gewesen, habe sehr auf Pünktlichkeit und Exaktheit in seiner und ihrer Arbeit geachtet.

"Gibt es jemand im Rathaus, mit dem oder mit der Herr Dachs Probleme hatte?"

"Darüber ist mir nichts bekannt".

Der Leichenwagen war eingetroffen.

Kriminalhauptkommissar Paul Kapulski nimmt sich den Polizeibeamten, Polizeimeister Konrad Schanz, der als erster nach dem Anruf im Rathaus eingetroffen war, zur Seite und bittet ihn, mit ihm zur Wohnung von Hermann Dachs zu kommen.

Die Wohnung befindet sich etwa 10 Gehminuten vom Rathaus entfernt in einem Gebäude mit sechs unterschiedlich großen Wohnungen.

Es handelt sich um Eigentumswohnungen.

Es gibt einen Hausmeister, den ihm Frau Lehr verraten hat.

Kapulski und Schanz suchen ihn auf, finden ihn auch und bitten ihn, ihnen den Schlüssel zur Wohnung Dachs auszuhändigen.

Der Hausmeister wollte sich weigern. Da zeigte Kapulski seine Marke, was er vorher vergessen hatte. Der Hausmeister ließ sich die Abgabe des Schlüssels bestätigen, was bei den beiden Polizeibeamten ein anerkennendes Lächeln hervorrief.

Die Wohnung von Dachs ist im 2. Geschoss, zu erreichen mit einem Lift und umfasst Wohnzimmer, Arbeitszimmer, Schlafzimmer, Küche und Bad und hat etwa 80 m² Wohnfläche. In der Tiefgarage gehören zur Wohnung zwei Stellplätze. Außerdem gibt es einen Speicheranteil und einen Balkon nach Südwesten, groß wie eine Terrasse.

Sie betreten die Wohnung. Gleich nach der Wohnungseingangstür die Diele mit Garderobe und WC.

Dann treten sie in die Küche. Sie ist geräumig und beinhaltet auch einen Essplatz, gestaltet wie eine Bar mit hohen Hockern .

Es ist die Küche eines "Junggesellen" und ziemlich unaufgeräumt.

In der Spüle stehen noch Tassen und Gläser, die dringend der Reinigung harren. Die Spülmaschine ist voll und will ausgeräumt werden.

Zurück in die Diele. Von dort ins geräumige Wohnzimmer. Sitzgarnitur, Bücherschrank, Bilder, Ausgang auf den Balkon.

Zeitungen liegen herum, 2 Weingläser stehen auf dem niedrigen Couchtisch.

Vom Wohnzimmer geht es ins Arbeitszimmer. Auch dort hat man den Eindruck, dass der Hausherr bald wieder zurück sein wollte.

Um ins Schlafzimmer und das daran anschließende Bad zu gelangen, muss man wieder zurück zur Diele.

Die Wohnung ist gut geschnitten und für eine Person sehr großzügig.

Einen Abschiedsbrief oder sonst etwas, was auf einen Selbstmord hindeuten könnte, finden sie nicht.

Im Arbeitszimmer sehen sie die Aktenordner durch, ob sie ein Testament finden können. Ergebnislos.

Polizeimeister Schanz und Kapulski sehen sich an.

"Verlässt man eine Wohnung so, wenn man sich in wenigen Stunden umbringen will?"

Noch dazu, wenn alle die Exaktheit und Zuverlässigkeit seiner Arbeit loben.

Kapulski macht Fotos von der Wohnung, wobei ihm nicht die Wohnung selber wichtig ist, sondern deren unordentlicher Zustand.

Sie fahren mit dem Lift in die Tiefgarage. Dort steht der BMW von Dachs, sauber geputzt und poliert.

Auch den Speicheranteil sehen sie sich an. Skier sehen sie

dort, Skischuhe, einen Spind mit Winterklamotten und abgelegten Kleidern, ein Klappbett, gebündelte Zeitungen und Zeitschriften, die wohl auf Abholung warten.

Zurück in die Wohnung.

Im Arbeitszimmer untersuchen sie den Schreibtisch. Sie finden weder ein Testament noch einen Abschiedsbrief.

Aber einen Ordner mit Kontoauszügen der Volksbank.

Eine Menge Abbuchungen von Restaurants, vom BMW-Händler in Torstadt.

Bei 'Haben' der monatliche Gehalt von der Gemeinde, Zinsen von Festgeldern und Wertpapieren und alle paar Monate ein höherer Betrag, 1000 oder 2000, manchmal 5000 Euro ohne Angabe der Herkunft.

"Wie bei Drescher", stellt Kapulski fest.

Er nimmt sein Handy und wählt die Volksbank Obertieming.

"Bitte Herrn Direktor Allmannsdorfer"

"Ich verbinde"

"Hier Kriminalhauptkommissar Kapulski"

"Ah, Herr Kapulski, was gibt's?"

"Gestern Abend ist der geschäftsleitende Beamte der Gemeinde, Herr Dachs, tot in seinem Büro aufgefunden worden mit einem Revolver neben sich."

"Ja, das ging schon durch den ganzen Ort. Schrecklich!"

"Ich bin in seiner Wohnung und habe die Kontoauszüge Ihrer Bank gefunden."

"Ja, er hat bei uns eine Reihe von Konten"

"Ich finde hier Einzahlungen, nur runde Summen, zwischen 1000 und 5000 Euro, einmal sogar 10.000 Euro."

"Aha, wie im Fall Drescher."

"Können Sie bitte wieder recherchieren lassen, woher das Geld kommt, oder brauchen Sie wieder einen richterlichen Beschluss?"

"Eigentlich darf ich mein Bankgeheimnis nur brechen,

wenn ich von einem Gericht dazu gezwungen werde. Aber im vorliegenden Fall und angesichts der Parallele zum Fall Drescher, in dem ich ja den richterlichen Beschluss vorliegen habe, kann ich eine Ausnahme machen. Ich bitte Sie nur, mir das Papier nachzureichen."

"Wird gemacht. Ich rufe Sie in einer Stunde wieder an, oder komme kurz vorbei."

"Über Ihren Besuch würde ich mich freuen. Kommen Sie doch auf eine Tasse Kaffee!"

Kapulski verstaut den Ordner mit den Kontoauszügen wieder im Schreibtisch. Die ominösen Summen hatte er sich vorher mit den Wert-Daten notiert.

Kommissar Kapulski und Polizeimeister Schanz verlassen die Wohnung, sperren sie ab und versiegeln sie.

Nach etwa einer Stunde ist Kapulski bei Direktor Allmannsdorfer in der Volksbank.

"Es ist wirklich eine Parallele zu Drescher" eröffnet der Direktor. Die Gelder wurden jeweils in Linz, Wels, Schärding und anderen Städten in Oberösterreich, im Innviertel, einbezahlt. Und zwar anonym."

"Ein eigenartiges Gebaren", meint Kapulski, „wäre das auch hier möglich?"

"Was"

"Dass ich einen Barbetrag bringe und ihn am Schalter der Bank auf ein fremdes Konto einzahle?"

"Ohne dass Sie sich identifizieren? - Nein, das ginge nicht", so der Bankdirektor und weiter:

"Deshalb hat der Einzahler dies wohl vom Ausland aus getan."

"Wir kennen die Termine, an denen die Zahlungen erfolgten", überlegt Kapulski laut, "die Summen müssen vorher von einem Konto abgehoben worden sein. Kann man im Zeitalter des elektronischen Geldverkehrs feststellen, von welchem Konto bei welcher Bank zu einem gegebenen

Zeitpunkt bestimmte Summen, wie etwa runde 10.000 Euro, abgehoben werden?"

"Da überfordern Sie unsere Möglichkeiten gewaltig. Und zwar deshalb, weil solche Vorgänge einfach zu häufig vorkommen."

"Ein weiteres: Können Sie feststellen lassen, ob solche anonyme Einzahlungen in dieser Größenordnung noch bei anderen Konten in Ihrem Haus vorliegen?"

"Da muss ich mit unserem EDV-Fachmann sprechen. Ich bin überfragt. Aber ich frage ihn sofort."

Direktor Allmannsdorfer nimmt den Telefonhörer zur Hand und wählt eine gespeicherte Nummer.

"Hier Allmannsdorfer. Können Sie feststellen, ob es bei uns Girokonten gibt, auf die runde Summen von 5000 oder 10.000 Euro anonym, also ohne Herkunftsdaten, eingezahlt wurden?"

Nach einer Weile, in der Direktor Allmannsdorfer die Antwort vernahm und eine Miene des Bedauerns annahm:

"Wir könnten das vielleicht noch dahingehend einschränken, dass die Zahlungen aus dem Ausland kommen, konkret aus Oberösterreich, speziell Linz, Wels, Schärding und anderen Städten des Innviertels."

Allmannsdorfer hängte ein.

"Unser EDV-Experte meint, das müsste möglich sein. Er werde sich sofort mit der Sache befassen.

Kapulski gibt seinem Gesprächspartner seine Handynummer.

"Ich wäre Ihnen sehr verbunden, wenn Sie mich sofort anriefen, sobald Sie konkrete Hinweise haben."

"Mache ich gerne".

Kapulski verlässt die Bank.

Er vermutet, dass Dachs keine andere Bankverbindung hat. Zumindest hat er keine Hinweise gefunden.

Kriminalhauptkommissar Paul Kapulski sitzt an seinem Schreitisch in der Kriminalpolizeiinspektion Torstadt.
Er dreht an seinem Bleistift.
Die Parallele Drescher - Dachs.
Beide sind tot. Beide haben von unbekannt große Summen Geldes immer wieder erhalten. Beide waren in der bzw. für die Gemeinde Obertieming tätig.
Der Tod von Hans Drescher ist auf raffinierte Weise geplant worden. Hermann Dachs ist von einer Revolverpatrone getötet worden. War es Selbstmord?
Kapulski bezweifelt es. Nicht nur, um die Parallelität zwischen den beiden Toten nicht zu gefährden.
Anruf von Direktor Allmannsdorfer von der Volksbank aufs Handy:
"Nein, an weitere Personen, die laufende Konten bei uns haben, sind keine so hohe Summen aus dem Ausland von Unbekannt eingegangen."
"Danke"
Also nur die zwei.
Kapulski sieht in sein Notizbuch.
Der Bürgermeister hat ihm erzählt, der unverheiratete Dachs habe ein Liebesverhältnis mit der Tochter von Dr. Bader, Sarah, gehabt.
Wieder ist Kapulski auf der Fahrt nach Obertieming.
Es ist Freitag Vormittag.
Er läutet an der Praxistür von Dr. Bader. Die Tür öffnet sich mit einem kreischenden Klingelton.
An der Rezeption zeigt er so diskret wie möglich, damit anwesende Patienten es nicht bemerken, der Sprechstundenhilfe seinen Dienstausweis.
"Können Sie mir sagen, wo ich die Arzttochter Sarah erreichen kann?"
"Da muss ich erst den Doktor fragen, ob ich diese Auskunft geben darf", so die Helferin, geht zur Tür des Ordinations-

raumes und verschwindet darin.

Sie kommt wieder und in ihrem Gefolge Dr. Bader.

"Bitte kommen Sie mit mir in das zweite Sprechzimmer. Dort sind wir allein".

Dort sitzen sich Arzt und Kommissar am Schreibtisch gegenüber.

"Sie wollen Sarah sprechen wegen des Todes von Hermann Dachs."

"Ja. Ich habe erfahren, dass sie ein enges und ernsthaftes Verhältnis zu Dachs hatte."

"Das kann ich bestätigen. Sie können sich vielleicht vorstellen, was dieser Tod bei ihr bewirkt hat. Sie hat einen Schock erlitten, der natürlich noch nachwirkt."

Er hält Kapulski einen längeren Vortrag, wie sich ein seelischer Schock auf Körper und Geist eines Menschen auswirkt.

"Momentan können Sie sie nicht hier erreichen. Sie arbeitet bei der Volksbank Torstadt als Bereichsleiterin für Fragen der Baufinanzierung. Da ist sie häufig unterwegs auf Baustellen. Aber heute, am Freitagnachmittag ist die Bank geschlossen. Da können Sie mit ihr sprechen, wenn sie nicht schon anderes vorhat oder überhaupt bereit ist, über diese Sache zu reden. Ich gebe Ihnen ihre Handynummer. Rufen Sie sie an und sie werden sehen ..."

Dr. Bader war aufgestanden.

"Sie verstehen, wir müssen das Gespräch beenden, meine Patienten warten auf mich."

Er hatte Sarahs Adresse auf einen Zettel geschrieben mit ihrer Handynummer, den er ihm nun reicht.

"Ich danke Ihnen für Ihre Hilfe".

Kapulski wendet sich zur Tür und verlässt die Praxis.

Vom Auto aus wählt er Sarahs Handynummer.

Nach nur zwei Freizeichen meldet sich eine Frauenstimme.

"Bader"

"Sie sind Frau Sarah Bader? Mein Name ist Kapulski von der Kriminalpolizei in Torstadt."
"Sie rufen wegen Hermann an?"
"Ja, mir wurde erzählt, dass Sie ein enges Verhältnis mit Hermann Dachs hatten."
"Welcher Quatschkopf hat Ihnen das gesagt?"
"Stimmt es nicht?"
"Doch - man kann es so nennen. Wir wollten heiraten".
"Können wir uns treffen, damit ich Ihnen einige Fragen stellen kann?"
"Ja, bei mir im Büro"
"Wenn ich gleich starte, könnte ich in einer halben Stunde bei Ihnen sein. Finde ich Sie in der Hauptfiliale der Volksbank?"
"Ja, am Stadtplatz."
"Danke - bis gleich".

An der Tür, steht:
'Sarah Bader, Dipl. Betriebswirtin'
und darunter
'Bereichsleitung Baufinanzierung'.
Nach einem hellen und freundlichen "Herein" steht Kapulski Sarah gegenüber.
Er zeigt ihr seinen Ausweis.
"Welche Fragen möchten Sie mir stellen?"
Sie bietet ihm einen Stuhl auf der anderen Längsseite des Schreibtisches an.
"Sie kannten Hermann Dachs sehr gut".
"Ja, wir waren lange befreundet"
"Man sagt, Herr Dachs habe Selbstmord verübt."
Nach diesem Satz bricht sie in Tränen aus. Mit äußerster Anstrengung will sie sich beherrschen. Es gelingt ihr nicht.
Kapulski schweigt diskret und wartet, bis sie sich ihm wieder zuwenden kann.

Er lässt die Fragen nach seinem Tod zunächst weg.

"Er galt als tüchtiger, zuverlässiger, exakter, pünktlicher Beamter"

"Ja, das ist - das war er."

"Ich war gestern, also einen Tag danach, in seiner Wohnung. Sie war ziemlich unordentlich."

"Das ist nicht wahr!" ruft sie erregt.

Sie erhebt sich vom Stuhl. Kapulski ebenfalls.

"Das ist nicht wahr!" wiederholt sie. Noch lauter.

Warum reagierte sie auf diese Nachricht so ungewöhnlich? Kapulski versteht nicht.

"Es war offensichtlich nicht seine Art, die Wohnung unordentlich zu verlassen?".

"Nein". Sie hat sich wieder am Zügel.

Beide setzen sich wieder und schweigen kurz.

"Hatte er wieder eine Schlampe bei sich?" Leise und ängstlich kam diese Frage.

"Das ist möglich. Ich habe gesehen, dass das Doppelbett zerwühlt war", antwortete unschuldig der Kommissar.

Wieder springt sie auf. Sie läuft im Zimmer in starker Erregung auf und ab.

"Dieses Schwein!"

Sie kommt wieder zur Ruhe. Nimmt am Schreibtisch ihren Platz ein.

"Entschuldigen Sie, bitte".

"Hatten Sie öfter eine Auseinandersetzung wegen anderer Frauen?"

Kapulski wusste natürlich von diesem Problem. Es war in Obertieming Tagesgespräch.

"Er konnte es nicht lassen. Ich habe ihn geliebt. Aber wenn ich ihn wieder mit einer anderen erwischt habe, wäre ich bereit gewesen, ihn umzubringen."

"Vorsicht, Frau Bader. Ich bin von der Kriminalpolizei. Ich müsste diese Aussage zu Protokoll nehmen. "

"Ich könnte es ja doch nicht. Ich liebe ihn ja."

Er muss erneut in der Wunde bohren.
"Können Sie sich vorstellen, dass Herr Dachs seine Wohnung so verlässt, wenn er vorhat, sich in wenigen Stunden zu erschießen?"
Sie schüttelt nur den Kopf.
Kapulski wechselt das Thema.
"Hat Herr Dachs die Schusswaffe häufig benutzt und wofür?"
"Ich habe ihn nie mit der Pistole gesehen. Ich habe auch nicht gewusst, dass er eine hat."
Sarah Bader hat sich nun wieder gefangen und wirkt so souverän wie zu Beginn.
Eine hübsche Frau.
Sie ist jetzt nahe 30 und war 16, als Hermann Dachs nach Obertieming kam und sie sich sofort in ihn verliebte.
Sie ist mittelgroß, sehr schlank, dunkelbraune lange Haare, hochgesteckt, das Gesicht ebenmäßig, dunkler Teint, eine weiße Bluse, mit einer Art Schillerkragen, darüber eine hellbraune Wildlederjacke, braune Samtjeans, hochhackige Schuhe.
Kapulski wagt es, noch einmal die Frage zu stellen:
"Glauben Sie an Selbstmord?"
"Denken Sie denn an etwas anderes?"
"Noch einmal: Die Wohnung war in einem recht unordentlichen Zustand, als sie Herr Dachs am Morgen der Tat verließ. Er hinterlässt keinen Abschiedsbrief und kein Testament. Zumindest haben wir nichts gefunden. Ist dies das Verhalten eines sonst untadeligen Beamten?"
"Nein, Hermann war immer sehr ordentlich."
"Wenn er die Absicht gehabt hätte, sich zu töten, hätte er einen Abschiedsbrief geschrieben und ihn so gelegt, dass er gewiss auch gefunden wird - oder?"

"Glauben Sie denn, dass er ermordet worden ist?"

"Ich weiß es noch nicht. Aber ich möchte alle Spuren zusammentragen, um dies zu klären. Ich bitte Sie, mir dabei zu helfen."

Er verabschiedete sich und fuhr zur Inspektion.

Mittlerweile war es Mittag geworden.

Deshalb sah er nur kurz auf seinen Schreibtisch, ob wichtige Post angekommen war.

Das war nicht der Fall. Deshalb fuhr er gleich weiter zu seiner Wohnung, wo seine Frau schon mit dem Mittagessen auf ihn wartete.

"Na, wie viele Mörder hast du heute gefasst?"

Er hasste diese Art von Scherzen und antwortete nicht.

Während er die Suppe löffelte, kreisten seine Gedanken immer wieder um diese beiden, sich so ähnelnden Fälle.

"Wenn du kein Wort redest, dann könnte ich auch alleine essen und die Wand anschauen."

"Entschuldige, bitte, ich kann mich nicht lösen von der Problematik zweier Fälle, die ich derzeit bearbeite."

Und er erzählte ihr in Kürze die Situation.

Gleich nach dem Essen fährt er zurück zur Kriminalpolizei-Inspektion.

Auf seinem Schreibtisch findet er eine Notiz seiner Sekretärin, er möge sich bei Kriminaldirektor Hohenstein melden.

Es ist Freitagmittag. Das Haus ist leer bis auf wenige Notdiensthabende. Auch kein Direktor weit und breit.

So verschiebt er seinen Besuch auf Montag.

Am Montagmorgen meldet sich Direktor Allmannsdorfer von der Volksbank am Handy.

Das Konto von Hermann Dachs wurde überprüft. Die Zahlungen erfolgten wiederum anonym aus Österreich - wie bei Hans Drescher.

Kapulski klopft bei Kriminaldirektor Ferdinand Hohenstein.

"Guten Morgen, Kapulski, ich möchte Ihnen Vollzug melden."

Er benutzte lächelnd diese Redewendung, die er von seinen Untergebenen stets verlangte. Sie mussten immer "Vollzug melden".

"Seit heute wird dieser Strichjunge Taco beschattet. Es sind zwei Mann abgestellt, die das Vergnügen haben, die nächste Zeit im Schwulenmilieu zu verbringen.

Die Fahndung nach Fred mussten wir nicht forcieren, er ist wieder da. Ein älterer Liebhaber hatte ihn in den Urlaub mitgenommen.

Drittens: Die Banken in Oberösterreich.

Mein Kollege von der Kripo Linz hat mir erklärt, er sähe keine Möglichkeit, nach unseren Wünschen zu verfahren.

Eine Verpflichtung, der Kripo zu melden, wenn ein Kunde anonym bar überweisen wolle, gibt es nicht. Er habe zwar die Zentralen der in Oberösterreich befindlichen Banken um solche Meldungen gebeten. Es wäre aber freiwillig und er könne nicht verbürgen, dass sie danach handeln."

Kapulski erläutert dem Direktor die Vorfälle der letzten beiden Tage.

Er verhehlt auch nicht seinen Verdacht, dass der geschäftsführende Beamte Hermann Dachs sich nicht selber getötet hat.

"Wenn er ermordet worden ist und der Täter alles so arrangiert hat wie einen Selbstmord, dann haben wir die totale Parallele zu Drescher."

Umso dringender brauchen wir die Person, die die hohen Beträge anonym von Österreich aus auf die Konten der beiden überwiesen hat. Hier scheint mir der Schlüssel für das Ganze zu liegen."

"Ihre Argumentation leuchtet mir ein" erwidert Hohenstein.

Wieder in seinem Büro, ruft Kapulski im Kriminaltechnischen Institut an und verlangt Dr. Specht.

"Specht"

"Hier Kapulski, ich möchte gerne wissen, was die Obduktion von Hermann Dachs ergeben hat."

"Nichts Besonderes. Der Schuss aus der Pistole war tödlich. Die Person starb augenblicklich. Ich muss annehmen, dass der Selbstmörder Linkshänder war. Denn der Schuss erfolgte aus nächster Nähe in die linke Schläfe."

Kapulski erschrak. Nie hatte er danach gefragt, ob Dachs Linkshänder sei.

Er greift zum Telefon.

"Bader"

"Grüß Gott, Frau Bader. Ich habe noch eine Frage an Sie im Fall Hermann Dachs."

"Bitte"

"War Hermann Dachs Linkshänder?"

"Nein - warum fragen Sie?"

"Der tödliche Schuss erfolgte in die linke Schläfe aus nächster Nähe."

"O Gott!"

"Es handelt sich also um Mord. - Können Sie sich vorstellen, wer Interesse haben konnte, ihn zu töten?"

"Nein. Er war allseits beliebt - aus meiner Sicht zu beliebt und hatte meines Wissens keine Feinde."

"Ein Eifersuchtsdrama?"

" ... muss ich nachdenken. Sie verdächtigen doch hoffentlich nicht mich?"

"Ich muss an alles denken."

Ohne Gruß legt sie auf.

Kapulski sieht in die Ferne. Durchs Fenster in einen nebelverhangenen Tag.

Seit Tagen ist der Herbst eingezogen. Regen und Nebel bestimmen das Wetter. Die Sonne versteckt sich hinter dunklen Wolken. Die Biergärten haben heuer schon viel zu früh ihre Biertischgarnituren und Sonnenschirme eingezogen. Die heitere Luft des Frühlings und Sommers ist verflogen.

Kapulski hatte so gehofft, um diese Zeit mit seiner Frau einen kurzen Urlaub in Südtirol machen zu können und so diesem scheußlichen Wetter bei uns zu entfliehen. Sie wissen in der Nähe von Dorf Tirol einen hübschen Gasthof, den Stofflerhof, in dem sie schon einige Male waren. Von dort kann man wundervolle Spaziergänge machen und hernach die exzellente Küche genießen und natürlich einen dort gewiss "sauberen" Südtiroler Roten. Seine Frau hatte eigens 10 Tage frei genommen.

Aber jetzt ist nicht daran zu denken.

Umso weniger, wenn es zutrifft, dass er es nun plötzlich mit zwei Morden zu tun hat.

Er setzt sich ins Auto und fährt nach Obertieming.

Zum Rathaus.

Der Bürgermeister ist nicht da. Kapulski wendet sich an die Sekretärin, Frau Lehr.

"War Herr Dachs Linkshänder?"

"Nein."

"Wie lange sind Sie schon hier beschäftigt?"

"Das werden nächstes Jahr 20 Jahre. Ich habe mit Bürgermeister Meier angefangen. Er war drei Perioden, also 18 Jahre Bürgermeister, Herr Zauser jetzt ein knappes Jahr. Also bin ich fast 19 Jahre hier. Ich war von Anfang an Sekretärin des Bürgermeisters, später, seit 1990, auch des geschäftsleitenden Beamten."

"Ist das nicht ein wenig viel?"

"O ja, das schon. Ich habe aber eine Kollegin, die in den Sitzungen des Gemeinderates und der Ausschüsse die Protokolle schreibt. Da habe ich wenigstens in der Regel keine Abendtermine, außer als Urlaubs- und Krankheitsvertretung. Die Protokolle bearbeite ich dann und lege sie nach Zustimmung der Gremien dem Bürgermeister zur Unterschrift vor."

"Liest der Bürgermeister die Protokolle durch, bevor er sie unterschreibt?"

"Er liest sie bereits vor der Vorlage bei den Gremien, genau wie Herr Dachs sie gelesen und gegebenenfalls korrigiert hat."

"Sie haben aber die Gesamtübersicht über alles, was politisch im Hause abläuft."

"Das kann man so sehen".

"Hermann Dachs war also Rechtshänder"

"Ja"

"Absolut? - oder war er Beidhänder? So etwas gibt es."

"Nein, er war absolut Rechtshänder."

"Dann war es Mord!"

"Was?!"

Kapulski beendet das Gespräch. Er ist erfahren genug, zu wissen, dass die Frau nun einige Zeit benötigt, um diese Mitteilung zu verarbeiten. Es hat deshalb keinen Sinn, in dieser Situation in sie zu dringen.

Im "Blauen Löwen" läuft der Abend wie immer.

Eine Reihe Boys lehnen an der Theke oder sitzen an den Tischen, nippen am Kaffee oder Mineralwasser und warten auf Kunden oder ihren Liebhaber.

Unter ihnen ist ein neues Schwulenpaar: Bernd und Tim.

Die beiden jungen Kriminalbeamten haben den Auftrag, Taco zu beschatten, herauszubringen, wer "Max" ist.

Taco ist nicht da.

In der Rolle eines Schwulenpaares haben die beiden die Gewähr, dass sie nicht sexuell angequatscht oder belästigt werden, was sonst in diesem Lokal Usus wäre.

Die Bindung zweier Homosexueller kann bekanntermaßen weit enger sein als bei Heterosexuellen.

Nach 21 Uhr kommt Taco.

Er fragt den Wirt, ob ihn jemand sprechen wollte. Der verneint.

Taco geht zur Tür, um das Lokal zu verlassen.

Bernd und Tim folgen ihm - Händchen haltend.

Taco geht etwa eine Viertelstunde. Vor einem Altbau bleibt er stehen, zückt seine Schlüssel und verschwindet in der Tür. Adresse: Demianstraße 36.

Am nächsten Morgen Anruf aufs Handy von Kapulski.

Die beiden berichten vom Abend.

Kapulski lässt seine Sekretärin ermitteln, wem Demianstrasse 36 gehört und wer dort wohnt.

Schon nach wenigen Minuten meldet sie ihm: Das Gebäude ist im Eigentum einer Erbengemeinschaft in Augsburg. Sechs Wohnungen. Darunter eine sehr große, die von einer Wohngemeinschaft von vier jungen Männern bewohnt wird..

Die Identität der Mieter wird überprüft.

Sie sind alle polizeilich gemeldet, haben deutsche Papiere, gehen einer geregelten Arbeit nach und zahlen ihre Miete pünktlich.

Taco ist wohl der fünfte Mann, er ist nicht gemeldet.

Von jetzt an halten Bernd und Tim auch die Tür von Demianstraße 36 unter Kontrolle, wenn Taco nicht im "Blauen Löwen" ist.

Schon nach wenigen Tagen können sie tätig werden.

Es ist nach 21 Uhr. Taco verlässt das Haus, geht zur U-Bahn-Haltestelle. Er steigt in die Linie 51. Die beiden ebenso. Es geht stadtauswärts.

Nach drei Stationen verlässt Taco die Bahn. Bernd und Tim haben Schwierigkeit, ihm zu folgen.

Er geht in ein kleines Café. Bernd folgt ihm hinein. Drei Tische sind besetzt. Taco setzt sich an einen leeren. Bernd stellt sich an die Theke mit Rücken zu Taco. Er kann ihn aber im Auge behalten mit Hilfe der spiegelnden Scheiben am Gläserschrank.

Tim beobachtet inzwischen die Szene von draußen.

Sie brauchen nicht lange zu warten.

Auf dem Plan erscheint ein Herr um die 50 im gepflegten Anzug mit Krawatte.

Er betritt das Café. Taco steht auf. Beide sprechen kein Wort miteinander. Sie verlassen das Lokal.

Sie steigen in einen alten Mercedes 190 und fahren ab Richtung Innenstadt.

Die beiden Kriminaler notieren die Autonummer.

Am nächsten Morgen melden sie die Nummer telefonisch dem Kommissar.

Die Sekretärin ermittelt sehr schnell den Autohalter.

Er heißt Florian Bauherr und hat einen Elektro-Installationsbetrieb in der Reichenbachstraße.

Paul Kapulski sucht ihn auf. Ist er der gesuchte "Max"?

Als der Kriminalkommissar die Betriebsräume betritt, sieht er fünf bis sechs Mann Kabelrollen, Werkzeugboxen usw. in die bereitstehenden Lieferwägen laden.

Auf den Fahrzeugen steht schön farbig: "Elektro Bauherr, Ihre Fachfirma wenn's um Strom geht."

Kapulski wendet sich an einen der Arbeiter: "Kann ich Herrn Bauherr sprechen?"

Der weist mit einer Kopfbewegung auf eine Tür: "Im Büro."

Kapulski klopft an der Tür.

Nach einem lauten "Herein" betritt er den Raum.

Das Büro besteht aus einem großen Schreibtisch mit Computer-Bildschirm und Stößen von Akten. Ein größerer Schrank, mit Holztür verschlossen, Kleiderspind und ein

Reißbrett vervollständigen die Einrichtung.

Hinter dem Schreibtisch sitzt ein Mann im grauen Arbeitskittel. Er mag um die 50 sein. Sein Haar ist schon etwas schütter und leicht angegraut. Er ist untersetzt, kräftig gebaut mit großen schweren Händen.

Herr Bauherr steht auf, reicht dem Kommissar die Hand: "Guten Morgen, wo fehlt's". Es klingt sehr jovial.

Kapulski zeigt seine Kennmarke.

"Polizei?"

Wie es allen geht. Sofort meldet sich das schlechte Gewissen.

Was will die Polizei von mir? Ein Film läuft im Kopf ab: Wo bin ich die letzten Tage gewesen? Verkehrsübertretung? Zu schnell gefahren? Aber was - wegen so was kommt nicht die Kripo.

"Kennen Sie Taco?"

Bauherr erbleicht. "Wie kommen Sie zu dieser Frage?"

"Sie sind gestern gesehen worden, wie Sie mit einem jungen Mann in ihrem Auto, einem Mercedes 190, unterwegs waren."

"Wieso interessiert Sie das?"

Ohne diese Frage zu beantworten fährt Kapulski weiter:

"Wann waren Sie zum letzten Mal in Oberösterreich?"

"Ja, ja, ich war in Oberösterreich Lassen Sie mich nachdenken. "Richtig, das war im Mai in Wels. Aber wieso wollen Sie das wissen?"

Kapulski zückt sein Notizbüchlein und liest:

"Sie waren im Mai in Wels, im Juli in Linz, im Oktober in Schärding und im Dezember wieder in Linz."

"Erstens stimmt das nicht mit der Ausnahme Mai in Wels, zweitens werde ich kein Wort mehr sagen, wenn Sie mir nicht erklären, was die Fragerei soll."

"Ich brauche diese Auskünfte für einen Fall, den ich derzeit zu bearbeiten habe."

131

"Werden Sie meine Aussagen vertraulich behandeln?"

"Sie werden vorläufig vertraulich behandelt."

"Was heißt 'vorläufig'?"

"Wenn Sie kooperativ mitarbeiten, verspreche ich Ihnen, dass ihre Mitteilungen vertraulich behandelt werden."

"Dass vor allen Dingen nur meine Frau und meine Kinder nichts davon erfahren! Können Sie mir das versprechen?"

"Wenn Sie mir alles mitteilen, was ich wissen möchte, werde ich Ihre Frau und ihre Kinder nicht befragen. Das verspreche ich Ihnen."

"Ich war im vergangenen Jahr außer im Mai nicht in Österreich. Außer .."

"Außer?"

"Außer bei der Durchfahrt von Tirol nach Italien."

"Sie sind schwul?"

"Um Gottes Willen nicht so laut!"

Kapulski wiederholt, jetzt ganz leise, "Sie sind schwul?"

"Nein, nicht direkt schwul. Ich liebe meine Frau und habe Kinder. Nur ab und zu mag ich so einen Knaben gern, wenn er so hübsch und willig ist wie Taco"

"Sie wissen, dass Taco nicht volljährig ist. Ich muss Sie und Taco zur Anzeige bringen."

"Nein - nein. Nur das nicht!"

"Ich kann davon Abstand nehmen, wenn ich von Ihnen befriedigende Antworten bekomme und Sie sich künftig von Taco fern halten."

"Das verspreche ich"

"Und jetzt zurück zu Oberösterreich. Wie oft waren Sie im vergangenen Jahr dort?"

"Nur einmal im Mai, wie ich gesagt habe. Es ist die Wahrheit. Ich war im Mai dort auf der Baumesse. Meine Frau war dabei."

"Ich werde Ihre Frau danach fragen müssen."

"Ja, bitte, aber kein Wort von Taco, ich bitte Sie darum".

"Was haben Sie in München für Bankverbindungen?"

"Mit meinem Betrieb bei der Stadtsparkasse. Privat haben meine Frau und ich noch ein gemeinsames Konto bei der Postbank."

"Würden Sie mir Ihre Kontoauszüge des vergangenen Jahres zeigen?"

"Warum sollte ich das? Was für einen Fall bearbeiten Sie? Wieso habe ich damit zu tun?"

"Wenn ich die Kontoauszüge gesehen habe, kann ich Ihnen diese Fragen beantworten."

Florian Bauherr holt aus einer der Schreibtischschubladen zwei Ordner mit den Auszügen.

"In welch hohen Summen heben Sie in der Regel von Ihren Konten Geld ab?"

"Maximal 500 Euro. Bis zu dieser Summe kann ich jederzeit vom Bankomat abheben und das kann ich auch in der Zeit, in der die Bank geschlossen ist. Außerdem braucht man heute nicht mehr so viel Bargeld mit sich herumzutragen, nachdem alles oder fast alles mit der BankCard bezahlt werden kann."

"Sie haben nie 20.000 Euro oder mehr auf einmal abgehoben?"

"Nie".

"Lassen Sie sehen!"

Kapulski blättert die Tagesauszüge der Sparkasse durch.

Die höchsten Summen, die entnommen werden, sind tatsächlich immer nur 500 Euro.

Alle höheren Beträge sind bargeldlos.

Dasselbe bei der Postbank.

Kapulski gibt ihm die Auszüge zurück.

"Sie heißen mit Vornamen 'Florian'?"

"Ja"

"Nicht Max?"

"Nein - das heißt ... "

"Nun?"

"Bei Taco heiße ich Max.

Ich wollte, dass mein Verhältnis zu ihm absolut anonym bleibt, damit meine Frau, die Kinder und meine Firmenangestellten nichts davon erfahren".

"Kennen Sie Obertieming?"

"Nein, wo ist das?"

"Ein Ort im Landkreis Torstadt"

"In Torstadt hatte ich Kunden. Aber es ist lange her. Den anderen Ort, den Sie nannten, kenne ich nicht. Ich war nie dort."

"Kennen Sie einen Herrn Hans Drescher?"

Bauherr überlegt.

"Sein Liebhaber heißt Fred"

"Hansi? Den habe ich einmal im "Blauen Löwen" kennen gelernt."

"Ich danke Ihnen für das Gespräch. Ich denke, ich werde Ihre Frau nicht mehr befragen müssen. Sollten noch irgendwelche Fragen auftauchen, bitte ich Sie, sich bereit zu halten."

"Sie wollten mir noch sagen, um welchen Vorgang es hier geht."

"Es geht um anonymen Geldverkehr zwischen Oberösterreich und Bayern."

Kapulski kehrt an seinen Schreibtisch zurück.

Bernd und Tim können ihre Aufgabe im 'Blauen Löwen' beenden, wieder ordentliche Kleidung tragen und Schminken und Lippenstift in den Fundus der Kripo zurück bringen.

Eine andere Spur, die Spur zu Max hat sich als Fehlspur erwiesen. Der Kriminalkommissar ist wieder auf den Anfang zurück geworfen.

Auch Fred kann er getrost vergessen.

Kapulski hat noch einmal nachgeforscht. Er war nicht 'untergetaucht', sondern hatte einen reichen Liebhaber gefunden, der ihn zum 'Zeitvertreib' mit in den Urlaub genommen hat. Der damalige Hinweis war also richtig.

Mit dem Tod von 'Hansi' musste Fred seine Wohnung aufgeben und lebt jetzt zusammen mit anderen Strichjungen in einem verfallenen, unbewohnten Haus im Gärtnerplatzviertel. Er hatte mit dem Tod seines Liebhabers alle regelmäßigen Einnahmen verloren und lebt nun von Zufallsbekanntschaften.

Kapulski informiert Direktor Ferdinand Hohenstein.

Er muss gestehen, dass er ratlos ist.

Noch einmal lässt er die Geschehen in seinem geistigen Kino ablaufen:

Hans Drescher, Vorarbeiter und rechte Hand seines Chefs Alois Ganzer, des Fraktionsvorsitzenden der AfO im Gemeinderat, Mitglied des Bauausschusses.

Rasanter Autofahrer, Eigentümer eines Porsche Carrera GT 911 Cabrio. Ungeklärte Einkünfte aus Österreich.

Hermann Dachs, Verwaltungsoberinspektor, Liebling der Frauen, feste sehr eifersüchtige Freundin. Er braucht sie als Partnerin, hat aber stets auch andere Frauen. Fährt einen schweren BMW 740i. Ungeklärte Zahlungen aus Österreich.

Beide sterben durch 'Fremdeinwirkung', d.h. sie werden ermordet.

Kapulski auf der Fahrt nach Obertieming.

Er wendet sich zum Rathaus. Der Bürgermeister ist da, der Kommissar wird vorgelassen.

"Grüß Gott, Herr Kommissar. Gut, dass Sie kommen. Ich höre von meiner Sekretärin, sie hätten verlautet, Hermann

Dachs habe sich nicht selbst getötet, sondern sei ermordet worden. Eine sehr gewagte These."

"Laut Dr. Specht, Chef des Kriminaltechnischen Instituts in Torstadt, hat die Autopsie von Hermann Dachs ergeben, dass er durch einen Schuss aus nächster Nähe in die linke Schläfe getötet worden ist. Mit der Linken in die linke Schläfe! Das schafft nur ein Linkshänder. Und alle, die ihn kannten und die ich gefragt habe, waren der festen Überzeugung, Dachs war Rechtshänder."

"Dem kann ich nicht folgen", so der Bürgermeister, "mit der Linken in die linke Schläfe, das schafft auch ein Rechtshänder. Was für mich viel mehr zählt: Sie haben an der Waffe nur Fingerabdrücke von Dachs und von keinem anderen, etwa dem nach Ihrer Meinung vorhandenen Mörder, gefunden."

"Das sagt nichts. Der Täter kann Handschuhe getragen haben. Wann haben Sie das Rathaus am Tag der Tat verlassen?"

Ich habe Ihnen schon einmal gesagt, dass ich Herrn Dachs zum letzten Mal vor dem Mittagstisch gesehen habe. Nachmittag hatte ich einen Termin im Landratsamt. Als ich zurückkam, war es schon nach 17 Uhr. Deshalb bin ich gleich nach Hause gefahren.

"Verlassen alle Bediensteten das Haus um 17 Uhr?"

"Ja, zwischen 17 Uhr und spätestens 17 Uhr 15."

"Es gibt niemanden, der üblicherweise länger arbeitet?"

"Nein. Deshalb hat ja auch niemand den Schuss hören können."

"Der Täter muss einen Generalschlüssel gehabt haben. Er hat zu einem früheren Zeitpunkt Waffe und Munition aus der versperrten Schreibtischschublade geholt. Die Schublade war nicht beschädigt. Er muss gewusst haben, dass Dachs an diesem Nachmittag länger im Büro sein werde, hat, nachdem alle Bediensteten mit Ausnahme von Dachs das Haus verlassen hatten, den Dienstraum betreten und ihn ohne Diskussion aus nächster Nähe erschossen.

Darauf hat er die Pistole neben den Getöteten gelegt und so einen Selbstmord vorgetäuscht.

Sein Pech war nur, dass Dachs mit dem Rücken zur Tür stand und, als er den Eintretenden bemerkte, sich nach links umdrehte. Der Täter, dem daran lag, keine Gegenwehr zustande kommen zu lassen, richtete die Waffe gegen seine Schläfe und zog durch. Das musste in kürzester Zeit geschehen. Er hatte keine Zeit, sich die Schläfe auszusuchen. Hätte sich Dachs nach rechts umgedreht, wäre der Schuss in die rechte Schläfe erfolgt und die Ermittlungen wären noch schwieriger geworden."

"Das klingt plausibel und doch kann ich nicht recht daran glauben. Der Täter oder die Täterin musste sich den Schlüssel beschaffen, musste wissen, wo sich die Waffe befindet, musste am Tag vorher nach Dienstschluss die Pistole holen, musste wissen, dass die Putzfrau sich wegen Krankheit entschuldigt hatte und dass kein Ersatz für sie einspringen würde, musste wissen, dass Herr Dachs am Tattag länger im Büro war und musste so gerissen sein, dass er oder sie das Opfer überrumpeln und töten konnte.

Ein bisschen viel 'musste', nicht wahr?"

"Zugegeben. Umso mehr erhärtet sich für mich der Verdacht, dass der Täter oder die Täterin in der unmittelbaren Umgebung, wenn nicht gar im Rathaus selber, zu suchen ist."

Der Bürgermeister springt auf.

"Das ist ja eine ungeheure Unterstellung. Sie vermuten in meiner Umgebung einen Mörder? Nein! Einen Täter oder eine Täterin werden Sie hier nicht finden. Ich kenne alle Bediensteten im Haus. Es ist keiner und keine dabei, dem oder der ich diese Tat zutrauen würde."

"Wir werden sehen."

Kapulski verabschiedet sich und fährt zurück nach Torstadt.

Die Leiche des Hermann Dachs wurde zur Beerdigung freigegeben.
Nachdem der Tote keinerlei verwandtschaftlichen Anhang hatte, sorgte der Bürgermeister für die Bestattung.
Es wiederholte sich das Ritual wie bei Hans Drescher.
Ausnahme war nur, dass ein Fred fehlte und dass, sozusagen im Gegenteil, fast die gesamte Weiblichkeit von Obertieming am Grab weinte und rote Rosen ins Grab warf.
Am meisten erschüttert und untröstlich: Sarah Bader.
Wie versteinert steht sie am Grab, in den Händen sieben rote Rosen.
Keine Träne.
Erst als alle gegangen waren, streift sie einen Ring vom linken Ringfinger. Sie hatte ihn von Hermann bekommen und betrachtete ihn als Verlobungsring, obwohl er nie von Verlobung oder Heirat gesprochen hatte.
Sie nahm den Ring und warf ihn zusammen mit den Blumen ins Grab.
Erst jetzt überschwemmte sie sichtbar der Schmerz.
Und hemmungslos ergossen sich die Tränen.

Der BMW 740i wurde eingezogen, nachdem Dachs keine natürlichen Erben hatte und ein Testament nicht vorhanden war.
Die Gemeinde erwarb ihn und hatte von da an einen repräsentativen Dienstwagen.

Kapulski fuhr zurück nach Torstadt.
Ein kurzer Blick auf seinen Schreibtisch. Die unerledigten schriftlichen Arbeiten waren inzwischen zu einem riesigen Turm angewachsen.
Er wandte sich mit Grausen ab und fuhr nach Hause.

Insgeheim wünschte er sich, die ganze Inspektion würde zusammen mit seinem Aktenturm abbrennen.

Heute hatte er seinen Kegelabend.

Die 'Kegelbrüder' trafen sich regelmäßig jeden Mittwochabend um 20 Uhr. Es wurde eineinhalb Stunden gekegelt und dann zum 'gemütlichen Teil' übergegangen.

Ein anwesender Kriminalhauptkommissar ist ein beliebter Gesprächspartner. Alle erwarten von ihm interessante, spannende Geschichten aus dem Kriminaleralltag.

Aber Kapulski ist verschwiegen. Von ihm hören sie keine Geheimnisse und keine Details seiner Arbeit.

Es sei denn, die Sache ist abgeschlossen und der Täter rechtskräftig verurteilt.

Deshalb erzählt er auch nichts von dem Fall, der ihn noch nachts im Traum verfolgt.

"Wie geht's dir denn mit deinen Mordfällen in Obertieming?", so ein Kegelbruder.

"Besser als mit den Kegeln" war die Antwort, nachdem er die Kugel exakt an die Wand gesetzt hatte.

"Glaubst du, dass es in beiden Fällen derselbe Täter war?"

"Ja" war die knappe, aber klare Antwort.

Er selber erschrickt. Was er so lapidar mit 'ja' beantwortet, war ihm so klar bisher nicht bewusst gewesen.

"Beide Opfer hatten mit der Gemeinde zu tun" so ein anderer und der nächste: "Der eine als wichtiger Mann in der Verwaltung, der andere als einflussreicher Gemeinderat".

Alle hatten die Berichte in den örtlichen Zeitungen offensichtlich aufmerksam gelesen.

"Vielleicht wegen des Biedermeier-Hauses?"

"Ach wo! So wichtig ist das Biedermeierhaus auch wieder nicht, dass einer gleich zwei Menschen umbringt."

Kapulski versuchte, das Thema zu wechseln. Es gelang ihm aber nicht. Endlich war hier, in der verschlafenen Gegend etwas los, endlich nahm sogar die überörtliche Presse Notiz von Vorkommnissen in diesem Ort in ihrer Nachbarschaft.

"Warum hatte der Dachs einen Revolver?",

"Mit welcher Begründung bekommt er einen Waffenschein?",

"Er hat sich vielleicht bedroht gefühlt".

"Und jetzt ist er mit der Waffe, die ihn beschützen sollte, umgebracht worden!"

Es ging hin und her. Kapulski beteiligte sich nicht an dieser Unterhaltung.

Nach dem Spiel und ein paar Bieren gehen sie alle heim. Morgen ist wieder ein Arbeitstag.

Unbefriedigt vom Geschwätz des Abends kommt Kapulski nach Hause.

Seine Frau ist schon im Bett.

Bei seinem Eintreten wacht sie auf. "Du kommst aber spät!" Sie steht auf, hüllt sich in einen Bademantel. "Wie war's denn?"

Sie setzt sich in einen Sessel im Wohnzimmer. Paul bringt zwei Gläser Cognac und erzählt, "wie's war" und auch von seinem Frust über die Misserfolge in den beiden Mordfällen.

Monika Kapulski war heute den ganzen Tag im Oberpollinger. Als Abteilungsleiterin 'Damen-Oberbekleidung' war sie gefordert. Drei der fünf Verkäuferinnen, die heute eingeteilt waren, haben sich kurzfristig krank gemeldet. So musste sie, die sich eigentlich um den Einkauf kümmern sollte, an die 'Front'. Das viele Stehen war sie nicht mehr gewohnt und so schmerzten ihr die Beine.

Eine der Verkäuferinnen, die schon viele Jahre bei Oberpollinger Dienst tat und die Monika Kapulski gut kannte und schätzte, sagte in einer ruhigen Minute: "Ihr Mann ist doch bei der Kripo in Torstadt und behandelt den Fall Obertieming? Ich habe einen guten Bekannten, der bei Immo Wilfried Brauer arbeitet. Er fürchtet jetzt um seinen

Arbeitsplatz, weil die Aufträge für Immo dramatisch abge-stürzt sind. Brauer hat viel für Obertieming gearbeitet und meinem Bekannten ist aufgefallen, dass seine Firma immer alle Aufträge erhielt, weil er stets die günstigsten Angebote abgegeben hat."

Das wusste Kapulski. Er hatte es sich aber nie so ganz ver-innerlicht. Der Sache wollte er nachgehen.

Am nächsten Tag sitzt Bürgermeister Zauser in seinem Büro über seinen Akten. Frau Lehr hatte ihm den Postein-gang wohl vorsortiert gebracht.

Telefon.

Das Vorzimmer meldet Herrn Brauer von der W.B.Brauer-Immo-GmbH & Co.KG.

Wilfried Brauer lässt sich in den Stuhl gegenüber dem des Bürgermeisters fallen.

"Wie soll das nun weitergehen? Der Bürgerentscheid, der unsere Bemühungen um den "Wohnpark Ringelstein" lahmgelegt hat, liegt nun bald ein Jahr zurück. Was gedenkt der Gemeinderat und was gedenkst du als Bürgermeister zu tun?"

"Uns waren zunächst die Hände gebunden wegen des Bür-gerentscheids. Ein Jahr lang hat der Bürgerentscheid vom Oktober 2001 die Wirkung eines Gemeinderatsbeschlusses, wobei er in dieser Zeit nur durch einen neuen Bürgerent-scheid geändert oder aufgehoben werden kann. Die Frist kann nur unterbrochen werden, wenn der Gemeinderat einen Beschluss fasst, der dem Bürgerentscheid entspricht."

"Ja, in wenigen Wochen ist diese Jahresfrist vorbei. Und dann?"

"Der Gemeinderat hat beschlossen, dem Bürgerentscheid zu folgen. Ich bin mit meinem - mit unserem - Vorschlag durchgefallen."

"Seit dem Baugebiet "Am Waldhang" vor zwei Jahren hat

die Gemeinde kein Baugebiet mehr ausgewiesen und ich keine Möglichkeit gehabt, Grundstücke zu parzellieren und zu verkaufen. Ich investiere nicht umsonst in meine Geschäfte in Obertieming. Du musst das verstehen."

"Ich verstehe das. Und ich bin wirklich daran interessiert, dir wieder Möglichkeiten einzuräumen. Das weißt du. - Im Übrigen muss ich dich bitten, leise zu sprechen. Meine Tür ist nicht schallisoliert."

"Ich verlange von dir, dass du alles unternimmst, damit der 'Wohnpark Ringelstein' verwirklicht wird", so Brauer, jetzt im Flüsterton.

"Das können wir in der jetzigen Situation nur erreichen, wenn das Biedermeierhaus durch Gutachten als nicht mehr sanierungsfähig erklärt wird."

"Wer soll das Gutachten erstellen?"

"Das weiß ich nicht. Da redet auf jeden Fall das Denkmalamt mit."

"Im Denkmalamt kenne ich jeden, der Einfluss hat. Die werde ich mir vorknöpfen."

"Selbst, wenn du ein Gutachten in unserem Sinne erreichst, bedenke, dass ich im Gemeinderat keine Mehrheit habe."

"Dachs ist tot. Wann wird die Stelle des Gemeindebeamten ausgeschrieben?"

"Die Ausschreibung ist vorbereitet und wird nächste Woche in den örtlichen Zeitungen und im Staatsanzeiger veröffentlicht."

"Ich kenne da einen jungen Verwaltungsbeamten, der seine Ausbildung absolviert hat und nun eine Stelle sucht, weil er in seiner Ausbildungsstelle nicht übernommen wird. Er heißt Sebastian Eiglsdorfer. Ich kenne nicht nur ihn, sondern auch seine Eltern." Und jetzt noch leiser: "Er wäre für uns brauchbar."

Der Bürgermeister notierte sich Namen und Adresse.

"Er soll sich bei mir melden."

"Und Drescher? Wer wird für ihn in den Gemeinderat nachrücken und vor allem, wer wird ihn im Bauausschuss ersetzen?"

"Erster Nachrücker bei der AfO ist Maximilian Neuwirt. Er ist Maurermeister und arbeitet bei der Firma 'Maier-Hochbau' in Torstadt. Ich denke, es wäre richtig, ihn auch in den Bauausschuss nachrücken zu lassen."

"Drescher hat sich ja saudumm benommen, als es um das Biedermeierhaus ging. 'Verkauf ja, aber nur unter der Voraussetzung, dass es nicht abgerissen werden darf.' Kann ich mich denn auf niemanden mehr verlassen?"

Brauer erhebt sich aus seinem Stuhl, geht zur Tür.

"Ich verlasse mich auf dich!"

"Aber sicher".

"Hoffentlich!"

Der Tag ist da. Ein Jahr seit dem Bürgerentscheid ist verstrichen. Er kann jetzt mit einfacher Mehrheit des Gemeinderates geändert oder aufgehoben oder bestätigt werden.

Wieder sind die Meinungen der Gemeinderäte gespalten.

Aber die Kommunalwahl im März hat eine starke Mehrheit für die Verkaufsgegner gebracht.

Bürgermeister Zauser und seine CSU-Gemeinderäte sind für den Verkauf.

SPD, Grüne und jetzt auch AfO geschlossen dagegen. Das ergibt im Gemeinderat eine Mehrheit von 13:6 Stimmen gegen den Verkauf.

Das Areal und das Gebäude sollen in Gemeindehand bleiben, das Haus saniert und in ein Seniorenzentrum als Wohn- und Pflegeheim mit angeschlossenen Appartements für 'Betreutes Wohnen' umgebaut werden.

Damit waren der Bürgerentscheid und der Beschluss des Gemeinderats vom Mai bestätigt.

In der nächsten Sitzung wird zunächst der Nachrücker für Hans Drescher, Maurermeister Maximilian Neuwirt vereidigt. Er wird auch als Nachfolger von Drescher in den Bau- und Planungsausschuss gewählt.

Die Planungsarbeiten für den Umbau des Biedermeierhauses in ein Seniorenzentrum sollen ausgeschrieben werden. Vorher muss ein Betreiber des Seniorenzentrums gefunden werden, da die Planungen mit seinem Einvernehmen erarbeitet werden müssen.

Wilfried Brauer ist wütend.

Paul Kapulski auf der Fahrt nach Obertieming.
Im Rathaus meldet er sich bei Kämmerer Josef Damann.
"Herr Damann, Sie sind als Kämmerer für die Ausschreibungen der Gemeinde bei Erschließungsvorhaben zuständig."
"Ja"
"Wie läuft das so ab?"
"Das Vorhaben, ganz gleich ob es sich um den Verkauf von Grundstücken handelt, für die ein Bebauungsplanes vorgesehen ist oder eine Erschließung, wird erläutert und mit exakten Angaben über die Erfordernisse im Mitteilungsblatt der Gemeinde ausgeschrieben. Eine Frist für die Abgabe wird festgesetzt. Die Angebote, die ankommen, bleiben geschlossen bis zur Vergabesitzung des Bau- und Planungsausschusses. Erst dort werden sie geöffnet."
"Wer nimmt die Angebote entgegen und nimmt sie in Verwahrung?"
"Das hat bisher der Gemeindebeamte, Herr Dachs, getan. In Zukunft werde ich das machen müssen, bis ein neuer Geschäftsleiter gefunden ist."

"Auch die Immo Brauer hat jeweils Angebote abgegeben?"

"Ja, jedes Mal."

"Und hat immer, ohne Ausnahme, den Zuschlag erhalten?"

"Ja, Immo hat stets das beste und wirtschaftlichste Angebot abgegeben. Oft erst im zweiten Anlauf. Meist hat Immo nämlich innerhalb der Frist ein Nachtragsangebot unterbreitet."

Kapulski klopft am Vorzimmer des Bürgermeisters.

Sekretärin, Frau Lehr, reicht ihn an Mark Zauser weiter.

"Ich war eben bei Herrn Damann und habe von ihm erfahren, dass die Immo Wilfried Brauer regelmäßig die Aufträge der Gemeinde für Bauerschließung und Bauplanung erhalten hat."

"Ja, Brauer hat stets das wirtschaftlichste Angebot abgegeben."

Der Bürgermeister hatte hinter Kapulskis Frage sehr wohl einen versteckten Argwohn gespürt.

"Das war übrigens schon während der Zeit meines Vorgängers so."

"Sind die Unterlagen der Ausschreibungen und die Angebote alle archiviert?"

"Natürlich."

"Kann ich sie sehen?"

"Nein. Es gibt auch bei uns eine Geheimhaltungspflicht."

Das Gespräch hat eine gewisse Härte angenommen und Kapulski spürt, wie sich Zauser allmählich in eine Verteidigerposition zurückzieht.

Diese Situation gilt es zu nutzen.

Deshalb wird Kapulski jetzt direkter.

"Kann es sein, dass Brauer aus dem Rathaus Tipps erhalten hat?"

"Wie meinen Sie das, an welche Art Tipps denken Sie?"

"Zum Beispiel, welche Angebote die Konkurrenz gemacht

hat?"

"Solche Unterstellungen verbitte ich mir!" Zauser war laut geworden.

"Leise!", meinte Kapulski nicht ohne Schalk, "die Türen bieten keinen Schallschutz!"

"Die Angebote, die hier abgegeben werden, bleiben verschlossen und sind sicher verwahrt bis Ablauf der Abgabefrist."

"Bei wem?"

"Beim geschäftsleitenden Beamten".

"Ich hoffe, Sie sagen die Wahrheit!"

"Was fällt Ihnen ein!"

Der Abschied ist kühl.

Kapulski ist zurück in Torstadt. Seinen Schreibtisch meidet er. Er meldet sich bei Wilfried Brauer.

Seine Firma W.B.Immo-GmbH & Co.KG Torstadt befindet sich am Stadtrand.

Die Gebäude dürften an die 30 Jahre alt sein. Ein Hof wird auf drei Seiten von Gebäuden umrahmt. Links das Verwaltungsgebäude. Im Obergeschoss ist die Wohnung der Familie Brauer zu vermuten. Eine schöne begrünte Terrasse ist dort zu sehen, Blumen unter den Fenstern und Vorhänge. Eine "Penthouse-Wohnung".

Im rechten Winkel dazu ein Gebäude mit Rampe. Hier lagern offensichtlich Baumaterialien. Wieder im rechten Winkel Fahrzeug-Garagen.

Auf der vierten Seite ein Zaun mit der Zufahrt, die von einer Schranke geschlossen ist. Wer mit seinem Auto hinein will, wird von einer Videokamera beäugt und muss an der Schrankensäule an einer Wechselsprechanlage anläuten, wird dann gefragt, wer er sei und was er wünsche.

Erst wenn das alles zur Zufriedenheit der Geisterstimme erledigt ist, öffnet sich die Schranke.

Kapulski wendet sich zur Eingangstür, sie öffnet sich nach dem Läuten schnarrend automatisch.

Er tritt ein und kommt in ein Büro. Eine mittelalterliche Dame wendet sich zu ihm und fragt, was er wünsche.

Kapulski zeigt seinen Dienstausweis. Er möchte Herrn Brauer sprechen.

Die Dame erwidert, sie müsse sehen, ob Herr Brauer abkömmlich sei und verschwindet hinter einer Glastür.

Als sie nach wenigen Sekunden wieder erscheint, bittet sie den Kriminalbeamten, einzutreten.

Herr Brauer sitzt am Schreibtisch und erhebt sich.

"Sie sind Herr Kriminalhauptkommissar Paul Kapulski. Ich kenne Sie auf Grund der Zeitungsberichte."

"Und Sie sind Herr Brauer. Ich habe viel von Ihnen gehört."

"Was wünschen Sie von mir?"

"Ihre Firma hat in den vergangen Jahrzehnten bis zuletzt sehr viel für die Gemeinde Obertieming gearbeitet. Sie wissen, dass der Geschäftsleitende Beamte, Herr Dachs, und der Gemeinderat Hans Drescher, der auch Mitglied des Bau- und Planungsausschusses war, getötet worden sind."

"Ich habe das in der Zeitung gelesen."

"Nur da? Ich habe ermittelt, dass Sie sehr häufig in Obertieming waren und sind, auch beim Bürgermeister. Da werden Sie wohl auch mal über diese Todesfälle gesprochen haben."

"Auch das - so nebenher."

"Zu Hermann Dachs müssen Sie ja ein engeres Verhältnis gehabt haben, nachdem der für die Ausschreibungen zuständig war, an denen Sie sich beteiligt haben."

"Das Verhältnis, wie Sie es nennen, das ich zu Herrn Dachs hatte, war rein geschäftlicher Natur."

"Das bezweifle ich nicht. Sie haben stets das wirtschaft-

147

lichste Angebot abgegeben und haben vom Ausschuss prompt den Zuschlag erhalten."

"Ja, das ist die Kunst der Kalkulation".

"Wie kommt es, dass Sie häufig - eigentlich immer - dieses wirtschaftlichste Angebot erst mit einem zweiten, mit einem Nachtragsangebot erreicht haben?"

"Das ist sehr einfach zu erklären. Die Angebotsfristen sind meist sehr knapp. Die Angebote werden, besonders wenn großer Arbeitsandrang herrscht, unter Zeitdruck, deshalb häufig schnell und deshalb etwas schlampig erstellt. Nach Tagen und in Ruhe kommen dann neue Erkenntnisse, ab und an auch neue Angebote unserer Zulieferer, die in das Angebot einfließen müssen und wir geben dann ein Nachtragsangebot ab."

"Es erscheint mir sehr ungewöhnlich, dass dies nicht in vereinzelten Fällen, sondern immer in stets in gleichem Maße ablief."

"Das kann ich so nicht bestätigen."

"Ein Angebot kann doch verschiedenes bewirken: Wenn Sie in den Preisen zu hoch sind, bekommt den Auftrag die Konkurrenz, wenn Sie zu niedrig sind, bekommen Sie zwar den Auftrag. Sie können aber auch damit Ihre Firma ruinieren."

"Ja so ist es leider."

"Am besten ist es wohl, wenn Ihr Angebot sich nur knapp von dem des nächstgünstigsten Anbieters unterscheidet."

"Ja"

"Dann wäre es doch sehr hilfreich, wenn man das kennte."

"Ja, nur leider kennen wir es nicht."

Brauer ist unruhig geworden. Was will der Kommissar von ihm? Warum macht er diese naiven Feststellungen? Ist er so unbedarft, oder stellt er sich nur so?

Kapulski sieht, dass er so nicht weiter kommt. Deshalb ändert er die Strategie.

148

"Sie möchten das Biedermeierhaus mit dem großen Grundstück kaufen. - Warum?"

"Ich möchte es kaufen, das Grundstück frei machen, einen Bebauungsplan erarbeiten, erschließen, parzellieren und die Baugrundstücke verkaufen. Das ist mein Geschäft."

"Das Biedermeiergrundstück steht unter Denkmalschutz."

"Der Denkmalschutz hat mich noch nie gestört. Ich brauche nur nachzuweisen, dass das Gebäude nicht sanierungsfähig ist, dann bekomme ich die Abrissgenehmigung."

"Tut Ihnen das Gebäude nicht leid? Es ist immerhin eine Planung des berühmten Wiener Architekten Joseph Georg Kornhäusel, eines der herausragenden Wiener Architekten der ersten Hälfte des 19. Jahrhunderts. Er hat in Wien und vor allem in Baden bei Wien die wichtigsten klassizistischen biedermeierlichen Gebäude errichtet. Obertieming sollte stolz sein, ein Gebäude dieses Wertes und dieser Bedeutung zu haben."

"Das mag sein. Diesen Herrn, wie sagten Sie?, Kornhäusel, kenne ich nicht. Die Gemeinde braucht Geld. Ich könnte es ihr beschaffen. Nicht jeder kann sich diese Biedermeier-Sentimentalität leisten. Im Übrigen ist das alles Schnee von gestern. Der Gemeinderat hat mit großer Mehrheit beschlossen, das Gebäude nicht abzugeben. Damit ist diese Frage erledigt. Wenigstens vorläufig. Denn irgendwann werden auch die Utopisten die Segel streichen müssen."

"Haben Sie eine Erklärung dafür, warum Dachs und Drescher sterben mussten?"

"Nein"

"Beide hatten mit gemeindlichen Bauten zu tun. Und Sie auch. Haben die beiden von Ihnen Geschenke erhalten?"

"Die üblichen. An Weihnachten, zu Geburtstagen, kleine Geschenke, um zu zeigen, dass man sie und ihre Arbeit anerkennt."

"Und um sich Vorteile zu verschaffen?"

"Das ist zu viel gesagt. Eher, um die Atmosphäre angenehm zu halten."

Brauer argumentiert geschickt. Er gibt sich keine Blöße.

Kapulski bedankt sich für das Gespräch und verlässt Brauer.

IV

Von heute an ist es für Kapulski klar: Brauer und Dachs standen unter einer Decke.

Der Kriminalhauptkommissär entwirft folgendes Gedankenkonstrukt:

Die Bewerber gaben Angebote ab. Darunter auch Immo Brauer. Kurz vor Ablauf der Angebotsfrist öffnete der Gemeindebeamte die Kuverts, prüfte die Angebote, stellte fest, wer das wirtschaftlichste Angebot abgegeben hat, vergleicht mit dem von Brauer, stellt fest, letzteres liegt über dem günstigsten. Dies teilt Dachs Brauer mit. Dieser fertigt ein neues, ein Nachtragsangebot, das knapp unter dem des bisher günstigsten lag und war damit im Gemeinderat bzw. im Bau- und Planungsausschuss angenommen. Dasselbe gilt im Fall des Kaufs eines Gemeindegrundstücks, nur dass das Nachtragsangebot dann knapp über dem bisher höchsten lag.

Die Kuverts zu öffnen und wieder zu schließen, ist ein Kinderspiel.

Dachs erhielt von Brauer die Summen, die Kapulski in seinen Tagesauszügen fand.

Das ist simple Bestechung und so einfach, dass sie verblüfft.

Dasselbe gilt für Drescher. Er war Mitglied des Bau- und Planungsausschusses. Er hatte mit seinem Einfluss im Gemeinderat für entsprechende Aufträge zu sorgen und erhielt "Erfolgshonorare".

Das war alles Ergebnis seiner Gespräche mit Zauser, Brauer und Damann. Richtiger gesagt, das hatte er zwischen den Zeilen herausgelesen und die Lücken konkludiert.

Alles, was er bisher ermittelt hat, ist noch graue Theorie, ist noch These, sein geistiger Konstrukt. Es fehlen die stichhaltigen Beweise, wie sie der Staatsanwalt benötigt.

In seinem Kopf ist inzwischen alles klar geworden.

Wie konnte Kapulski die Beweise erbringen, wie konnte er Brauer überführen?

Wenn die Thesen stimmen, müsste Brauer jeweils nach Oberösterreich gereist sein, um dort die Zahlungen zu leisten.

An der Windschutzscheibe von Brauers Mercedes klebt eine Jahresmarke, ein Jahres"pickerl" für die österreichischen Autobahnen.

Das lässt darauf schließen, dass er sehr häufig in Österreich ist. Für eine oder auch mehrere Österreichaufenthalte kauft man sich kein Jahrespickerl.

Das Geisteskonstrukt der Vorkommnisse in Kapulskis Kopf ist fertig.

Er braucht nur noch einen letzten Beweis.

Kapulski besorgt sich Fotos von Brauer und geht zu Kriminaldirektor Hohenstein.

"Sie hatten mir doch erzählt, Sie hätten gute Beziehungen zur Kripo Linz. Könnten Sie diese Beziehungen dahingehend nutzen, dass den Banken in Linz, Wels und Schärding die Fotos vorgelegt werden mit der Bitte, zu prüfen, ob sich ein Bankangestellter an den Herrn auf dem Foto erinnert und ob dieser eine anonyme Einzahlung vorgenommen hat?"

Direktor Hohenstein ließ sich das gesamte Tatgebäude, das Kapulski entwickelt hatte, vortragen.

"Die Überlegungen scheinen mir plausibel. Ich will mein bestes versuchen."

Hohenstein telefoniert mit seinem Kollegen in Linz, lässt

die Fotos einscannen und nach Linz mailen.

Drei Tage später hat Kapulski das Ergebnis.

Brauer wurde von verschiedenen Bankangestellten erkannt.

Mit ihnen als Zeugen denkt der Kommissar, Brauer der aktiven Bestechung überführen zu können.

Die Überlegungen gehen aber weiter.

Hat Brauer auch das Leben von Drescher und Dachs auf dem Gewissen? Hat er sie beseitigt, um 'Komplizen' aus dem Weg zu schaffen?

Die Verdachtsmomente sind erdrückend.

Es fällt deshalb Kommissar Kapulski nicht schwer, den Untersuchungsrichter zu überzeugen, dass eine Hausdurchsuchung nötig ist, um eventuelle Beweisstücke sicherzustellen, die den Verdacht des zweifachen Mordes bestätigen können.

Zwei Tage später, früh um 7 Uhr klingelt es an der Tür bei Brauer.

Vor der Tür steht ein Staatsanwalt mit einer Reihe von Polizeibeamten im Schlepp. Sie präsentieren einen richterlichen Durchsuchungsbeschluss.

Er besagt, dass gegen Herrn Brauer der Verdacht der aktiven Bestechung und des zweifachen Mordes vorliegt. Zu durchsuchen sind die Geschäfts- und die privaten Wohnräume.

Brauer zeigt sich als gwiefter Geschäftsmann. Er lässt sich zunächst die Dienstausweise aller Beamten zeigen, notiert sich die Namen, Dienstgrade und die Dienstbehörde.

Darauf bittet er, mit seinem Anwalt telefonieren zu dürfen, was ihm genehmigt wird. Er dringt darauf, dass er dies alleine, ohne Anwesenheit eines der Beamten kann. Auch dies wurde genehmigt. Die Beamten verlassen das Zimmer, so lange Brauer telefoniert.

Sein Anwalt wünscht, mit dem Staatsanwalt zu sprechen.

Er bittet ihn, mit der Untersuchung zu warten, bis er eintrifft.

Nachdem der Anwalt in Torstadt ist, kann es nicht lange bis zu dessen Kommen dauern, so dass er einverstanden ist, wenn dieser in der nächsten Viertelstunde hier sein könne.

Der Anwalt riet Brauer dann noch, keine Aussagen zur Sache zu machen.

So geschieht es.

Der Anwalt kommt, lässt sich ebenfalls die Durchsuchungsanordnung zeigen, fragt nach dem Untersuchungsgrund.

"Verdacht der aktiven Bestechung und Verdacht auf zweifachen Mord".

Der Anwalt rät seinem Mandanten noch einmal, keine Aussagen zur Sache zu machen, bei der Untersuchung anwesend zu bleiben und darauf zu achten, welche Belege gelesen werden. Er fährt wieder ab.

Zunächst nehmen sich die Beamten das Chefbüro und das Vorzimmer vor. Akt für Akt werden die Unterlagen durchgekämmt. Zwei Mann nehmen sich die Wohnung vor. Sie untersuchen alle Schränke, Schübe und Tische. In den Geschäftsräumen finden sie Belege für ominöse Zahlungen. Immer runde Summen, einmal 5000 Euro, 10.000, ja auch einmal 20.000 und 25.000 Euro.

Kommissar Paul Kapulski wird zugezogen. Er kann feststellen, dass es sich hierbei um Zahlungen an Drescher und Dachs handelt. Anhand der Datenvergleiche ist das leicht nachzuvollziehen. Alle Zahlungen konnten jedoch nicht aufgeklärt werden. Es gibt also noch eine Person, die bestochen wurde.

Die Zahlungsbelege werden beschlagnahmt. Sie sind speziell von der Firma für die Bilanz angefertigt und mit Namen und Adressen versehen, die es noch nachzuprüfen gilt.

Einzahlungsbelege der Banken für diese Zahlungen können nicht gefunden werden.

Brauer wollte also das Finanzamt, das heißt, den Steuerzahler, bei seinen Bestechungen mitzahlen lassen.

Während die Beamten noch mit der Durchsuchung beschäftigt sind, fährt Kapulski in sein Büro. Von seiner Sekretärin lässt er die Daten auf den Belegen nachprüfen.

Die Namen können mit den Adressen nicht zur Deckung gebracht werden. Sie sind also fingiert.

Kapulski teilt dies dem Staatsanwalt mit.

Dieser informiert das Finanzamt.

Brauer muss also auch noch mit einem Steuerstrafverfahren rechnen.

Irgendwelche Beweismittel für die Mordvorwürfe werden nicht gefunden.

Nach Abschluss der Untersuchung übergibt der Staatsanwalt Herrn Brauer eine schriftliche Mitteilung über den Grund der Untersuchung und über die beschlagnahmten Belege, sowie eine Ausfertigung der Durchsuchungsanordnung.

Kapulski sitzt an seinem Schreibtisch. Einen Teilerfolg in der Bestechungsaffäre hat er erzielt. Aber: wer ist der dritte im Bunde?

Er geht die Namen der Gemeinderäte von Obertieming vor der Wahl 2002 durch.

Der einzige, der in Frage käme ist der derzeitige Bürgermeister Mark Zauser.

Er hatte, bevor er Bürgermeister wurde, nur sehr geringe Einnahmen von seiner Restaurator-Werkstatt. Seine Familie lebte vornehmlich vom Einkommen seiner Frau. Das ist für einen ehrgeizigen Mann nicht befriedigend. Aus diesem Grund hat er sich vehement um den Posten des Bürgermeisters bemüht. Nachdem dies gelungen ist, verfügt er nun über ein Einkommen, das seinen Vorstellungen entspricht.

Als der Gemeinderat Zauser dann auch noch Ortsvorsitzender der CSU wurde, musste er in den Interessensbereich Brauers gerückt sein.

Mit diesen Überlegungen wendete sich Kapulski an seinen Vorgesetzten, Kriminaldirektor Ferdinand Hohenstein.

Die Überlegungen seines Hauptkommissars empfindet dieser als ausreichend, um sofort tätig zu werden. Er informiert Amtsgerichtsdirektor Franz Dohmstetter, der die Sache zuständigkeitshalber an den Staatsanwalt abgibt.

Der Staatsanwalt bewirkt nach Prüfung der Akten beim Amtsgerichtsdirektor eine Durchsuchungsanordnung für die Wohn- und Diensträume von Bürgermeister Mark Zauser.

Schon am nächsten Tag, in aller Frühe, eilig, um Brauer keine Gelegenheit zu geben, Zauser zu warnen, läuten Beamte der Staatsanwaltschaft an der Tür der Wohnung Zausers. Zur gleichen Zeit stehen Kollegen vor den Toren des Rathauses.

Ziel der Untersuchungen war, Kontoauszüge von Banken zu finden und zu überprüfen, ob Zauser, ebenso wie Drescher und Dachs Geld von Brauer erhalten hat.

Zweiter Bürgermeister Alois Ganzer wird zur Untersuchung des Rathauses als Vertreter des Hausherrn zugezogen.

Es währt nicht lange und sie werden in Zausers Wohnung fündig. Die Einzahlungen auf den Kontoauszügen von Zausers Bank.

Nun kann Kapulski die Zahlenkolonnen vergleichen. Lückenlos passt alles ineinander.

Gleichzeitig kann damit auch festgestellt werden, dass keine weiteren Empfänger vorhanden sind.

Das Trio der passiven Bestechung: Hans Drescher, Hermann Dachs, Mark Zauser ist komplett.

Aber, was haben sie dafür geleistet?

Nur Tipps gegeben zu haben, wäre zu wenig für die Höhe der empfangenen Summen.
Kapulski nimmt an, dass sie, zumindest Zauser und Dachs, die Angebotsunterlagen zu Gunsten von Brauer manipuliert haben.
Auf Antrag der Staatsanwaltschaft wird Brauer wegen Verdunkelungsgefahr in Untersuchungshaft genommen.

Die Hausdurchsuchung in den Amtsräumen des Bürgermeisters hat wichtige Erkenntnisse gebracht.
Die Beamten durchsuchen im Archiv die dort aufbewahrten Ausschreibungsunterlagen für Immobilien.
Die C4-Kuverts, in denen sich die Angebote sowohl Brauers als auch der nicht zum Zug gekommenen Konkurrenten befinden, werden beschlagnahmt.

Ebenso das Behältnis, in dem sich die Siegelmarken befinden. Es war aufgefallen, dass die in der Auflistung angegebene Zahl der Siegelmarken nicht mit der tatsächlich vorhandenen übereinstimmt.
Auch die Siegelmarken wurden in Gewahrsam genommen.
Im Kriminaltechnischen Institut wurde festgestellt, dass die Kuverts alle zweimal geöffnet worden waren. Einmal wahrscheinlich über Wasserdampf. Dann wurden sie wieder verschlossen mit einem Klebestift und endgültig mit einem Messer oder einem Brieföffner aufgemacht.
Alle Kuverts waren auf diese Weise manipuliert. Die These von Kommissar Kapulski scheint zu stimmen.
Mark Zauser wird von der Staatsanwaltschaft des schweren Falles der passiven Bestechung beschuldigt, der Annahme von Bestechungsgelder ohne sie zu versteuern und Verfälschung von Angeboten zu Ungunsten der anderen Anbieter.
Aus Gründen der Verdunkelungsgefahr wurde nach Wilfried Brauer nun auch Mark Zauser in Untersuchungs-

haft genommen.

Kapulski sitzt an seinem Schreibtisch in der Kriminalpolizeiinspektion Torstadt.
Er wühlt sich durch den Riesenberg von schriftlichen Aufgaben.
Posteingänge, Protokolle seiner Untergebenen, Anfragen anderer Inspektionen, Rundschreiben der Polizeidirektion, des Justizministeriums, Gerichtsprotokolle, Gerichtsurteile usw.
Kapulski hasst diese Schreibtischarbeit. Sie ist oft so sinnlos.
Beim Paraphieren der Schriftstücke kreisen seine Gedanken um Brauer und das Trio.
Kapulski hat die Bestechungsgeschichte exakt protokolliert und der Staatsanwaltschaft übergeben.
Bürgermeister Mark Zauser leugnet den Vorwurf der passiven Bestechung ab. Er habe zwar die Zahlungen erhalten. Diese seien aber als Entgelt für Beratertätigkeit zu verstehen.
Der Staatsanwalt wird konkret:
"Haben Sie denn einen Beratervertrag mit der Firma Immo?"
"Ja, allerdings nur einen mündlichen. Aber auch mündliche Verträge sind gültig.
"In welchen Dingen haben Sie beraten?"
"Das waren geschäftliche Beratungen, solche über Erschließungsmaßnahmen, die Brauer mit seiner Firma 'Immo' in anderen Gemeinden übernommen hat."
"Haben Sie diese Beträge versteuert, das heißt, haben Sie sie in Ihrer Einkommensteuererklärung angegeben?"
"Nein."
"Warum nicht?"
"Ich war mir nicht bewusst, dass dies notwendig gewesen

wäre."

"Und bei der Umsatzsteuer?"

"Auch nicht. Wäre denn das erforderlich gewesen? Mir ist völlig neu, dass Erlöse aus Beraterverträgen umsatzsteuerpflichtig sind."

"Ich stelle fest: Sie haben erhebliche Beträge eingenommen, die in keinem Verhältnis stehen zu angeblichen Beratungsleistungen. Deshalb ist die Angabe von mündlichen Beratungsverträgen eine lediglich vorgeschobene Schutzbehauptung, um die passive Bestechung, oder besser gesagt, die Bestechlichkeit, um die es sich hier in Wirklichkeit handelt, zu vertuschen. Sie haben darüber hinaus die Beträge nicht versteuert, weder bei der Einkommens- noch bei der Umsatzsteuer."

Kriminalhauptkommissar Paul Kapulski nimmt sich das Protokoll der Durchsuchung der Amtsräume vor.

Sein Auge bleibt an dem Absatz hängen, in dem über die Registrierung der amtlichen Siegelmarken berichtet wird.

Es gibt eine amtsinterne Vorschrift, wonach die Entnahme von Siegelmarken protokolliert werden muss.

Die letzten Entnahmen wurden eingetragen bei der Wahl im März für die Wahlurnen und den Raum, in dem sie die Nacht über aufbewahrt wurden und bei der Versiegelung der Wohnung nach dem Tod von Dachs.

Bei der Wahl wurden viermal vier, also 16 plus vier für die Briefwahl benötigt, dazu eine für den Raum im Rathaus. Das sind 21 Marken. Für die Versiegelung der Wohnung Dachs wurden zwei benötigt, eine zur ersten Versiegelung, die zweite zur nochmaligen nach dem Betreten durch Kapulski, zusammen also 23. Es fehlen jedoch 29. Wo sind die restlichen sechs hingekommen und wer hat sie entnommen?

159

In Kapulski entsteht ein riesiger, ihn selber erschütternder Verdacht.

Sollte an den Urnen manipuliert worden sein?

Wer hätte ein Interesse daran? Und wie hätte das geschehen können?

Kapulski arbeitet wieder an einem Konstrukt.

Drei Fragen gilt es zunächst zu beantworten:

Wer hatte Zugriff zu den versperrten Urnen, das heißt, zum Raum? Wer hatte die Schlüssel zu den Vorhängeschlössern? Wer hatte Zugriff zu den Siegelmarken?

Nach längerem Überlegen kamen noch weitere Fragen dazu: Zu wessen Gunsten sollte manipuliert werden? Wie wurde manipuliert? War es eine, oder waren es mehr Personen? Was war das Ergebnis?

Die Wahlurnen mit den Wahlzetteln im Innern waren eine Nacht lang unbeaufsichtigt im versiegelten Raum des Rathauses.

Zutritt zum Raum hatte jeder, der einen Generalschlüssel hat.

Die Siegelmarken waren so konstruiert, dass sie sich beim Abnehmen bzw. Öffnen, selbst zerstörten.

Einmal entfernt oder geöffnet, mussten sie durch neue ersetzt werden.

Zugriff zu den Siegelmarken hatten viele. Deshalb bestand ja die Vorschrift zur Protokollierung.

Die Schlüssel für die Vorhängeschlösser, mit denen die Urnen versperrt waren, hatte Dachs zu sich genommen.

Wenn von der Zahl der fehlenden Siegelmarken auf die Zahl der manipulierten Urnen geschlossen werden kann, dann war es in jedem Wahllokal und im Briefwahllokal nur je eine Wahlurne.

Kapulski konstruiert weiter:

Die 6 Siegelmarken wurden gebraucht, um die geöffneten

Urnen und den geöffneten Raum wieder zu versiegeln.

Eine klare Rechnung.

Die Marken sind fortlaufend nummeriert. Anhand der Nummern hätte man leicht feststellen können, welche "bearbeitet" waren.

Aber beim Öffnen zum Auszählen wurden die Marken weggeworfen.

Kapulski erinnert sich: Der Wahl war der Bürgerentscheid wegen des Biedermeierhauses vorausgegangen.

Dabei ist Zauser mit seiner Argumentation jämmerlich gescheitert.

Der Initiator des Bürgerentscheids, Bürgermeisterkandidat Alois Ganzer, hat triumphiert.

Und dies kurz vor der Wahl.

Jetzt standen sich Zauser und Ganzer wieder gegenüber.

Zauser musste befürchten, dass er wiederum unterliegen könnte.

Eine Niederlage wäre für Zauser eine Katastrophe gewesen. Die ganze Kandidatur hatte er ja in erster Linie begonnen, um endlich ein gesichertes Einkommen zu haben und nicht mehr vom Gehalt seiner Frau abhängig zu sein.

Es musste ihm also jedes Mittel Recht sein, die Wahl für sich zu entscheiden.

Er schaffte es.

Kapulski erinnert sich an die Zeitungsberichte, wonach sich alles wunderte über das Ergebnis der Bürgermeisterwahl, dass alle außer den fanatischsten Anhängern von Zausers Partei einen Sieg Ganzers erwartet hatten und nun überrascht waren.

Kapulski entwickelt sein Gedankengebäude weiter.

Wie kann ich ein feststehendes Wahlergebnis zwischen Schließung der Wahllokale und dem Auszählen manipulieren?

Es kam ihm natürlich zugute, dass die Wahlurnen mit den

Stimmzetteln eine Nacht, von etwa 22 Uhr 15 bis 7 Uhr am Morgen unbeaufsichtigt waren.

Bürgermeister Zauser, Hans Drescher und Hermann Dachs konnten sich mit dem Generalschlüssel Zutritt zu dem Raum mit den Urnen verschaffen.

Die Schlüssel für die Vorhängeschlösser hatte Hermann Dachs.

Ihn hatte Zauser in der Hand, war ihm doch bekannt, dass er auf der Bestechungsliste Brauers stand.

Dachs musste also mitspielen.

Wie sollte Zauser vorgehen?

Er musste eine Reihe von Stimmzetteln, auf denen Ganzer angekreuzt war, durch solche mit Kreuz vor seinem Namen ersetzen.

Der zweite auf der Bestechungsliste ist Hans Drescher.

Er arbeitet in der Buch- und Offsetdruckerei Alois Ganzer.

Auch er ist für Zauser erpressbar.

Die Buch- und Offsetdruckerei Ganzer hatte die Stimmzettel gedruckt

Drescher druckte insgeheim eine unbekannte Zahl mehr und schaffte sie außer Haus.

Diese wurden mit einem Stift, wie er in den Wahlkabinen benutzt wird, mit einem Kreuz vor Zausers Namen versehen.

In der Wahlnacht schlichen die drei ungesehen zum Rathaus, öffneten Zimmer und Wahlurnen, nachdem sie Jalousien und Vorhänge geschlossen hatten, damit von außen kein Lichtschein zu sehen war.

Nach und nach leerten sie eine Urne nach der anderen, natürlich nur die für die Bürgermeisterwahl, auf den Tisch.

Sie sortierten die Stimmzettel und stellten bei jedem Urneninhalt fest, dass Ganzer die Mehrheit hatte.

Das wurde nun geändert.

Es wurden nur so viele von Ganzers Stimmzettel belassen, dass sie, ergänzt durch die mitgebrachten Zettel für Zauser, eine knappe Mehrheit für letzteren ergaben, aber die Gesamtzahl gleich blieb.

So bearbeiteten sie eine Wahlurne nach der anderen.

Sie wurden wieder verschlossen und versiegelt. Ebenso die Tür des Raumes.

Die aussortierten und die übrig gebliebenen neuen Zettel ließen sie durch den Aktenvernichter laufen. Damit waren alle Spuren beseitigt.

Es versteht sich von selber, dass alle drei Flanellhandschuhe trugen, um keine Fingerabdrücke zu hinterlassen.

An alles hatten sie gedacht, nur nicht an das Bestandsprotokoll für die Siegelmarken.

Sie gingen nach vollendeter Tat einzeln und nacheinander nach Hause.

Die Auszählung ab 7 Uhr konnte Zauser ohne besondere innere Erregung verfolgen.

Manche mochten sich über diesen Gleichmut gewundert haben.

Das Ergebnis der Bürgermeisterwahl war, wie manipuliert, zu Gunsten Zausers.

Ganzer war enttäuscht. Er hatte einen sicheren Sieg erwartet.

Kommissar Kapulski erschauert unter der Wucht seiner eigenen Vorstellung.

Aber, wie er dieses Gedankenkonstrukt auch dreht und wendet. Gegen die innere Logik kann er keinen Einwand finden.

Er bringt diese Tatkonstruktion als Protokoll zu Papier und wendet sich an seinen Vorgesetzten, Kriminaldirektor Ferdinand Hohenstein.

"Das klingt alles logisch" sagt dieser nach der Lektüre, "das klingt so selbstverständlich, dass ich noch nicht daran glauben kann".

Auch der Staatsanwalt ist zwischen Überzeugung und Zweifel hin und her geworfen.

Und Amtsgerichtsdirektor Franz Dohmstetter meint, "das gibt es doch nur in Kriminalromanen".

Die drei erbleichen, als Kapulski seinen Schluss aus der ganzen Sache zieht.

"Und dann hat Zauser sowohl Drescher wie Dachs umgebracht, um so die Mitwisser der Bestechungen wie der Manipulation der Wahl aus der Welt zu schaffen."

Es war ihm ein leichtes, das linke Vorderrad von Dreschers Porsche zu lockern, wenn das Fahrzeug in der Tiefgarage des Rathauses stand. Dort war es regelmäßig untergestellt, da Drescher keine Garage bei seiner Mietwohnung hatte und die "Laterngarage" ihm für sein teures Auto zu unsicher war.

Der Mord an Dachs war für Zauser ebenfalls ohne Probleme. Er kannte das Versteck von der Schusswaffe, er war im Bild über den Zeitablauf im Rathaus.

Ein Zufall - und Zufälle gehören nun einmal zum Erfolg - war nur, dass Dachs sich nach links umdrehte, als Zauser mit dem Revolver in der Hand den Raum betrat und so der Schuss in die linke Schläfe erfolgte.

Das Gericht stellt den Haftbefehl wegen zweifachen Mordes in Tateinheit mit Bestechlichkeit und Untreue gegen Bürgermeister Mark Zauser aus, übergibt ihn dem Staatsanwalt und Kriminaldirektor Hohenstein schüttelt Kapulski die Hand:

"Sie haben jetzt einen Urlaub verdient!"

"Danke, aber zuerst muss ich meinen Schreibtisch abarbeiten!"

Das
Lohengrin
Konstrukt
Kriminalroman

I

© 2009 Gustav Weltrich
Herstellung und Verlag: Books on Demand GmbH
Norderstedt
ISBN 978-3-8370-2087-8

Nie sollst du mich befragen,
noch Wissens Sorge tragen,
woher ich kam der Fahrt,
noch wie mein Nam' und Art!
("Lohengrin" von Richard Wagner
1. Akt, 3. Szene)

Kriminalhauptkommissar Paul Kapulski geht in seinem Arbeitszimmer in der Kriminalpolizeiinspektion Torstadt auf und ab. Er tritt ans Fenster und sieht auf den großen Parkplatz vor dem Haus.
Der glänzt vor Nässe. Vor kurzem war ein heftiger Regenschauer niedergegangen.
Die Wolken haben sich jetzt verzogen.
Drüben kann er zwischen den Häusern den Fluss, die Rimnach, mehr erahnen als sehen.
Wir haben Anfang Juni. Das frische Grün, das nach dem kurzen, aber heftigen Regen wie neu aussieht, macht die Stunde angenehm.
Es ist Montag und der erste Arbeitstag nach einem einwöchigen Urlaub, den er mit seiner Frau Monika in Tirol verbracht hat.
Sie hatten schönes, heißes Wetter. Aber morgens war es frisch und kühl. Das nutzten sie für Wanderungen. Wenn die Mittagshitze kam, waren sie wieder zu Hause.
Dann fuhren sie zu einem der Seen, legten sich auf die Wiese, lasen, schwammen, ruhten.
Ein schönes Abendessen im Freien, in einem Lokal am See rundete den Tag.

Und abends nach einem Bummel durch ihren Urlaubsort und einem Viertel Südtiroler Roten oder Grünen Veltliner freuten sie sich auf die Nachtruhe.

Nun ist der Alltag zurückgekehrt.

Auf Kapulskis Schreibtisch liegt die Vermissten-Anzeige von zwei 18-jährigen Schülern des Adam-Riese-Gymnasiums Torstadt. Sie sind verschwunden, ohne Abschied, mitten im Schlussspurt des Schuljahres. Nächstes Jahr sollen sie Abitur machen.

Es handelt sich um Florian Sauter aus Torstadt und Matthias Elmenstetter aus Moosdorf.

Torstadt ist eine Kreisstadt im Bayerischen Oberland. Sitz des Landratsamtes, des Finanzamtes und weiterer Behörden, zentraler Ort, Moosdorf eine kleine Gemeinde im Landkreis Torstadt, wunderschön gelegen, flussaufwärts an der Rimnach. Bekannt ist die Ortschaft wegen des zünftigen Biergartens unter dicken Kastanienbäumen direkt am Fluss. Bei schönem Wetter im Sommer, aber auch schon im Frühjahr, wenn die Sonne zu wärmen beginnt, kommen an Samstag- und Sonntagnachmittagen viele Hundert Ausflügler mit dem Auto oder besonders gern auch mit dem Fahrrad aus Torstadt und den anderen Orten der Umgebung, um sich eine zünftige Brotzeit und eine frische Maß Bier aus dem Holzfass, dem "Hirschen", schmecken zu lassen.

Die Rimnach ist unterhalb Torstadt aufgestaut. Dort befindet sich ein Wasserkraftwerk. Dadurch ist flussaufwärts weit über Moosdorf hinaus der Fluss breit wie ein See. Im Sommer können dort die Jugendlichen und die Junggebliebenen wunderbar schwimmen, Boot fahren, segeln und sonst Wassersport treiben.

Kapulski war schon des Öfteren mit seiner Frau auf einem Radausflug dort und auch im Biergarten. Daher kennt er den Ort.

Er erinnert sich auch, dass sich unweit dieser Gastwirtschaft eine große Möbelfabrik befindet. Auch sie liegt direkt am Fluss und hat sogar einen eigenen kleinen Firmen-Bootshafen.

Aus dieser Möbelfabrik muss der eine vermisste Schüler stammen, denn die Namen gleichen sich: die Möbelfabrik Elmenstetter-GmbH und der Schüler Matthias Elmenstetter.

Kapulski wählt die Telefonnummer des Gymnasiums.
Die Sekretärin erklärt ihm, dass alle Lehrer, auch der Direktor, im Unterricht und derzeit nicht zu sprechen sind.
Heute Nachmittag um 15 Uhr ist Sprechstunde. Kapulski bittet, ihn für 15 Uhr einzutragen.
Es kommt immer wieder vor, dass Schüler und Schülerinnen abhauen. Meist nachdem sie etwas "ausgefressen" haben. Nach einer gewissen Zeit kommen sie dann wieder reumütig in den heimatlichen Hafen und an den elterlichen Herd zurück.
Immerhin muss aber auch an eine Entführung gedacht werden. Der Vater von Matthias ist sehr wohlhabend. Es wäre denkbar, dass eine erpresserische Absicht hinter dem Geschehen steht.
Für den anderen, Florian Sauter, kann das kaum zutreffen. Seine Mutter ist alleinerziehend und muss sich und ihren Sohn mühsam durch Putz- und andere Aushilfsarbeiten ernähren.
Kapulski sucht die Telefonnummer. "Sauter Maria, Quellenstrasse 5, Nummer 17856.
"Sauter"
"Hier Kriminalpolizei, Hauptkommissar Kapulski. Ich habe Ihre Vermisstenanzeige erhalten. Seit wann ist Ihr Florian denn abgängig?"
"Am Freitag ist er wie gewöhnlich zur Schule gegangen. Seitdem habe ich ihn nicht mehr gesehen."

"Kann ich Sie heute Nachmittag gegen 16 Uhr aufsuchen? Ich bräuchte verschiedene Auskünfte und ein Foto von ihm."

"Ja, aber ich habe nicht viel Zeit. Ich muss um 17 Uhr an meiner Arbeitsstelle sein."

Kapulski legt auf.

Er nimmt seinen Rundgang durchs Zimmer wieder auf.

Die Rückführung von abgängigen Schülern gehört zu seinen Routineaufgaben.

Seine Zuständigkeit ist tatsächlich allumfassend. Sie reicht von Mord und Sexualdelikten, Brand- und Sprengstoffverbrechen, über die Bekämpfung von Diebstahl, Raub und Einbruch bis zur Rauschgiftkriminalität.

Auch das Betreiben von Wirtschaftsstrafverfahren gehört dazu.

Es werden in der Inspektion neben erfahrenen Kriminalisten, wie Paul Kapulski, auch hochspezialisierte Fachleute in den Bereichen Kommunikationstechnik, EDV sowie Wirtschaftswissenschaft beschäftigt. Natürlich auch Fachleute für Spurensicherung und Labortechnik. Für besonders diffizile Untersuchungen steht dann noch das kriminaltechnische Institut zur Verfügung.

Angesichts dieses Aufwands muss der Wirkungsbereich entsprechend groß sein. Die Inspektion ist deshalb nicht nur für den Landkreis Torstadt, sondern noch für zwei weitere Landkreise zuständig.

Paul Kapulski liebt seinen Beruf. Das logische Denken, das Knüpfen von Ideenketten, das Aufbauen von Konstrukten aus winzigsten Hinweisen macht ihn für seine Inspektion unentbehrlich.

Das weiß auch sein Chef, Kriminaldirektor Ferdinand Hohenstein. Er lässt ihm für gewöhnlich freie Hand.

Paul Kapulski muss mit viel Fingerspitzengefühl mit Kollegen und 'normalen' Polizisten gut zusammenarbeiten.

Denn vielfach ist die Teamarbeit unabdingbar.

Aber im Grunde ist er ein Einzelgänger, ein Individualist, einer, der gerne für sich ist. Da bekommt er auch die besten Ideen. Er verfügt über ein phänomenales Gedächtnis und über ein überdurchschnittliches Allgemeinwissen.

Eine Person gibt es allerdings, die er braucht, um seine Kombinationen, um seine Geisteskonstrukte weiterzugeben und deren Wirkung zu erproben, seine Frau Monika, zwei Jahre jünger als er. Sie arbeitet bei Oberpollinger in München als Abteilungsleiterin Damen-Oberbekleidung. Früher ganztags. Nach der Babypause allerdings nur noch Teilzeit. Für die Babypause war die Tochter Silvia verantwortlich. Sie ist heute 25 Jahre alt, verheiratet und hat zwei Kinder, für Paul und Monika Kapulski wonnige Enkelkinder.

Um 15 Uhr ist der Hauptkommissar im Adam-Riese-Gymnasium. Er zeigt Direktor Dr. Fritz Ringin seinen Dienstausweis.

"Sie kommen wegen der Vermisstenmeldung. Die Mutter von Florian Sauter hat mich gebeten, diese Meldung für sie vorzunehmen und der Vater von Matthias hatte nichts dagegen."

"Sind die beiden am Freitag in die Schule gekommen?"

"Nein. Beide nicht."

"Frau Sauter hat mir heute Vormittag telefonisch erklärt, ihr Sohn sei wie gewöhnlich zur Schule gegangen."

"Sie sind aber nicht eingetroffen."

"Warum haben Sie die Vermisstenmeldung erst heute abgegeben, wenn sie schon seit Freitag abgängig sind?"

"Am Freitag haben sie gefehlt. Das gab noch keinen Grund zur Aufregung. Es kommt immer wieder vor, dass Schüler aus Krankheits- oder anderen Gründen dem Unterricht fernbleiben. Am Samstag und Sonntag war kein Unterricht. Erst als sie heute, am Montag, auch nicht kamen und auch keine Entschuldigungen nachgereicht wurden, haben wir bei den Eltern nachgefragt."

"Was haben die geantwortet?"

"Sie waren in großer Sorge und haben mich gebeten, diese Anzeige zu machen."

"Gut. - Ich habe heute noch ein Gespräch mit den Eltern."

"Florian hat nur eine Mutter, sie ist verwitwet, Matthias nur einen Vater. Auch er ist verwitwet. Seine Frau ist 1996 bei einem Verkehrsunfall ums Leben gekommen.

"Können Sie mir über die beiden Jungen weitere Auskünfte geben? Wie sind ihre schulischen Leistungen? Oftmals liegt der Grund darin, dass sie sich nicht mehr nach Hause trauen, wenn die Noten schlecht sind."

"Nein, das trifft hier sicher nicht zu. Beide sind zwar keine Koryphäen, keine „Überflieger". Ihre Noten liegen aber über dem Durchschnitt."

"Sind die Leistungen kontinuierlich, oder sind sie vielleicht in jüngster Vergangenheit abgesackt?"

"Sie waren immer etwa gleichbleibend, nur in letzter Zeit sind sie etwas abgesunken, bei beiden - aber nicht dramatisch. Also kein Grund, deshalb das Weite zu suchen."

"Wissen Sie von irgendwelchen Mädchengeschichten. Es handelt sich hier ja wohl um eine gemischte Klasse."

"Da ist mir nichts bekannt. Ich habe den Klassensprecher darüber befragt. Er wusste davon nichts. Aber das kann ja auch außerschulisch sein. Bei 18-Jährigen wäre das kein Wunder."

"Waren die beiden miteinander befreundet?"

"Ich denke schon"

Mehr war aus dem Direktor vorerst wohl nicht herauszuholen.

Kapulski verabschiedet sich. Er gibt ihm seine Visitenkarte. "Ich bitte Sie, mich anzurufen, wenn Ihnen noch etwas Wissenswertes einfällt oder sich in der Sache etwas be-

wegt."
"Das mache ich gerne."

Kapulski wendet sich zum Gehen. Er verlässt die Schule und fährt in die Quellenstrasse 5.
Frau Sauter öffnet.
Sie ist tränenüberströmt.
"Ich habe solche Angst, dass ihm etwas zugestoßen ist".
"War Ihr Sohn mit Matthias Elmenstetter befreundet?"
"O ja. Sie haben alles zusammen gemacht. Sie haben auch zusammen gelernt, wenn eine Schulaufgabe anstand."
"Und in der Freizeit? Hatten sie gemeinsame Liebhabereien?"
"Beide spielen Geige, sind begeistert für klassische Musik und spielen an einem Pult im Schulorchester. Sie proben und üben regelmäßig zusammen und gehen stets miteinander in die Schülerkonzerte der Münchner Philharmoniker".
"Geht diese Freundschaft vielleicht noch weiter? Zum Beispiel sexuell?"
"Die Frage verstehe ich nicht."
"Es gibt junge Männer, die sind homophil, das heißt, sie lieben und begehren keine Mädchen, sondern Männer. Könnte sein, dass das bei den beiden zutrifft?"
"Das weiß ich nicht. So etwas habe ich nie beobachtet."
"Frau Sauter, ich verspreche Ihnen, wir werden alles unternehmen, was in unserer Macht steht, damit die beiden bald wieder zu Hause sind."
Auch ihr gibt Kapulski seine Visitenkarte mit dem gleichen Hinweis wie beim Rektor.

Jetzt bleibt noch der Vater von Matthias Elmenstetter.
Kapulski fährt nach Moosdorf.
Es ist kurz nach 17 Uhr. Die Arbeiter der Möbelfabrik Elmenstetter-GmbH strömen aus dem Fabrikgebäude. Bus-

se warten, um sie nach Torstadt und andere Orte der Umgebung zu bringen.

Es ist eine mächtige Fabrik. 1978 wurde sie errichtet und löste eine relativ kleine Schreinerei ab.

Wenn man durch das Werkstor kommt, ist gleich links das Wohnhaus zu sehen - mit schöner Fassade geschmackvoll gestaltet. Ihm folgt ein höherer, dreigeschossiger Zwischenbau für die Verwaltung. Dann im rechten Winkel die große Fertigungshalle, unterteilt in die verschiedenen Produktionsbereiche, darunter die Entwurfsbüros des Chefs und seiner wichtigsten führenden Mitarbeiter.

Kapulski meldet sich beim Empfang und zeigt seinen Ausweis.

Die junge Frau fragt ihn, ob er angemeldet sei. Das muss er verneinen.

Da habe er aber Glück, dass Herr Elmenstetter im Haus sei. Normalerweise sei er am Montag und manchmal auch am Mittwoch im Handelsgericht. Heute aber sitze er über einem wichtigen Planungsentwurf.

Sie ergreift einen Telefonhörer und wählt eine gespeicherte Nummer.

Nachdem ihr Chef einverstanden ist, führt sie Kapulski durch mehrere Gänge ins Planungsbüro von Ferdinand Elmenstetter.

"Sie kommen wegen Matthias."

"Ich habe heute Morgen die Vermisstenanzeige erhalten und habe bisher mit dem Direktor des Gymnasiums und der Mutter des Freundes Ihres Sohnes, Florian Sauter, gesprochen. Leider konnte ich nichts erfahren, was mir weiterhelfen könnte. Haben Sie eine Erklärung?"

"Nein. Matthias lebt hier in geordneten Verhältnissen. Er ist mein ganzer Stolz und soll, wenn er das Gymnasium hinter sich gebracht hat, voll in den Betrieb integriert werden."

"Ihr Sohn hat einen Freund, eben den Florian Sauter. Wie

176

eng ist diese Freundschaft?"

"Diese Freundschaft ist sehr eng. Aber nicht so, wie ich aus Ihrer Frage zu hören glaube. Sie sind nicht schwul. Es verbindet sie die Liebe zur Musik. Und das finde ich in Ordnung."

"Sie sind stolz auf Ihren Sohn und haben mit ihm festgefügte Pläne. Wie steht Ihr Sohn zu diesen Plänen?"

In Kapulski keimt ein Verdacht, den es nun zu überprüfen gilt.

"Ich denke, er versteht diese Planung. Er ist ja sozusagen in diese Fabrik hineingeboren und er ist mein einziger Sohn, also der legitime Nachfolger:"

"Haben Sie noch weitere Kinder?"

"Eine Tochter Afra. Sie ist 24 Jahre alt. Sie arbeitet in der Kreissparkasse Torstadt, hat also eine Ausbildung, die mit einer Möbelfabrik keine unmittelbaren Berührungspunkte aufweist."

"Ich muss noch einmal auf Ihre beruflichen Vorstellungen für Ihren Sohn zurückkommen. Teilt er die eigentlich?"

"Es wäre sehr töricht von ihm, sie nicht zu akzeptieren."

"Sie glauben also, dass er sie akzeptiert?"

"Es gibt dafür keine Alternative."

Kapulski ändert das Thema.

"Herr Elmenstetter, Sie sind ein wohlhabender Mann. Könnte es sein, dass er entführt wurde, um Lösegeld zu erpressen?"

"Daran muss ich sicher denken. Nur - warum wäre dann sein Freund mit entführt worden? Dort ist sicher nichts zu holen."

"Eine Geldforderung haben Sie also bis heute nicht erhalten?"

"Nein".

Kapulski gibt ihm seine Visitenkarte.

"Kann ich Ihre Tochter Afra sprechen?"

"Wenn sie schon zu Hause ist." Er ergreift den Telefonhörer.

Sie ist in ihrer Wohnung im Haus.

"Ich bringe Sie zu ihr."

"Aber zuerst möchte ich Ihnen die Fabrik zeigen, falls sie Sie interessiert."

"Aber natürlich interessiert mich die."

"ich habe es mir zur Aufgabe gemacht, die Wohnkultur wieder auf ein höheres Niveau zu bringen. Und zwar mit wertvollen, handwerklich gefertigten Möbeln."

Sie gehen in den ersten Raum. "Das ist das Konstruktionsbüro eins, hier arbeite ich."

Kapulski sieht in der Mitte des hellen Raumes ein großes Reißbrett mit starker Beleuchtungsanlage. Darauf die Zeichnung eines Stuhles. An der Wand ein großer zweitüriger Schrank. Daneben Regale bis zum Boden mit unzähligen Bildbänden von Möbeln aller Stile und Epochen. Ein kleiner Tisch, zwei Stühle. Dann der nächste Raum, gleich groß, genau so ausgestattet, mit dem ersten durch eine Tür verbunden. "Konstruktionsbüro zwei. Das Reich meines Mitarbeiters und Schwagers Raimund Rintaler." Es kommt noch Konstruktionsbüro drei von Franz Kandlbinder.

Dem schließt sich ein Konferenzsaal an, verdunkelbar und ausgestattet mit allem technischen Gerät zur Vorführung von Filmen, Dias, Computeranimationen.

Dann betreten sie die große Fertigungshalle.

Sie ist jetzt menschenleer. Die Arbeiter haben Feierabend.

Riesige Maschinen, Sägen, Hobelmaschinen mit einem Röhrensystem, das das Sägemehl in den dafür vorgesehenen Turm leitet.

Auf den Werkbänken Teile von Möbeln und Möbelstücke, die sich in Arbeit befinden.

In der Ecke ein abgeschlossener Raum. Das Büro von Hans Makulat, des Leiters der Fabrikation.

"Der Mensch sucht wieder mehr die Geborgenheit des Raumes." erläutert Ferdinand Elmenstetter. "Dem wollen wir Rechnung tragen. Durch Möbel mit äußeren und inneren Werten. Die Möbel, die wir herstellen, haben traditionelle Vorbilder und werden mit hoher handwerklicher Kunst gefertigt."

Sie gehen an eine Werkbank, auf der ein kleines Schränkchen in Arbeit ist.

"Sehen Sie sich einmal dieses edle Echtholzfurnier an. Kirsche und mit Rosenholz intarsiert. Das ist eine sehr arbeitsaufwändige Behandlung. Und dann folgt noch die minutiöse Oberflächenbehandlung."

Kapulski sieht den Unterschied zu den Billigmöbeln und lernt die Arbeit, die hier geleistet wird, zu schätzen.

Er sieht, dass auch die Teile, die nicht an der Front liegen, mit Massivholz verarbeitet sind und nicht mit Pressstoff.

"Wir liefern feine Solitärstücke oder den nach Ihren Vorstellungen entworfenen Anbauschrank, oder einen kompletten Innenausbau nach Maß.Wir machen auch Entwürfe nach Ihren Vorschlägen. Sehr häufig kommt es vor, dass jemand uns ein Foto bringt von einem historischen Möbel, das er nachgebaut haben möchte. Wir machen dann die Entwürfe, die der Kunde absegnet und dann folgen die Werkpläne, nach denen das Möbel gefertigt wird"

An die Fertigungshalle schließen sich die weiteren Fabrikräume, wie Spritzraum, Trockenraum und Lager an. Zuletzt die Versandabteilung.

Einen Raum hat sich Elmenstetter bis zum Schluss aufgehoben.

Anschließend an die Werkhalle sieht Kapulski eine Tür, ausgeführt wie ein Safe.

Elmenstetter knipst einen Lichtschalter an, stellt eine Zahlenkombination ein und öffnet die schwere Tür. Ein fensterloser großer Raum öffnet sich. Die Lüftungsanlage rauscht, ebenso das Gerät, das die Luftfeuchtigkeit reguliert.

"Meine Mitarbeiter nennen den Raum 'Hochsicherheitstrakt'. Hier befinden sich wertvolle historische Möbel, die mein Kollege Kandlbinder von Auktionen, von Haushaltsauflösungen, von Personen, die in Not geraten sind und dringend Geld brauchen, nach Hause bringt. Diese Möbel sind oft schwer beschädigt. Zunächst müssen wir sie meist von Ungeziefer befreien. Sie herzurichten ist Restauratorenaufgabe. Dafür sind meine Mitarbeiter geschult. Ein Prinzip dieser Arbeit ist unter anderem, fehlende und zu ergänzende Teile als solche unterscheidbar zu lassen. Unsere historischen Möbel sind bekannt. Bei Sammlern und reichen Liebhabern solcher Ausstattungsstücke sind wir erste Zieladresse."

Paul Kapulski ist beeindruckt. Er bedankt sich bei Ferdinand Elmenstetter, dass er sich die Zeit genommen hat, ihn durch seine Fabrik zu führen.

Sie gehen wieder durch den Wirrwarr der Gänge zurück, durch das Empfangsbüro zum Wohngebäude.

Dort wartet bereits Afra. Sie wirkt jünger als ihre 24 Jahre, eher wie ein Teenager.

Kapulski bittet Herrn Elmenstetter, ihn mit der Tochter allein zu lassen.

Sie setzen sich.

"Frau Elmenstetter, haben - oder hatten Sie ein enges Verhältnis zu Ihrem Bruder?"

"Eher nein."

"Woran mag das liegen?"

"Unsere Interessen sind völlig unterschiedlich. So kann ich zum Beispiel mit seiner Musik absolut nichts anfangen."

"Aber Sie haben mit ihm unter einem Dach gelebt."

"Ja, Sie müssen bedenken, er ist fünf Jahre jünger als ich. Als die Mutter starb, da war ich 18, er 13 Jahre. Ich musste eine Art Ersatzmutter für ihn sein. Und das hat er nie akzeptiert und verwunden. Und für mich war er ein lästiges Anhängsel. Später, als er begann, seine eigenen Wege zu gehen, wurde unser Verhältnis besser."

"Matthias hat einen engen Freund Florian. Auch er ist verschwunden. Glauben Sie, dass ihre Freundschaft enger ist als normal? Könnte es sein, dass die beiden homophil sind?"

"Sie meinen, schwul?- Nein, das glaube ich nicht."

Sie muss lachen.

"Hat Matthias Ihnen gegenüber einmal geäußert, welche Lebensziele er hat. Hat er etwa angedeutet, dass oder ob er mit den Vorstellungen seines Vaters konform geht, was seine berufliche Zukunft betrifft?"

"Matthias hat mit mir diese Frage nie erörtert. Ich habe nur mitbekommen, dass es in letzter Zeit einige Male zu Auseinandersetzungen zwischen Vater und ihm gekommen ist. Matthias soll nächstes Jahr Abitur machen. Er möchte dann Musik studieren. Auch Florian möchte das. Vater will das aber nicht."

"Könnte es sein, dass die beiden Freunde wegen des Streites einfach abgehauen sind?"

"Ja, das glaube ich am aller ersten."

Kapulski dankt Afra für dieses aufschlussreiche Gespräch.

Er wird mit Herrn Elmenstetter noch einmal darüber reden müssen. Aber nicht jetzt.

Kapulski fährt zurück nach Torstadt.

Nach dem Regen am Vormittag hat die Sonne vom nun wolkenlosen Himmel schön aufgeheizt.

Deshalb hat Monika Kapulski den Abendbrottisch auf dem geräumigen Balkon gerichtet. So können sie die Abendsonne genießen und den Blick über den Stadtpark gleiten lassen, über das Grün der Wiesen, Sträucher und Bäume, das die Sinne beruhigt und die fahrigen Gedanken sammelt.

Beide erzählen sich die Vorgänge des Tages. Das ist für sie wichtig - die Teilhabe am Tag des Partners und der Partnerin.

2

Peregrin Lohner ist nach eigenen Angaben 1971 in München geboren. Papiere hat er nicht. 1990 soll er das Abitur bestanden und im selben Jahr mit dem Studium der Betriebswirtschaftslehre begonnen haben.
Aber schon nach vier Semestern brach er es ab.
Freunde hatten ihn dazu überredet. Sie zeigten ihm, wie man viel Geld verdienen kann, ohne vorher jahrelang die Schulbank drücken zu müssen.
Er bräuchte nur mitzumachen, wenn sie Autos nach Tschechien und Polen exportierten.
Die "Exporte" entpuppten sich bald als Schmuggel und die "Freunde" als Mitglieder einer Autoschieberbande. Das einzige, was von den Aussagen zutraf, war der Verdienst. Und der war überdurchschnittlich.
Zunächst wurde er dazu eingeteilt, an der deutsch-polnischen Grenze in Frankfurt/Oder die Autos, die sich von Deutschland her der Grenze nähern, zu beobachten und solche, die für den Diebstahl interessant sind, mit polizeilichem Kennzeichen per Handy weiter zu melden. Ihre Route wird durch eine Meldekette immer weiter verfolgt, bis das Fahrzeug auf einem Parkplatz oder am Straßenrand abgestellt wird. Dorthin kommt ein Fahrzeug der Autoschieber-Connection mit einem gestohlenen Diagnose-Computer. Der ist in der Lage, in Sekunden Autoschlösser, Wegfahrsperren und Alarmanlagen zu überwinden. So werden angeblich diebstahlsichere Autos im Nu überlistet.
Die meisten der so entwendeten Fahrzeuge werden auf

"Autofriedhöfe" geschafft, dort in ihre Einzelteile zerlegt und diese einzeln verkauft. Die anderen werden umgespritzt. Mit Hilfe des Computers werden die Daten, mit denen das Auto identifiziert werden kann, umgewandelt. Das Fahrzeug erhält auf diese Weise eine neue Identität und ist dadurch nicht mehr auffindbar. Es wird durch Hehler verkauft.

Peregrin Lohner staunt. Er wird nach und nach an allen Schauplätzen eingesetzt. An den Grenzen zu Polen, wie an solchen zu Tschechien.

Er ist auch beteiligt, wenn Autowerkstätten überfallen und Diagnosecomputer entwendet werden.

Die Connection, die auch als "Auto-Mafia" bezeichnet wird, ist hervorragend organisiert. Peregrin kennt nur seinen unmittelbaren Auftraggeber, einen Mittelsmann, niemanden darüber hinaus.

Die Mafia erledigt auch spezielle Wünsche von Hehlern und ihren Kunden.

So erhält Peregrin als seinen ersten Auftrag, auszukundschaften, wo ein Lamborghini Murciélago Coupé steht. Er wird benötigt für einen Kunden, der nicht bereit ist, für einen neuen über 300.000 Euro auszugeben, aber für 100.000 wäre er bereit. Natürlich nur, wenn er gut in Schuss ist und nicht allzu viele Kilometer auf dem Tacho hat. Er möchte ihn gelb gespritzt haben.

Peregrin braucht lange, bis er einen solchen Wagen im Straßenverkehr sieht.

Endlich ist es so weit. An einer Tankstelle im Münchner Süden. Er erkennt ihn sofort. Es ist ein roter Lamborghini Murciélago LP 640.

Peregrin geht in Lauerstellung.

Nach wenigen Minuten kommt ein Herr aus dem Tankstellen-Shop. Geschätzt Anfang bis Mitte fünfzig, in einem hellgrauen Anzug. Er fährt ab. Peregrin setzt sich ihm an die Fersen, kommt so nach Moosdorf und sieht ihn in der Möbelfabrik Elmenstetter verschwinden.

Es war ein leichtes herauszufinden, dass es dort eine Tochter namens Afra gibt, die noch unverheiratet, aber im besten Heiratsalter ist.

Bei seinen Nachforschungen erfährt er auch, dass am letzten Juni-Wochenende in Moosdorf das 25-jährige Bestehen der Möbelfabrik gefeiert wird.

Afra Elmenstetter, die 24-jährige Tochter von Ferdinand Elmenstetter steht im zentralen Haus der Kreis- und Stadtsparkasse Torstadt am Schalter und bedient einen Kunden.

Peregrin Lohner erkennt sie dank des Namensschildchens, das alle Mitarbeiter der Sparkasse tragen müssen.

Er steht im Hintergrund des Kassenraumes und betrachtet sie genau.

Sie ist eine hübsche junge Frau, hat lange, feste, mittelbraune Haare, die einen Schimmer nach Kastanie zeigen. Er kann nicht abschätzen, ob es ihre natürliche Haarfarbe, oder ob nachgeholfen ist. Sie trägt das Haar derzeit hochgesteckt. Ihr ebenmäßiges Gesicht ist schmal, die Augen liegen eng beieinander, schauen graugrün gesprenkelt etwas starr in ihr Gegenüber, einen leichten Silberblick glaubt er zu erkennen. Dazwischen eine schmale Nasenwurzel. Die schön geschwungenen Lippen zeigen dezent aufgetragenes Rot. Sie trägt einen dunklen Hosenanzug mit weißer Bluse. Insgesamt eine schmucke, anziehende Person.

Peregrin, der sich inzwischen auf eine Sitzgruppe im Hintergrund des Raumes zurückgezogen hatte, betrachtet sie hinter einer Werbeschrift, die er zur Tarnung vor sich hält, mit Wohlgefallen.

Als sich Afras Kunde verabschiedet, setzt sie sich an einen etwas abseits stehenden Schreibtisch.

Peregrin legt die Zeitschrift auf den Tisch, steht auf und

verlässt die Sparkasse.

Afra hat Sorge um ihren Bruder, von dem die Familie seit seinem Verschwinden nichts mehr gehört hat.
Die Firma und die ganze Familie haben ihren Geldverkehr von jeher über die Sparkasse Torstadt abgewickelt. Auch ihr Bruder. Sie geht an den Computer, um die Konten von Matthias aufzurufen.
Sie kann herausfinden, dass er in der vergangenen Woche 3000 Euro abgehoben hat.
Auch zu Florians Konto hat sie Zugriff.
Er besitzt nur ein Sparbuch. Und das hat er aufgelöst. Den vollen Betrag inklusive der Zinsen in Höhe von 1.876,22 Euro hat er sich auszahlen lassen.

Kriminalhauptkommissar Paul Kapulski sitzt an seinem Schreibtisch in der Polizeiinspektion Torstadt.
Die Vermisstenanzeige der beiden jungen Männer liegt vor ihm. Er ist keinen Schritt weiter gekommen. Er hatte sich an Afra gewandt mit der Frage, welche Ziele es geben könne, die er möglicherweise angesteuert hat.
Da gibt es Verwandte in Wiesbaden, einen Vetter in Wien. Kapulski lässt sich die Telefonnummern geben. Nirgends sind Matthias und Florian aufgetaucht. Ebenso fragt er bei Frau Sauter an. Das gleiche Ergebnis.
Da läutet das Telefon.
"Afra Elmenstetter. Spreche ich mit dem Kommissar?"
"Ja.- Hier Kapulski. Ich war bei Ihnen wegen des Verschwindens Ihres Bruders."
"Richtig. Ich habe heute die Geldkonten meines Bruders überprüft. Er hat vor vier Tagen, also am Freitag, dreitausend Euro abgehoben. Den Großteil des Geldes in kleinen Scheinen, 10er und 20er. Das deutet doch auf längerfristige Planung und einen längeren Aufenthalt hin. Ich bin der

Überzeugung, dass die beiden ins überseeische Ausland gereist sind. Nach Amerika Nord oder Süd, oder nach Ost- oder Südasien oder so."

"Ich danke Ihnen für den Hinweis. Er führt uns, glaube ich, in die richtige Richtung."

Sein Anruf bei Frau Sauter bewirkt, dass auch sie Florians finanzielle Mittel überprüft. Auch sie stellt fest, dass er sein Sparbuch geleert hat.

Damit steht für Kapulski fest, dass Afras Vermutung zutrifft. Die beiden sind auf Reisen gegangen.

Ein Erpresser hat sich bislang nicht gemeldet. So dürfte der Fall klar sein.

Es bleibt nichts anderes übrig, als abzuwarten, bis die beiden ein Zeichen geben und wieder zurückkehren.

Ferdinand Elmenstetter steht in seinem Entwurfsbüro vor einem großen Reißbrett. Er zeichnet die Werkpläne für einen Armlehnstuhl, den Henry van de Velde 1898 für den Lesesaal im Berliner Haus von Bruno und Paul Cassirer entworfen und in seiner Werkstatt hergestellt hat. Ein Stuhl mit hoher Rückenlehne, geschwungenen Armstützen, charakteristisch die verspielte Verbindung zwischen den Vor- und Hinterbeinen. Rücken und Sitzfläche sind bespannt mit einem moosgrünen gerippten Stoff, nur flach gepolstert. Eine Arbeit van de Veldes, die nicht nur solides handwerkliches Können seiner Werkstatt zeigt, sondern dessen Entwurf auch auf die neue Idee verweist, die Künstler dazu trieb, das Kunsthandwerk auszuführen. Sie wollten neue Formen und eine neue Ornamentik finden. Der Armsessel zeigt das deutlich und weist sich als Produkt des "Art Deco" aus.

Raimund Rintaler ist der Ehemann von Helma, der drei Jahre jüngeren Schwester von Ferdinand Elmenstetter.

Er arbeitet schon seit fast 20 Jahren im Betrieb. Nachdem sich der Fabrikchef entschlossen hatte, das Hauptaugenmerk auf An-, Verkauf und Herstellung von Stilmöbeln zu richten, benötigte er hierfür einen Fachmann. Ihn fand er in Raimund Rintaler. Als studierter Kunsthistoriker und Magister Artium (M.A.) hatte er das umfassende Wissen, zumal er seine Diplomarbeit über Möbel der Epoche Louis Seize gemacht hatte.

Er sucht in Nachlässen und bei Wohnungsauflösungen nach entsprechenden Möbeln aller Stilrichtungen. Er überwacht die Restaurierungsarbeiten, begleitet die Stücke auf Messen und Verkaufsausstellungen, berät die Kunden, kurz, er ist eine wichtige Säule des Betriebes. Deshalb nahm ihn Ferdinand Elmenstetter in den Vorstand der GmbH auf.

Rintaler ist gerade dabei, einen geschlossenen LKW mit Möbeln beladen zu lassen. Sie sind bestimmt für eine Antiquitätenmesse in Leipzig. Morgen wird er mit fünf Mann des Betriebes dorthin fahren. Sie werden den Messestand aufbauen. Die Ausstellung dauert eine gute Woche, von Samstag bis übernächsten Sonntag. Nach dem Aufbau fahren die Arbeiter mit dem LKW wieder nach Hause und kommen erst wieder eine Woche später nach dem Ausstellungsende.

Raimund Rintaler ist deshalb mit dem Firmen-PKW gefahren, um während der Woche in Leipzig beweglich zu sein. Zwei der Arbeiter hat er in den PKW eingeladen, die anderen fahren im LKW.

Die wertvollen Stilmöbel lagern im "Hochsicherheitstrakt" der Fabrik, wie der Saal schmunzelnd von den Mitarbeitern genannt wird. Es ist ein fensterloser Saal mit Safe-Tür, automatischer Be- und Entlüftung und einer Vorrichtung zur Egalisierung der Luftfeuchtigkeit.

Gegen Mittag ist der Möbel-LKW beladen und sie fahren ab.

Raimund Rintaler nimmt seine Frau Helma mit.

Sie verliebten sich ineinander, sobald Raimund in die Firma kam. Zu der gegenseitigen Sympathie kamen auch noch vielfache gemeinsame Interessen. Nicht nur, dass auch Helma Kunsthistorie studiert hatte. Auch für Musik und Oper waren sie gemeinsam begeistert.

Sie war noch immer im Studium der Kunstgeschichte. Auch, nachdem sie geheiratet hatten. Da kauften sie sich ein Reiheneckhaus in Torstadt, schön gelegen direkt an der Rimnach.

Als sich ihr Sohn Frank anmeldete, brach sie ihr Studium ab.

Zunächst arbeitete sie an der Seite ihres Mannes im Betrieb. Mit der Geburt gab sie diese Arbeit aber auf und widmete sich ganz dem kleinen Söhnchen und dem Haushalt.

Sie kommen gegen Abend in Leipzig an. Während der LKW zur Messehalle fährt und die Arbeiter mit dem Ausladen beschäftigt sind, fahren Raimund und Helma zu ihrem Hotel.

Sie hatten sich schon sehr darauf gefreut, heute noch in das Gewandhaus zu gehen. Dort dirigiert Riccardo Chailly die "Italienische" und die "Schottische" Symphonie des Sohnes der Stadt: Felix Mendelssohn Bartholdy. Das neue große Gewandhaus beeindruckte sie sehr. Schon die Eingangshalle mit dem riesigen Fresko, dann die Größe des Saales, in dem sich die Stuhlreihen in vielen Schichten um das Podium drängen und die hervorragende Akustik lassen die beiden staunen.

Es versteht sich, dass anschließend an das Konzert noch "Auerbachs Keller" aufgesucht wurde für ein umfangreiches und delikates Abendessen.

Die Arbeiter hatten im Möbelwagen übernachtet. Der war ja nun leer. Sie hatten dort Klappbetten aufgebaut und waren nach einem üppigen Abendessen und etlichen Bieren in Schlaf gesunken.

Am Morgen beginnen sie nun mit dem Aufbau. Dazu gibt es einen ausführlichen Plan. Nach ihm wird überall, wohin sie zur Ausstellung kommen, die Ausstellungslandschaft erstellt.

Nachdem die Eröffnung erst morgen ist und die Arbeiter heute erst gegen Mittag fertig sein werden, haben Raimund und Helma noch Zeit, das Mendelssohn-Haus in der Gold-schmidtstraße aufzusuchen.

In dem beachtlichen, großen, spätklassizistischen Gebäude bewohnte Felix Mendelssohn Bartholdy die Beletage. Er starb auch dort. Er war für Leipzig der berühmteste Bewohner nicht nur als Gewandhausdirigent, virtuoser Komponist und Musiker, sondern auch als Kulturpolitiker und, was die wenigsten wissen, als Maler.

So schritten sie nicht ohne Ehrfurcht durch diese authentischen Räume.

Gleich wichtig sind für Leipzig Johann Sebastian Bach und Richard Wagner.

Wagners Geburtshaus steht ja leider nicht mehr. Unsere beiden Besucher waren aber entsetzt, als sie an dessen Stelle einen scheußlichen Kasten mit einer Art Wellblechfassade eines früheren Warenhauses sehen mussten. Lediglich eine eingelassene Steinplatte weist auf diesen historischen Ort hin.

Gegen Mittag sind sie wieder in der Messehalle. Die Arbeiter sind mit dem Aufbau fertig und schicken sich an, nach Moosdorf zurück zu fahren.

Während die Ausstellung läuft, hat Raimund keine Zeit, die Stadt zu genießen.

Helma Rintaler ist aber viel unterwegs. Vor allem geht sie immer wieder gerne in den Zoo, der ganz zentral liegt und von ihrem Hotel aus zu Fuß leicht zu erreichen ist.

Raimund Rintaler macht gute Geschäfte. Er verkauft einen Chippendale-Sekretär, eine Sitzgruppe mit Tisch und vier Stühlen aus der Biedermeier-Zeit und schließlich noch eine Vitrine aus der Renaissance. Rund 100.000 Euro kann er in Rechnung stellen. Zu jedem Möbel gibt es eine Expertise, die sie als authentisch ausweisen. Der Käufer der Renaissance-Vitrine ist so begeistert, dass er Rintaler bittet, ihn vorzumerken, sollte er dazu passende Renaissance-Möbel auftreiben.

Am Montag kommt der Möbel-LKW der Firma Elmenstetter-GmbH mit den Arbeitern, die den Messestand abbauen und zurück nach Moosdorf bringen.

3

Als Ferdinand Elmenstetter 1950 geboren wurde, war ganz Deutschland in Aufbruchsstimmung. Der Krieg war fünf Jahre vorüber, die Währungsreform 1948 geglückt. Bundeswirtschaftsminister Erhard erstrebte eine weitgehend freie Marktwirtschaft. Die Bundesrepublik trat in den Europarat ein. Hindemith schrieb die Sinfonie "Harmonie der Welt" und Gian Carlo Menotti die Oper "Der Konsul".

Ferdinand der Erste, der namensgleiche Vater, hatte gleich 1948 in Moosdorf eine Schreinerei gegründet und war als Möbel- und Bauschreiner mit drei Mitarbeitern und einem Lehrling tätig. Vor allem im Küchenbau war er sehr erfolgreich. Es war damals für junge, tüchtige Handwerker eine gute Zeit. Es galt viel aufzuholen, was während des Krieges und der Nachkriegszeit verloren gegangen war.

So florierte Elmenstetters Schreinerei.

Nach der Volksschulzeit kam Ferdinand der Jüngere in die Schreinerlehre bei "Mobile-GmbH" in Torstadt.

Er erhielt den Gesellenbrief, wurde von der Firma über-

190

nommen und konnte sich zum Meister vervollkommnen.

Anschließend besuchte er erfolgreich die Fachober- und die Fachhochschule und schaffte es zum Holzbauingenieur FH. Nebenher absolvierte er an der TU München die Designerakademie.

Er war 27 Jahre alt und übernahm die elterliche Schreinerei. Sofort begann er die Firmenphilosophie umzupolen. Jetzt restauriert und fertigt er Stilmöbel aller Kunstrichtungen und handelt mit ihnen.

Ein Jahr später heiratet er Sandra Allgeier.

Sie stammt aus einem kleinen Ort in der Nähe. Ihre Eltern betreiben dort noch heute eine Gaststätte.

Bei einem Ausflug hatte sie Ferdinand kennen gelernt. Ihre Eltern waren ganz und gar nicht begeistert, als ihre einzige Tochter mit ihren gerade erst mal 20 Jahren ihnen erklärte, dass sie Ferdinand Elmenstetter heiraten möchte.

Aber sie gaben schließlich ihren Segen, als sie erfuhren, dass Sandra schwanger war.

Die Hochzeit war im März 1978. Geheiratet wurde in der Wallfahrtskirche "Siebeneichen". Ferdinand hatte sich das gewünscht. Er liebte diese Kirche. Sie war ausgestattet von Johann Baptist Straub und gilt als dessen absolutes Meisterwerk. Ferdinand besticht dabei die Mischung aus architektonischer Strenge und verspielter barocker Bewegung der Figuren, der Heiligen und Putti. Die Bewegungen der Skulpturen kommen besonders zum Ausdruck, weil Straub bei ihnen ganz auf die Farbe verzichtete.

Während der gesamten Hochzeitszeremonie kann er seinen Blick nicht von den Figuren wenden und hätte beinahe vergessen, seiner Sandra den Ehering anzustecken.

Der weltliche Teil der Hochzeit, sprich der Hochzeitsschmaus, war dann in Moosdorf, nicht weit von der Schreinerei entfernt, in dem Gasthaus, zu dem auch der Biergarten an der Rimnach gehört.

Dort war Ferdinand Elmenstetter natürlich bekannt und bei den Gastleuten hob er damit eine große Ehre auf.

Die Hochzeitsreise war nur kurz. Sie führte sie nach Südtirol zum Kalterer See. Zum Schwimmen war es zwar noch zu kühl. Aber zum Wandern war es ideal.

Sie mieteten sich bei einem Weinbauern ein.

Wenn sie vom Wandern müde zurückkamen, freuten sie sich auf ein zünftiges Abendessen in einem der Wirtshäuser.

Am Abend aber saßen sie dann im gemütlichen Wohnzimmer ihres Gastgebers. Der Bauer holte aus dem Keller eine Flasche "Kalterer See", einen "echten", wie er sagte, selber gekeltert, nicht einen mit sizilianischem Rotwein gestreckten.

Sehr lange konnte diese Reise nicht ausgedehnt werden. Denn die beiden planten, die Schreinerei in Moosdorf auszuweiten. Dazu wollten sie neu bauen.

Als erstes sollte die Fabrikhalle erstehen. Schon damals war "der Hochsicherheitstrakt" geplant und auch so ausgeführt worden. In der Fertigungshalle waren drei Planungsbüros vorgesehen und die üblichen Sozialräume.

Ein Ausstellungsgebäude schloss sich an. Dazu im rechten Winkel kamen dann die Fahrzeugremisen.

Auf der anderen Seite, an der Stelle, an der sich bisher die Schreinerei befand, sollte das Wohngebäude und als Zwischenbau zur Halle die Verwaltung entstehen.

Ein viel Millionen teures Unterfangen.

Dieses Geld war natürlich nicht vorhanden, wenn Ferdinand Elmenstetter auch ein dickes Rücklagenpolster angesammelt hatte. Seine Gewinne im letzten Geschäftsjahr waren satt. Auch der Vater hat zur Finanzierung beigetragen, soweit seine bescheidenen Mittel es erlaubten.

Da ergab es sich gut, dass er eine wichtige Mitarbeiterin in der Kreis- und Stadtsparkasse Torstadt gut kannte. Noch dazu war sie an der zuständigen Stelle: Sarah Bader, Diplombetriebswirtin und Bereichsleiterin für Fragen der Baufinanzierung. Sie kannte Ferdinand seit vielen Jahren und sie verhalf ihm zu den notwendigen Krediten.

Es versteht sich von selber, dass zunächst die Fertigungshalle und die übrigen betrieblichen Gebäude in Angriff genommen wurden.

Das alte Werkstattgebäude wurde abgerissen. Nur der Wohntrakt durfte noch stehen bleiben, so lange, wie der neue auf sich warten ließ.

Die Firma wurde umstrukturiert. Aus Haftungsgründen wurde sie in eine GmbH umgewandelt, wobei Ferdinand Elmenstetter Geschäftsführer und zunächst einziger Gesellschafter war.

Als im Januar 1979 die Tochter Afra geboren wurde, war auch der Wohnhaustrakt fertiggestellt. Ferdinand konnte Sandra mit der kleinen Afra vom Krankenhaus abholen und in die neue, jetzt noch locker möblierte Wohnung bringen.

Die Möbelschreinerei wirft erhebliche Gewinne ab. Die Zeit ist günstig. Es besteht nach wie vor großer Nachholbedarf an Wohnungseinrichtungen Die D-Mark ist hart und sitzt locker. Die Auftragsbücher sind vollgefüllt bis heute.

Ferdinand Elmenstetter stellte weiteres Personal ein.

Auf einer Auktion in Karlsruhe lernte er Franz Kandlbinder kennen. Er ist studierter Betriebswirt und, was für Elmenstetter besonders wichtig ist, hat beste Verbindungen zu Veranstaltern von Kunst- und Kunsthandwerks-Auktionen.

Elmenstetter nimmt ihn und seinen Schwager Raimund Rintaler, den Ehepartner seiner Schwester Helma, als Gesellschafter in die Firma auf.

Noch einen Gesellschafter nimmt er auf: Hans Makulat. Er ist Schreiner, aber ohne Berufsabschluss.

Er kommt aus dem Schwäbischen.

Nach seiner Schreinerlehre, das heißt, nach fast vollendeter Lehre hatte er Krach mit seinem Meister. Es war nämlich ruchbar geworden, dass er homophil war. Nachdem er mit dem etwa gleichaltrigen Sohn seines Chefs viel zusammen war, hatte der Vater befürchtet, er würde den Jungen in dieselbe Ecke treiben.

Er wurde fristlos gekündigt und das kurz vor der Gesellenprüfung.

Hans Makulat ging vor das Arbeitsgericht. Er hatte nicht abgestritten, dass er schwul sei, aber ernstlich widersprochen, dass er den Sohn des Meisters verführt habe. Damals waren gleichgeschlechtliche Aktionen noch strafbar. Den § 175 gab es noch. Deshalb hatte er vor Gericht keinen Erfolg.

Er war ganz auf sich selber gestellt. Einen Vater hatte er nie gekannt und seine Mutter war gestorben, als er gerade seine Schreinerlehre begonnen hatte.

Er ging nach München in der Hoffnung, dort eine Schreinerei zu finden, wo er die Gesellenprüfung nachholen konnte. Jeder Chef ließ sich das Arbeitszeugnis seines Ausbilders vorlegen. Und nachdem dieser die Kündigungsgründe in allen Einzelheiten dargelegt hatte, waren alle Bewerbungen umsonst.

Da las er eine Anzeige, dass die Möbelfabrik Elmenstetter in Moosdorf einen Schreiner sucht.

Er meldete sich. Ferdinand Elmenstetter sah sich den jungen Kollegen an und sagte: "Ich versuch' es mit Dir. Wir machen eine Probezeit von vier Wochen. Dann sehen wir weiter."

Von Gesellenprüfung war keine Rede mehr. Hans Makulat arbeitete zur vollen Zufriedenheit seines Chefs. Es zeigte sich, dass er viel Gefallen und Geschick am Herstellen von Stilmöbeln zeigte, obwohl er von Stilen im Möbelbau noch nie gehört hatte. Auch beherrschte er die Kunst, die von

Ferdinand Elmenstetter gefertigten Werkpläne für Möbel sofort zu verstehen, nach ihnen zu arbeiten und sie umzusetzen.

Bei seinen Mitarbeitern, die nicht wussten, dass er nicht einmal den Gesellenbrief besaß, hatte er großes Ansehen. Sie nahmen seine Vorschläge und Hinweise, auch seine Kritik ohne Murren entgegen.

Als die vier Wochen Probezeit vorüber waren, war Hans Makulat für den Betrieb so unentbehrlich geworden, dass er einen unbefristeten Arbeitsvertrag als Schreiner erhielt mit der Bezahlung eines Meisters.

Elmenstetter machte ihn zum Vorarbeiter, zum Leiter der Schreinerei und zum Gesellschafter.

Die Belegschaft ist mittlerweile auf über einhundert Arbeiter, Arbeiterinnen und Angestellte angewachsen.

Elmenstetter und Rintaler machen die Entwürfe. Sie beide und Kandlbinder führen die Kundengespräche. Kandlbinder bereist auch die Möbelhäuser, ordert dort Ausstellungsflächen für Vorzeigemuster. Rintaler und seine Messearbeiter schaffen die "Bühnenbilder" für die auszustellenden Möbeln.

Die besondere Liebe aller gehört aber den "echten", den historischen Stilmöbeln im "Hochsicherheitstrakt".

Nach der Ausstellung in Leipzig berichtete Raimund Rintaler von dem Gespräch mit dem Kunden, der die Renaissance-Vitrine erworben hatte. Er blieb inkognito und bezahlte bar. Sein Interesse für weitere Renaissance-Möbel machte Rintaler hellhörig. So häufig kommen solche Stücke nicht in den Handel. Es wäre den Versuch wert, sie nachzumachen und mit falscher Expertise als historisch zu verkaufen oder zu versteigern. Höchste Vertraulichkeitsstufe wäre angebracht. Nur er und Ferdinand Elmenstetter dürfen eingeweiht werden.

Es war ein leichtes, die Abbildung eines entsprechenden

Möbelstücks, eine Truhe, zu finden und daraus die Werkpläne nachzuvollziehen. Das war und ist die Aufgabe des Chefs.

Die Pläne erhielt Hans Makulat. Er wählte das Holz aus. Die Truhe wurde aus massivem Eichenholz gebaut. Auf jeder Längsseite waren vier geschnitzte Reliefs zwischen Holzbändern eingearbeitet. An den Schmalseiten zwei schwere Eisengriffe. Die Beschläge mit dem komplizierten Schloss waren ebenfalls aus Eisen und original, auf dem Trödelmarkt, gefunden.

Für alle diese speziellen Arbeiten ist die Fabrik eingerichtet und hat die entsprechenden Arbeiter.

Es wurde ein prächtiges Stück. Mindestens 100 kg schwer.

Verschleißspuren wurden angebracht, die ein Alter von mehr als 400 Jahren glaubhaft machten.

Als neues Produkt hätte der Hersteller gut und gerne 2000 bis 3000 Euro verlangen können. Als "original" Renaissance-Truhe aus Italien kann sie das 10- bis 20-fache erzielen.

Raimund Rintaler fertigt eine Expertise des Kunstsachverständigen für antike Möbel und vereidigten Schätzers Dott. Angelo Duardi in Milano an.

Duardi ist ein international bekannter und anerkannter Fachmann. Seine im Laufe der Jahre unzähligen Expertisen gelten ungeprüft. Im Frühjahr ist er, erst 68 Jahre alt, gestorben. Elmenstetter benutzt seinen Namen und datiert die "Expertisen" einfach in Duardis Lebenszeit zurück.

Zur nächsten Antiquitätenmesse, die eine Woche später in Karlsruhe stattfindet, wird die Truhe ausgestellt.

Tatsächlich kommt der Kunde, der in Leipzig die Renaissance-Vitrine erworben hatte, auf Elmenstetters Stand. Rintaler erkennt ihn sofort.

"Wie hoch ist der Preis?" zeigt er auf die Truhe. "Ich habe das Stück schon irgendwo gesehen. Italien?"

"Richtig: Italien. Etwa 1580. Der Preis ist nicht niedrig, aber für das Prachtstück angemessen: 50.000 Euro."

"Einverstanden. Bitte, reservieren Sie mir das Stück. Ich komme Morgen Vormittag und zahle bar."

So kam es. Der Mann blätterte 50 Tausender auf den Tisch. Er hatte einen Kleintransporter und zwei Mann mitgebracht, die die Truhe mitnahmen.

Nachträglich dachte Rintaler, hier hätte er wohl auch 60.000 Euro verlangen können.

Dieses Stück war das erste, das sie auf diese Weise manipulierten.

Dott. Angelo Duardi war nun ein weiterer "Mitarbeiter" geworden, einer, der bei allen Machenschaften aus biologischen Gründen zum Schweigen verurteilt war. Die Arbeiter im Werk wussten von diesem "Kollegen" allerdings nichts.

Bei der Auswahl der Kunden mussten sie sehr aufpassen. Sie verkauften nur gegen Barzahlung, ohne Rechnung und Quittung. Es ist sicher anzunehmen, dass es sich um "schwarze" Gelder handelte. Das hatte den Vorteil, dass die Käufer nicht nachforschten. Und sollte einer dahinter kommen, dass die Historie "manipuliert" war, dann würden sie keine Anzeige erstatten, da sie sich sonst selber als Steuerhinterzieher ausliefern würden.

So fertigen sie bis heute Sitzgruppen in "echt" Biedermeier, Schlafzimmer in "echt" Rokoko, Sekretäre in "echt" Louis Seize, Liegen in "echt" Tudor Gotik und so weiter. Am meisten arbeiten sie in Art Deco und Jugendstil. Weil dieser Stil wieder 'in' geworden ist. In der Nazi-Zeit war er als 'Kitsch' verpönt. Jetzt wird er wieder geschätzt.

Jüngstes Beispiel ist der Armlehnstuhl nach Entwurf von Henry van de Velde, den Ferdinand Elmenstetter auf seinem Reißbrett hat.

197

Sie nehmen Unsummen Geldes ein.

Für Elmenstetter und seinen Schwager kam nun die Kunst des "Verschleierns" dazu.

Sie erwerben vor allem Immobilien im Ausland, bevorzugt in Italien.

Da trifft Ferdinand Elmenstetter ein schwerer Schicksalsschlag.

Sandra, seine Frau, ist zum Einkaufen nach Torstadt gefahren. Dort hatte sie sich mit einer Freundin verabredet. Sie machten einen Schaufensterbummel, plauderten in einem Café.

Gegen 16 Uhr stieg sie in ihren schweren BMW 540 und fuhr Richtung Moosdorf.

In einer leichten Rechtskurve griff sie nach unten, um das Handy, das ihr aus der Hand gerutscht war, aufzuheben.

Dabei verriss sie das Steuer. Der schwere Wagen kam ins Schleudern. Sandra versuchte gegenzusteuern, aber die Geschwindigkeit war vermutlich zu hoch. Das Fahrzeug fiel auf die rechte Seite. Sandra war nicht angeschnallt. Die linke Tür öffnete sich. Sandra wurde aus dem Auto geschleudert. Während dieses in einem Acker landete, knallte Sandra auf den Asphalt.

Die Straße von Torstadt nach Moosdorf ist sehr wenig befahren. Es dauerte fast 20 Minuten, bis ein Motorradfahrer den Unfall entdeckte. Als weitere zehn Minuten später Polizei, Notarzt und das Rettungsfahrzeug eintrafen, konnte nur noch der Tod der Frau festgestellt werden.

Für Ferdinand Elmenstetter und seine Kinder brach eine Welt zusammen.

Die Ehe war sehr glücklich gewesen. Alle Freuden und Sorgen haben die beiden Eheleute miteinander getragen.

Für Afra fehlte nun nicht nur die Mutter, sondern auch die Vertraute, mit der sie alle Dinge des Lebens besprechen konnte. Und der Sohn, der mit der Mutter ein innigeres Verhältnis spürte als mit dem Vater, fühlte sich verwaist.

Sandra Elmenstetter war auch im Betrieb und bei den Mitarbeitern sehr beliebt. Umso größer ist der Schock, den dieser tödliche Unfall bei allen ausgelöst hat.

Als einige Tage später die Beerdigung folgte, begleiteten Sandra Elmenstetter nicht nur die gesamte Belegschaft, sondern auch das ganze Dorf.

4

Das Leben geht weiter.

Die Elmenstetter-GmbH floriert. Das Vierergespann Ferdinand Elmenstetter, Raimund Rintaler, Franz Kandlbinder und Hans Makulat ergänzen sich auf geradezu ideale Weise.

Franz Kandlbinder besucht die Auktionen und bringt antike Möbel heim. Meist sind sie mehr oder weniger lädiert. Das spielt keine Rolle. Dadurch waren sie leichter und billiger zu bekommen. Sie haben die Werkstatt, die das in Ordnung bringt. Für jeden Einzelfall haben sie einen Spezialisten. Die wertvollen Einzelstücke wandern dann in den "Hochsicherheitstrakt". Sie werden im Internet angeboten, von Kandlbinder zu Versteigerungen gebracht und in Messen gezeigt. Es hat sich erwiesen, dass die höchsten Preise bei Auktionen zu erzielen sind.

Die Fabrik ist auch bereit und in der Lage, Möbelgruppen zu ergänzen. Werden aus einem Nachlass ein Biedermeier-Esstisch und zwei Stühle erworben, werden die restlichen einfach nachgebildet. Das geschieht so meisterlich, dass niemand den Unterschied erkennen wird.

Sie wissen natürlich genau, dass diese Handlungsweise gesetzwidrig ist und einen Betrug darstellt, insbesondere auch die Erstellung falscher Expertisen, aber ebenso sind sie überzeugt, dass ihre Arbeit hervorragend ist, dass keiner einen Unterschied zu den Originalen erkennt und dass sich alle in der Sicherheit wiegen, Originale erhalten zu haben.

Raimund Rintaler richtet die Messen aus. Seine Erfahrung kann die Käufer einschätzen, gefälschte "echte" verkauft er weiterhin nur gegen Barzahlung.

Hans Makulat führt die Arbeiten, die Ferdinand Elmenstetter auf seinem Reißbrett erarbeitet hat, mit seiner Mannschaft aus.

Die Machenschaften durchschaut auch niemand in der Belegschaft.

Nachgemachte Stilmöbel sind zulässig.- Natürlich!

So lange die Vier sich einig sind, kann deshalb nichts passieren.

Hauptgegenstand der Herstellung blieben aber "neue" Stilmöbel.

Afra Elmenstetter ist mit ihrer Arbeit am Schalter in der Sparkasse nicht zufrieden.

Sie hat keine Aufstiegsmöglichkeiten. Der Umgang mit Kunden Macht ihr zwar Spaß, aber sie spürt den inneren Drang, innerhalb der Bank auch selber Entscheidungen treffen zu dürfen.

Sie ist sehr exakt in ihrer Arbeit. Für ihre Kollegen ist sie ein Vorbild an Zuverlässigkeit, Überblick und Schlagfertigkeit. Auch in der logischen Verknüpfung von erworbenem Wissen mit ungewohnten Aufgaben.

Sie möchte in ihrem Beruf vorwärts kommen und Leitungskompetenzen erringen.

Deshalb möchte sie das Fachabitur machen und über die Fachhochschule zu einer höheren fachlichen Qualifikation gelangen.

Ihr Chef ist damit einverstanden. Er traut ihr diesen beruflichen Weg zu und möchte ihr nicht im Wege stehen. Deshalb wird sie beurlaubt, wenn sie am 3. September den Unterricht beginnt. Bis dahin bleibt sie in der Bank. Mit Schulbeginn wird sie ausscheiden. Der Arbeitsplatz bleibt ihr erhalten.

Sie nimmt sich in München am Rotkreuzplatz eine Zweizimmerwohnung und schreibt sich in der Fachoberschule für Wirtschaft ein.

5

Florian Sauter und Matthias Elmenstetter, die Freunde, sind beide 18 Jahre alt. Sie verbindet die Liebe zur Musik. Sie spielen Geige, sitzen im Schulorchester in Erster Violine an einem Pult. Matthias wird von seinem Vater verwöhnt. Finanzielle Sorgen hat er nicht. Er hat das Gefühl, der Vater will sich seine Zuneigung erkaufen. Er ist als Nachfolger im Betrieb vorgesehen. Ob er sich dafür geschaffen sieht, interessiert nicht. Lieber möchte er Musik studieren, wagt aber nicht, seinem Vater das zu sagen - nicht aus Feigheit, sondern weil er den Vater, der so mit ihm rechnet, nicht enttäuschen möchte. Nächstes Jahr soll er Abitur machen und dann in die Schreinerlehre. Er weiß nicht, wie es dann weiter gehen soll. Seine Mutter ist tot und mit seiner Schwester kann er seine Probleme nicht besprechen. Der einzige Partner ist Florian.

Er ist Einzelkind seiner Mutter. Sie ist alleinerziehend. Einen Vater gibt es nicht. Er interessiert Florian auch nicht. Zumindest vorläufig. Seine Mutter ernährt sich und ihn mit etlichen Putzstellen notdürftig. Sie ist unglücklich, glaubt dass sie alles im Leben falsch gemacht hat. Diverse Male haben sich Männer für sie interessiert, Männer, die sie sympathisch fand, zu denen sie sich auch hingezogen gefühlt hat. Sie hat alle zurückgewiesen aus Rücksicht auf Florian, den sie liebt, den sie aber auch als "Klotz am Bein" empfindet, weil seine Existenz sie daran hindert, aus diesem unglücklichen Leben zu fliehen und einen Weg zu finden, der ihr mehr persönliche und finanzielle Möglichkeiten eröffnet.

Da trifft es sich gut, dass Florian in einem Kellerlokal in München-Schwabing in einer Jazz-Band Posaune und in anderer Besetzung in einer Tanzkapelle in Torstadt bei Hochzeiten, Jubiläen und Vereinsfesten spielt und so gut verdient, dass er seinen Lebensunterhalt finanzieren und auch seine Mutter noch unterstützen kann.

Es versteht sich, dass sich diese Erwerbstätigkeit abends und nachts, ja oft bis zum frühen Morgen hinzieht und er müde und erschöpft in der Schule erscheint.

Es spricht für seine Intelligenz, dass dadurch seine schulischen Leistungen nicht drastisch absinken, dass er sich weiterhin im Mittelfeld behaupten kann.

Matthias vernachlässigt die Schule auch, aber aus einem anderen Grund. Er widmet sich der Musik, nimmt privat Unterricht in Komposition, Geige und Klavier, besucht Konzerte und Opernaufführungen. Er besucht auch Vorlesungen über Musikgeschichte in der Musikhochschule.

Kurz: es kommt der Zeitpunkt, an dem beide Wirklichkeit, Hoffnung, Zukunft und Gegenwart nicht mehr mit einander vereinen können und den Sinn ihrer derzeitigen Existenz nicht mehr verstehen, dass sie in einer Art Sinnkrise überlegen, wie sie sich aus dieser Klemme befreien könnten.

Sie entschließen sich, sofort auszusteigen, nicht mehr abzuwarten, sondern zu fliehen und irgendwohin zu fahren, weit weg, wo niemand sie kennt und ihnen "gute" Ratschläge erteilen möchte. Sie wollen mit niemand darüber sprechen. Denn jeder würde ihnen abraten, würde sagen, sie sollten doch erst ihr Abitur machen und dann eine Auszeit nehmen.

Matthias holt sich von seinem Bankkonto 3000 Euro, Florian löst sein Sparbuch mit knapp 2000 Euro auf. Sie besorgen Visa beim Indischen Generalkonsulat in München in der Widenmayerstraße 15, packen ihre Rucksäcke und deponieren sie im Münchner Hauptbahnhof in der Gepäckaufbewahrung, damit sie am Freitag früh ohne Gepäck das Haus verlassen und vortäuschen können, sie gingen zur Schule.

Am Freitag, den 6. Juni 2003 fahren sie nach acht Uhr mit dem ICE nach Frankfurt/Main zum Flughafen.

Im Terminal II suchen sie Fluggesellschaften, die nach Indien fliegen, um Stand-by-Tickets zu bekommen.

Das erwies sich als schwierig. Sowohl die Lufthansa, die non-Stop nach Bombay fliegt, wie Gulf Air, die über Bahrain nach Delhi fliegt, wie Indian Airways, die verschiedene Indische Städte anfliegt, sind alle ausgebucht.

Am Schalter bekommen sie zur Auskunft, der Freitag sei für Stand-by-Tickets äußerst ungünstig. Morgen sehe es bedeutend günstiger aus. Da fliegen keine Geschäftsleute und Manager.

Also fügen sich die beiden in ihr Los und übernachten im Flughafen.

An Schlafen war da natürlich zunächst gar nicht zu denken. Erst gegen Mitternacht wurde es etwas ruhiger in der Abfertigungshalle. Sie fielen, ihre Rucksäcke als Kopfkissen verwendend, in tiefen Schlaf.

Am nächsten Morgen setzten sie die Suche fort. Nach etlichen Fehlschlägen ergattern sie schließlich zwei Karten für je 386 Euro bei Gulf Airways, Abflug 11 Uhr 23 mit Zwischenstopp in Bahrain und Ziel Delhi.

Um 11 Uhr können sie ihre Rucksäcke einchecken und kurz darauf sitzen sie in der Maschine, allerdings auf getrennten Sitzen.

Pünktlich wird der Airbus von der Andockstelle geschleppt und setzt sich in Bewegung.

Als sie in der Reisehöhe angelangt sind, gibt es ein wunderbares Mittagessen. Unsere beiden hatten früh nur eine Tasse Kaffee getrunken, so hatten sie guten Appetit und konnten den exzellenten Service genießen.

Um 19 Uhr 15 kommen sie in Bahrain-Muharraq International an. Sie müssen die Maschine verlassen. Knapp vier Stunden warten sie, bis es um 23 Uhr 15 weitergeht.

Sie bekommen neue Sitzkarten. Also eine andere Maschine. Hoffentlich werden ihre Rucksäcke richtig umgeladen.

In einer Broschüre im Netz vor ihrem Sitz, in der sie auch die Notausgänge des Flugzeugs aufgezeichnet finden, lesen sie, dass Bahrain einer der Heimathäfen der Gulf Air ist. Die anderen sind Oman, Katar und Abu Dhabi.

Der Flug war sehr angenehm und die Betreuung an Bord exzellent.

Um 5 Uhr 10 landen sie am Indira Gandhi International Airport von Delhi.

Sie kommen in der Halle ans Band zur Gepäckausgabe.

Sie warten lange. Fast alle anderen Passagiere waren schon mit ihren Koffern abgezogen. Die beiden fürchteten, ihre Rucksäcke seien in Bahrain nicht umgeladen worden, als sie endlich mit als die letzten angewackelt kamen.

Dann Zoll, Geldwechsel. Nur 100 Euro wechseln sie zunächst und bekommen dafür etwas mehr als 4000 Rupien. Am Reisebüro lassen sie sich einen Stadtplan und ein Hotelverzeichnis, sowie einen Prospekt für die Sehenswürdigkeiten der Stadt geben.

Dann ins Freie. Ein Schwall heißer Luft schlägt ihnen entgegen. Sie suchen einen Bus, der sie in die Stadt bringt.

6

Im Juni 2003 ist die Möbelfabrik Elmenstetter - 1978 erbaut - 25 Jahre alt. Dazu soll am letzten Wochenende des Juni ein rauschendes Jubiläumsfest ausgerichtet werden.

Am firmeneigenen Hafen an der Rimnach wird ein großes Zelt aufgebaut.

Nachdem der Wetterbericht ein stabiles schönes Wetter verspricht, wird vor allem der Außenbereich reichlich mit Tischen, Stühlen, Bänken und Hunderten von Sonnenschirmen bestückt.

Eine Oktoberfestkapelle wird bestellt, ein Conférencier wird als eine Art "Zeremonienmeister" engagiert.

Ein riesiger Ochse brät am Spieß, es gibt Bier und Wein und Sekt, Kaffee und Kuchen und sonst alles, was das Herz begehrt.

Eingeladen sind alle Belegschaftsmitglieder mit ihren Familien, auch die inzwischen aus Altersgründen ausgeschiedenen.

Der Ministerpräsident mit dem Wirtschaftsminister und seinem Staatssekretär, der Landtags-, der Bundestags- und der Europaabgeordnete haben ihre Teilnahme zugesagt, natürlich der Bürgermeister und der gesamte Gemeinderat von Moosdorf, auch jeweils mit Ehepartner, und der Landrat mit den örtlichen Kreisräten.

Am Samstagvormittag um 10 Uhr beginnt das Fest mit einem feierlichen Gottesdienst unter freiem Himmel, der vom Münchner Regionalbischof Georg Breindorfer zelebriert wird. Der Torstädter Männergesangsverein, unterstützt von der Moosdorfer Feuerwehrkapelle, intoniert die Thoma-Messe.

Bischof Breindorfer spricht in seiner Predigt von den hohen Werten kaufmännischer Entscheidungen für das Wohl der Menschen. Gerade die hiesige Möbelfabrik des tüchtigen und beliebten Ferdinand Elmenstetter sei ein Muster für ein

christliches Zusammenleben. An der Spitze der alles über-
blickende Chef, dessen Sorge den Untergebenen gewidmet
ist. Auf der anderen Seite die Arbeiter, die zu ihrem Meister
aufblicken, ihm Stellung, Leben und Einkommen verdan-
ken. Und die Vorstandsmitglieder, die in Loyalität zu den
Arbeitern auf der einen Seite und zum obersten Herrn an
der Spitze auf der anderen Seite die Verbindung herstellen.
So ist diese Fabrik in Moosdorf aufgebaut wie die heilige
katholische Kirche mit ihren Millionen Gläubigen unten auf
der Erde und Gott oben im Himmel. Die Kirche sieht sich
als Mittler zwischen den Ebenen.
Ihre Aufgabe ist es, das Christenvolk zu Gott heranzufüh-
ren, wie es die Aufgabe des Gesellschaftervorstandes und
der Arbeitervertreter ist, Mittler zu sein wischen der Arbei-
terschaft und dem obersten Chef des Unternehmens. Es sei
nicht Aufgabe der Arbeiter, nach der Firmenstrategie zu
fragen, wie es nicht Aufgabe der Christen sei, nach Sinn
und Ordnung der Welt zu fragen, sondern Gottes und der
Kirche Gebote zu achten.

Nach dem Gottesdienst versammelt sich alles im Zelt.
Dort begrüßt Ferdinand Elmenstetter die Gäste streng nach
Etikette und Protokoll.
Nach ihm hält Raimund Rintaler einen Vortrag zum Thema
"Stilmöbel in unserer modernen Zeit?"
Er beklagt, dass 'die schnelllebige und rücksichtslose mo-
derne Zeit' sehr schnell und ohne Bedenken 'Tradition und
Geschichte' zerstört. Deshalb habe sich die Möbel-
Schreinerei-Elmenstetter-GmbH zur Aufgabe gemacht,
etwas von dieser Geschichte, von Lebens- und Wohnkultur
der Epochen und Zeitläufte in unsere Zeit zu retten. Die
Frage, was vergangene Epochen uns geben können, werde
besonders im Bereich des Wohnens beantwortet. Die Menschen könnten ohne Wissen und Fühlen für die Vergangen-

heit nicht die Gegenwart, geschweige denn die Zukunft bewältigen, da der Mensch in ständiger Entwicklung lebe. Der Art Deco-Stil sei ohne den Jugendstil ebenso nicht denkbar, wie der Jugendstil ohne den Aufschrei der Gesellschaft gegen die davor liegenden Epochen möglich geworden wäre. So führten die Stilrichtungen uns weiter und wir können unsere Zeit besser verstehen, wenn wir den früheren Lebensstilen unsere Referenz erwiesen.

Die Möbelfabrik Elmenstetter mache hier ein Doppeltes. Sie fertige neue Möbel im Stil der Epochen mit Massivholz, mit den Elementen der Stile, mit Edelholz und Intarsien, mit Schnitzwerk und Reliefs, Profilierungen und Kapitellen. Andererseits restauriere sie historische Stilmöbel mit großer Kunstfertigkeit. Sie sei sich dabei der Tragweite eines Handgriffs an dem historischen Stück durchaus bewusst. Ganz gleich, ob es gilt, einen defekten Beschlag zu wechseln, es farblich zu behandeln, oder sonst eine Veränderung vorzunehmen. Der Originalstil müsse auf jeden Fall erhalten werden. Dies sei bei Elmenstetter in vollem Maße gewährleistet. Alle historischen Stil-Möbel würden darauf und auf ihre Herkunft von einem vereidigten Sachverständigen geprüft und erhielten eine entsprechende Expertise.

Anschließend folgt die Firmengeschichte von der Entstehung bis zum heutigen Tag, vorgetragen vom Chef und GmbH-Geschäftsführer Ferdinand Elmenstetter. Dabei gedenkt er vor allem der Jahre, die seit dem Neubau der Fabrik 1978 verstrichen sind, also der 25 Jahre.

Es folgt eine Pause.
Dann kommen die Grußworte.
Wieder die Reihenfolge nach Etikette und Protokoll.
Endlich gegen 13 Uhr kann der offizielle Teil des Festes beendet und es kann zum kulinarischen Teil übergegangen

werden. Die Festgesellschaft verteilt sich über den ganzen Freibereich.

Der Ochse, wunderbar gebräunt auf dem Spieß, wird in Portionen zersäbelt und verteilt. Eine Delikatesse. Dazu Semmel- und Kartoffelknödel, Kartoffelsalat, Sauerkraut.

Als die Gesellschaft bei Kaffee, Kuchen und Torten angelangt ist, geht ein Ruck durch die wohlgenährten Reihen.

Alles blickt zur Rimnach. Die, die weiter weg vom Ufer sitzen, stehen auf, um die Erscheinung besser sehen zu können:

Auf der Rimnach kommt von Torstadt her ein Boot, nicht viel größer als ein üblicher Ruderkahn, aber versehen mit einem Außenbordmotor.

Und drinnen steht ein Mann, groß und aufrecht, von athletischer Gestalt, die blonden langen Haare dem Fahrtwind flatternd ausgesetzt, die Rechte am Ruder, mit der Linken den segellosen Mast umfassend – eine stolze Erscheinung!

Die Gespräche auf dem Festplatz verstummen. Die Blaskapelle hat aufgehört zu spielen. Alle blicken auf den Ankommenden.

Der steuert seinen Kahn ans Ufer, an die Kaimauer des kleinen Firmenhafens, macht ihn fest und betritt mit festem Schritt das Land.

Die Anspannung der Leute weicht langsam und macht sich Luft, indem einige zu applaudieren beginnen und schließlich die gesamte Festversammlung in den Applaus einstimmt.

Der Ankömmling, der unvermutet die Aufmerksamkeit der ganzen Festversammlung auf sich gerichtet sieht, verbeugt sich artig, wie ein Operntenor nach einer gelungenen Arie.

"Das ist ja wie beim 'Lohengrin'", sagt der Regionalbischof, "es fehlt nur noch, dass er jetzt anhebt: 'Mein Lieber Schwan ...'"

Peregrin Lohner, und um niemand anders handelt es sich bei dem "Lohengrin", sieht sich unschlüssig um, wer der Chef, nämlich Ferdinand Elmenstetter, sei.

Der geht auf ihn zu, reicht ihm die Hand mit der Frage, was der Grund für diesen spektakulären Auftritt sei.

Der antwortet, er sei gerade in Torstadt gewesen, habe gehört, dass hier ein großes Fest gefeiert werde und habe sich entschlossen, daran teilzunehmen.

Er gratulierte höflich zum 25-jährigen Firmenjubiläum, wünschte den Verantwortlichen und der Firma auch für die Zukunft alles Gute.

Währenddessen ließ er seine Augen in der Runde nach Afra suchen, die er ja in der Kreis- und Stadtsparkasse Torstadt schon gesehen und bewundert hatte.

Ferdinand Elmenstetter, froh, dass sich die Erscheinung des jungen Mannes so harmlos aufgeklärt hatte, bat alle Anwesenden, wieder Platz zu nehmen.

Peregrin hatte Afra entdeckt. Auch sie hatte ihn sofort wiedererkannt, schon, als er noch im Boot stand. Obwohl sie ihn nur ganz kurz in der Sparkasse gesehen hatte, blieben ihr seine Gestalt, seine männliche Figur, seine langen, blonden Haare und sein gebräuntes Gesicht in Erinnerung.

Er fragte sie, ob er sich zu ihr setzen dürfte. Sie bejahte es gerne.

Er stellte sich vor, nannte ihr seinen Namen und erklärte, er sei im Diplomatischen Dienst und in dieser Eigenschaft in einer geheimen Mission in Torstadt.

Nachdem die ersten peinlichen Minuten, in denen keiner sprach, vorüber waren, kamen sie zu einem angenehmen, sympathischen Geplauder, wobei sie ihn mit Essen und Trinken verwöhnte.

Er versicherte ihr sein Glücksempfinden, dass er sie, deren Erscheinung in der Sparkasse ihn so nachhaltig beeindruckt hatte, wieder gefunden habe.

So verfloss der Nachmittag.

Zuletzt hatten sie ihr Wiedersehen noch mit einigen Glas Prosecco gefestigt.

Er verabschiedete sich von Ferdinand Elmenstetter und der Gesellschaft, dankte für die Gastfreundschaft und bestieg seinen Kahn, um in Richtung Torstadt abzufahren.

Die Verständigung der Beiden war so glatt und geschmeidig, dass Außenstehende denken mussten, sie seien schon lange mit einander bekannt, ja vertraut.

Was die Umstehenden bzw. Umsitzenden nicht mitbekommen haben: Peregrin und Afra haben sich für den morgigen Sonntag um 13 Uhr ins Restaurant "Gran Mondo" in München verabredet.

Der Auftritt Peregrins wurde von der anwesenden Presse verständlicherweise stark vermerkt, weil er nach dem langweiligen Zeremoniell der Reden einen Farbfleck ins Geschehen gebracht hatte.

Auch die Anwesenden reden noch lange über diese bühnenmäßige Inszenierung und über das schöne Paar, das sie hernach beieinander sitzen sahen.

Am nächsten Tag, es ist Sonntag, sitzen Peregrin und Afra im "Gran Mondo". Sie haben gut gespeist und getrunken und sind sich sehr nahe gekommen.

Sie möchte näheres von ihm wissen.

Er darf es ihr nicht sagen.

Wenn sie ihn liebt, muss sie darauf verzichten, in ihn zu dringen.

Sie hatte sofort Feuer für ihn gefangen. In der Sparkasse damals - da war er Kunde und unerreichbar.

Aber gestern, da hatte sie den Eindruck, er sei nur wegen

ihr gekommen.

Und jetzt sitzen sie sich gegenüber.

Noch nie hatte sie erlebt, dass ihr Körper sich selbständig gemacht hätte und losgelöst von rationalen Überlegungen seinen eigenen Weg einschlug.

Sie begehrte ihn ungeachtet ihres unbefriedigten Interesses über seine Person.

Als sie das Lokal verlassen, umschlingt sie ihn, küsst ihn leidenschaftlich.

Sie drängt ihn zu ihrer kleinen Wohnung.

Dort kennt sie keine Hemmungen mehr und wirft sich auf ihn.

Er macht das Spiel mit, findet es reizvoll, sie auch sympathisch, ihren Körper anziehend. Aber sie ist ihm nur Werkzeug. Er will den Lamborghini mit den Papieren. Nur mit dem Fahrzeugbrief bekommt er die Höchstprovision.

Er spielt das Spiel gekonnt.

Ein Schauspieler ohne Schauspielunterricht. Schon als 'Lohengrin' hat er das gezeigt.

Sie bleiben den ganzen Tag zusammen, bis er nahe Mitternacht sich lösen kann.

Am Montag steht sie wieder am Sparkassenschalter.

Unentwegt schaut sie über die Köpfe der Kunden, ob er nicht dabei ist.

Er meldet sich fast eine Woche nicht.

Am Freitagabend ruft er sie an.

Sie treffen sich in einem Weinlokal in Schwabing.

"Gib mir wenigstens Deine Adresse oder Deine Handynummer."

"Nein, das geht nicht. Du darfst mich nicht danach fragen, sonst muss ich Dich auf der Stelle verlassen."

"Ist gut. Ich werde nicht mehr in Dich dringen."

Er übernachtet bei ihr. Auch die nächste Nacht.

Dann ist er wieder verschwunden.

Afra ist vor Verlangen dem Wahnsinn nahe.
Nach zwei Wochen taucht er wieder auf.
Sie verschlingt ihn im Bett.

"Dein Vater hat einen Lamborghini."
"Ja - sein ganzer Stolz."
"Glaubst Du, dass er mich eine Probefahrt machen ließe?"
"Das glaube ich nicht. Bisher hat er niemanden, auch mich nicht, an das Fahrzeug gelassen".
"Weißt Du den Zündschlüssel?"
"Er liegt im Zentralsafe zusammen mit dem Brief".
"Hole für mich beides heraus!"
"Nein - auf keinen Fall!"
"Dann sind wir geschiedene Leute"
"Nein, nein, ich will es machen. Aber bleib' bei mir!"
"Gut, morgen!"
"Ja. - Nein, morgen geht es nicht."
"Wann dann?"
"Am Mittwoch. Da ist Vater den ganzen Tag, bis in die Nacht hinein, im Handelsgericht. Dorthin fährt er nie mit dem Lamborghini. Aus Rücksicht auf die Kollegen. Er will nicht, dass sie ihn wegen seines Luxus' beneiden. Warum brauchst Du den Brief?"
"Ich führe den Lamborghini vor, um meine Kreditwürdigkeit zu unterstreichen. Den Kraftfahrzeugbrief brauche ich, um zu zeigen, dass das Fahrzeug wirklich mir gehört. Ich brauche es nur bis zum frühen Nachmittag, dann bringe ich beides zurück."
"Gut - aber gib mir Deine Handynummer"
"Nein."

Afra ist verzweifelt. Das Verlangen nach ihm und seinen Körper macht sie willenlos.
Sie kommt nicht auf den Gedanken und es ist ihr nicht

bewusst, dass sein Verhalten nicht nur autoritär, sondern inhuman ist, dass er sie wie eine Prostituierte behandelt, wenn er von ihr verlangt, mit einem Unbekannten ins Bett zu steigen, von dem sie außer einem Namen, der möglicherweise so falsch ist, wie die Angabe, er sei Diplomat, nichts weiß. So wird sie Opfer, weil sein Wille und sein Wissen nur auf den geplanten Diebstahl ausgerichtet sind.

Der Mittwoch kommt. Afra fährt nach Moosdorf.
Sie geht ins Wohnhaus, durch die Verbindungstür zum Verwaltungstrakt. Im Tresorraum steht der Zentralsafe.
Afra tippt die Zahlenkombination ein. Die schwere Tresortür öffnet sich schnaufend.
In einem Fach im obersten Regalbrett befinden sich Zündschlüssel und Fahrzeugbrief.
Afra muss einen Stuhl zu Hilfe nehmen, um an das Fach heranzukommen.
Sie entnimmt beides, schließt die Tür und verschwindet wieder, wie sie gekommen war.
In der Autoremise steht der Wagen.
Es ist Mittag. Die Arbeiter sind in der Kantine.
Afra öffnet mit einem Knopfdruck das sich automatisch öffnende Garagentor. Steigt ein.
Der Motor mit seinen 450 PS heult auf. Rückwärtsgang.
Mit der Fernbedienung schließt sie das Garagentor und ist auf der Landstraße.
An der Theresienwiese auf dem Parkplatz hinter der Bavaria haben sie sich zusammenbestellt.
Peregrin wartet schon auf sie.
Sie steigt aus.
"Der Schlüssel steckt. Der Brief liegt auf dem Beifahrersitz".
"Gut"
Du musst das Auto heute frühestens um 17 Uhr 15 und

spätestens um 20 Uhr zurückbringen. Die Fernbedienung öffnet das Einfahrttor und die Garage."

"Geht in Ordnung!"

"Wenn Du es nicht machst, sind wir beide verloren!"

"Keine Sorge!"

Er gibt ihr einen flüchtigen Kuss auf den Mund, steigt ein und braust ab.

Afra steht starr am Straßenrand und blickt ihm nach.

"Was habe ich gemacht!"

6

Kriminalhauptkommissar Paul Kapulski sitzt am Frühstückstisch und liest Zeitung.

Seine Frau Monika hat ihn auf eine Meldung auf der ersten Seite hingewiesen: "Flugzeugabsturz in Indien."

Im Artikel werden erste Nachrichten von diesem Unglück wiedergegeben. Danach ist eine Boeing 737 der innerindischen privaten Fluggesellschaft "Jet Airways" auf dem Flug von Delhi nach Bombay, oder Mumbai, wie es jetzt heißt, im Landeanflug auf ein Feld gestürzt, explodiert und in Flammen aufgegangen. An Bord waren 137 Passagiere. Überlebende hat es nicht gegeben. Es handelte sich bei den Toten überwiegend um Inder, aber auch 3 Amerikaner und zwei Deutsche sollen darunter sein.

Paul Kapulski ruft in der indischen Botschaft in München an, ob noch Näheres bekannt sei.

Dies wird verneint. Auch sie wissen nicht mehr, als was in der Zeitung steht. Ebenso können sie nicht bestätigen, dass unter den tödlich Verunglückten zwei Deutsche seien.

Die Insassen des abgestürzten Flugzeuges sind bis zur Unkenntlichkeit verbrannt, ebenso das Gepäck.

Die Passagierlisten sind regelmäßig schlampig ausgefüllt. Vor allem, wenn es Stand-by-Fluggäste gibt, sind diese häufig nicht vermerkt.

Insofern kann sich die Zahl der Toten noch erhöhen.

Irgendwie dachte Kapulski auch an die zwei vermissten Schüler, von denen er annimmt, dass sie irgendwo in der weiten Welt herumreisen.

Er beendet das Frühstück und fährt zur Kriminalpolizei-Inspektion.

Dort findet er auf seinem Schreibtisch eine Anzeige von Ferdinand Elmenstetter.

Ihm war sein Lamborghini aus der Garage gestohlen worden. Außerdem fehlt in seinem Safe der Zündschlüssel und der Fahrzeugbrief. Der Safe ist unversehrt. Der Dieb muss also die Zahlenkombination für den Safe gekannt haben.

Kapulski fährt nach Moosdorf.

Es ist Vormittag. Er steigt aus seinem VW-Golf und blickt über die gestaute Rimnach.

Es ist heiß.

Im Biergarten wird der Tag vorbereitet. Rotweiß karierte Tischdecken werden aufgelegt, auf jedem Tisch befindet sich ein tönerner Bierkrug, der als Behälter für Besteck und die Papierservietten dient. Salz- und Pfefferstreuer sowie Aschenbecher werden auf die Tische gestellt. Im kleinen Pavillon wird ein riesiges hölzernes Bierfass auf den Bock gestellt, gläserne Maßkrüge in Plastikwannen werden angeschleppt, die Grillanlage in Gang gesetzt und die Hähnchen aufgesteckt.

Kapulski würde sich jetzt am liebsten hinsetzen und sich eine Maß bestellen. Aber erstens trinkt ein Kriminalhauptkommissar im Dienst nichts Alkoholhaltiges und noch dazu, wenn er mit dem Auto unterwegs ist, und zweitens muss er einen Kriminalfall klären.

Er meldet sich bei Ferdinand Elmenstetter. Die Sekretärin führt ihn in ein Besprechungszimmer.

Er blättert in den Werbeblättern der Möbelfabrik und in Hochglanzzeitschriften über Stilmöbel.

Ferdinand Elmenstetter betritt den Raum und begrüßt ihn.

"Es tut mir leid, dass ich Sie ein zweites Mal bemühen muss." Er setzt sich zu ihm an den Tisch.

"Sie haben Anzeige erstattet gegen Unbekannt, weil Ihr Fahrzeug aus der Garage gestohlen worden ist."

Kapulski mustert sein Gegenüber.

"Es ist ein sehr wertvolles Fahrzeug."

Elmenstetter holt aus einem Regal eine Mappe mit Prospekten und Fotos. Er legt sie auf den Tisch.

"Ein roter Lamborghini Murciélago LP 640 Coupé."

Kapulski hatte den Eindruck, dass Elmenstetter dabei leise und fast unhörbar mit der Zunge schnalzte.

"Ein Auto, das ziemlich Sprit frisst - oder?"

Elmenstetter hört den feinen Vorwurf, der hinter der Frage steckte.

"Ja, schon. Aus diesem Grund fahre ich ihn auch sehr wenig. Bedenken Sie, dass ich in den fünf Jahren, die ich ihn nun habe, keine 30.000 km auf dem Tacho habe."

Kapulski wollte auf den Grund seines Besuches kommen.

"Der Wagen stand in der Garage."

"Ja. Das Fahrzeug selber und das Garagentor waren verschlossen."

"Nachdem am Garagentor kein Schaden angerichtet wurde, ist anzunehmen, dass der Dieb oder die Diebin Schlüssel hatte."

"Der Zündschlüssel mit dem Schlüssel für das Garagentor befanden sich im Safe. Beide sind weg."

"Kann ich den Safe sehen?"

"Bitte."

Sie stehen auf. Elmenstetter geht voraus. Einen fensterlosen

Raum zwei Zimmer weiter muss er aufschließen. Dort gibt es nur einen Tisch mit zwei Stühlen und den mannshohen Safe.

"Wie ist der zu öffnen?" Kapulski hatte zwar sofort erkannt, dass es sich um einen Schrank mit Zahlenkombinations-Schloss handelt. Er wollte es aber aus Elmenstetters eigenem Mund hören.

"Es gibt eine Zahlenkombination."

"Wer hat Zugang zu diesem Raum und wer kennt die Zahlenkombination?"

"Zum Raum hat jeder Zutritt, der einen Schlüssel zu den Gebäuden der Fabrik besitzt."

"Wer ist das?"

Elmenstetter zählt auf: "Meine Kollegen im Vorstand: Raimund Rintaler, Franz Kandlbinder, Hans Makulat, meine Sekretärin, meine Tochter Afra, mein Sohn Matthias und ich. Ja - und das Putzgeschwader "

"Und wer kennt die Zahlenkombination?"

"Nur meine Kollegen im Vorstand und ich."

"Die Tochter und der Sohn?"

"Nein"

"Im Safe befanden sich also der Zündschlüssel des Lamborghini und daran der Schlüssel zur Garage."

"Und der Kraftfahrzeugbrief. - Und der ist auch weg."

"Und der Kraftfahrzeugschein?"

"Der befindet sich im Auto."

Kapulski überlegt. Der Kraftfahrzeugbrief ist der Beleg für das Eigentum am Auto. Wer ihn mitnimmt, der leiht sich das exklusive Gefährt nicht nur aus. Der will damit Gewinn machen. Wie kann er das? Er muss es so umfrisieren, dass es niemand, auch nicht der rechtmäßige Eigentümer, wieder erkennt. Das äußere Erscheinungsbild wird geändert, indem es farblich umgespritzt wird. Aber auch die Identität muss verwandelt werden. Das ist heute kein Problem mehr. Mit

217

so genannten "Diagnosecomputern" können alle Daten, mit denen sich ein Auto identifizieren lässt, ohne Schwierigkeit umgewandelt werden. Ein gestohlenes Fahrzeug bekommt so eine völlig neue Identität. Es kann mit dem gestohlenen nicht mehr in Zusammenhang gebracht werden. Die Fahrgestellnummer usw. wird zwar nicht entfernt, aber so beschädigt, dass sie nicht mehr zu entziffern ist.

Paul Kapulski ist sich sicher. Der Lamborghini ist in die Hand von kriminellen Profis gelandet und heute wahrscheinlich schon in Tschechien oder in Polen.

Er wird Elmenstetter dieses Konstrukt aber noch nicht eröffnen.

Er möchte viel lieber wissen, ob Elmenstetter einen seiner Kollegen im Vorstand der Firma verdächtigt.

Elmenstetter erhebt die Hände: "Auf keinen Fall. Da lege ich für jeden die Hand ins Feuer."

"Der Lamborghini ist wohl Vollkasko versichert. Einen finanziellen Schaden hat Ihnen der Diebstahl dann nicht gebracht."

"Er ist voll versichert. Die Prämien dafür sind horrend."

"Wenn Ihre Kollegen als Täter nicht in Frage kommen, wer dann?"

Beide schweigen.

Paul Kapulski fährt zurück in sein Büro in Torstadt.

Elmenstetter lässt einen Techniker der Safe-Firma kommen und eine neue Zahlenkombination einspeisen.

Afra Elmenstetter ist bei ihrer Freundin Verona in München.

Es ist ihre beste und einzige echte Freundin. Sie treffen sich regelmäßig. Sie waren schon Freundinnen während der Realschulzeit. Verona machte dann die Ausbildung als Notargehilfin bei Dr. Goldermann in Torstadt, der sie nach dem Abschluss auch übernahm.

Ihre Aufgabe war in Sonderheit die Vorbereitung von Kaufverträgen.

Dabei musste sie häufig mit den Kauf-/Verkaufpartnern verhandeln, auch das eine oder andere Mal über die Gesetzeslage aufklären.

Sie hat also einen sehr verantwortungsvollen, aber auch interessanten Beruf ergriffen, macht ihre Arbeit gewissenhaft und sicher, hat gute Umgangsformen, so dass Dr. Goldermann mit ihr sehr zufrieden ist.

Eine andere ihrer Aufgaben ist es, Testamente vorzubereiten und Sterbeverfügungen aufzusetzen.

Manche Klienten von Dr. Goldermann waren und sind überzeugt, dass sie die Notarin sei.

In ihrer Wohnung in der Steingutstraße in Neuhausen sitzen sie nun zusammen, Afra und Verona, und erzählen.

Kurz vor Mitternacht verabschiedet sich Afra.

Sie tritt auf die menschenleere Straße, will zu ihrem Auto, das sie einige Häuser weiter am Straßenrand geparkt hat.

Als sie die Tür öffnet, bricht mit lautem Knall die Wundschutzscheibe in kleine Einzelteile. Ein Schuss, gedämpft, ging dem voraus. Afra wirft sich hinter das Auto. Sie hatte in Sekundenbruchteilen geistesgegenwärtig und richtig gehandelt. Ein zweiter Schuss folgte. Er brachte die undurchsichtig gewordene Windschutzscheibe zum Einstürzen.

Afra blieb hinter ihrem Wagen liegen. Sie lauschte konzentriert auf etwaige Schritte.

Nichts zu vernehmen.

Gleichwohl wagte sie nicht, aus dem Schutz zu weichen.

So liegt sie und wartet.

Da fällt ihr ein: Sie hat ihr Handy in der Tasche ihres leichten Sommermantels.

Sie drückte die gespeicherte Nummer des Notrufs.

"Polizei"

"Helfen Sie mir. Auf mich ist geschossen worden."

"Wo sind Sie?"

"In der Steingutstraße bei Hausnummer - warten Sie"

Sie bemühte sich, eine Hausnummer zu erkennen.

"Hausnummer 67."

"Wir kommen sofort."

Es dauert höchstens 6 Minuten, die Afra allerdings zur Ewigkeit werden. Da nähert sich - ohne Martinshorn - ein Streifenwagen. Afra steht hinter ihrem Auto auf und winkt. Der Streifenwagen stoppt vor ihr. Ein Polizeibeamter und eine Kollegin von ihm steigen aus.

"Auf Sie ist geschossen worden?"

"Ja, als ich in mein Auto einsteigen wollte. Der Schuss traf die Windschutzscheibe. Ich habe mich sofort hinter das Auto geworfen. Auch der zweite Schuss ging in die Scheibe."

Die Polizistin nimmt die Personalien von Afra auf.

Währenddessen sucht der Polizist im Auto nach den Projektilen. Er findet sie und steckt sie in eine Plastiktüte.

Der Beamte macht den Vorschlag, dass er sie nach Hause bringt. Afra will nicht. Sie fürchtet sich. Jemand will ihr nach dem Leben trachten. Dies ist eben missglückt. Es kann aber jederzeit wiederholt werden.

"Ich würde am liebsten zu meiner Freundin zurückkehren, bei der ich den Abend über war."

Die Polizistin bringt Afra zurück zum Haus, das sie eben verlassen hatte.

Afra läutet. Verona meldet sich an der Türsprechanlage.

"Afra. Ich bin noch mal da. Man hat auf mich geschossen. Darf ich die Nacht bei Dir bleiben?"

"Natürlich - komm `rauf."

Die Beamtin notiert auch Namen und Adresse der Freundin.

Am nächsten Morgen, Paul Kapulski sitzt noch bei der Zeitungslektüre am Frühstückstisch, läutet sein Handy.

"Kriminalpolizeiinspektion. Herr Kommissar, heute Nacht ist auf Afra Elmenstetter geschossen worden. Kommen Sie bitte sofort ins Büro."

Kapulski steht seufzend auf, schlüpft in sein Sakko, will die Wohnung verlassen.

Seine Frau kann ihm gerade noch sagen, dass sie heute den ganzen Tag beim Oberpollinger arbeitet und dass er kein Mittagessen bekommen kann.

Paul Kapulski, dem es nie recht gewesen ist, dass seine Frau zur Arbeit geht, brummt missmutig.

Er fährt zur Inspektion. Dort findet er die Nachricht vor, die ihm vorher das Frühstück vermiest hatte.

Die Kriminalpolizei der Landeshauptstadt bittet Kollegen Kapulski nach München zu kommen, um die dortige Kripo im Fall Afra zu unterstützen.

Sie hatte nämlich ausgesagt, dass Paul Kapulski schon zwei Vorfälle im Haus Elmenstetter bearbeitet. Da wäre es doch sinnvoll, wenn er auch noch diesen Fall übernähme.

Dazu ist aber noch die Zustimmung seines Chefs, Kriminaldirektor Ferdinand Hohenstein, erforderlich.

Auch er sieht diese Amtshilfe positiv und erklärt sein Einverständnis.

Paul Kapulski fährt nach München. Zur Wohnung der Freundin Verona in der Steingutstraße in Neuhausen.

Afra hat die Nacht über kein Auge zugetan. Wer könnte ihr nachstellen?

Paul Kapulski muss sie den Hergang nochmals schildern

Er schlägt vor, dass Afra in ihre Wohnung am Rotkreuzplatz zurückkehrt. Er bringt sie persönlich dort hin und lässt das Haus polizeilich überwachen. Auch von und zur Berufsoberschule wird sie mit einem Streifenwagen gefahren.

Kapulski ist in seinem Büro in Torstadt. Er geht unruhig auf und ab.

Immer wenn er zum Fenster kommt, sieht er in die Ferne, ob er die Rimnach entdecken kann. Aber die belaubten Bäume verhindern die Sicht.

Er fasst zusammen: Aus Elmenstetters verschlossener Garage ist der sündteure Lamborghini gestohlen worden. Wer immer das getan hat, er hatte den Zündschlüssel und den Kraftfahrzeugschein. Der war im Fahrzeug. Und sogar den Kraftfahrzeugbrief. Schlüssel und Brief wurden dem Safe entnommen. Die Person kannte die Zahlenkombination. Diese kannten laut Elmenstetter nur insgesamt vier Personen: Er selber, sein Schwager Raimund Rintaler und die Vorstandsmitglieder Franz Kandlbinder und Hans Makulat. Der Wagen ist verschwunden. Aufrufe an die Kriminalpolizeiinspektionen im ganzen deutschsprachigen Raum, in Tschechien, Ungarn und Polen blieben ohne Erfolg.

Es bleiben Versicherungsbetrug oder die Automafia.

Anfragen beim Zoll in Frankfurt/Oder, Görlitz, Marktredwitz, Wien wurden gestartet, ob ein roter Lamborghini Murciélago gesichtet worden ist.

Keine Resonanz.

Wer hat auf Afra Elmenstetter geschossen? Und warum? Die im Auto gefundenen Projektile stammen von einem Gewehr Walther Leveraction CO2.

Der Bruder von Afra ist verschollen. Kein Lebenszeichen seit vier Wochen.

Besteht ein Zusammenhang zwischen den Vorkommnissen? Haben die Schüsse auf Afra mit dem Autodiebstahl zu tun? Oder mit dem Verschwinden des Bruders?

Unsere Indientouristen suchen sich zunächst ein Hotel. Laut ihrem Hotelverzeichnis ist das 'Ringo Guest House' bei Rucksacktouristen die beliebteste Unterkunft.

Dort können sie ihre Rucksäcke deponieren.

Sie machen sich auf den Weg, die Stadt zu erkunden, stürzen sich in die engen verwinkelten Gassen und übervölkerten Basarstraßen von Alt-Delhi und erleben den Kontrast zu Neu-Delhi mit seinen breiten Alleen, blühenden Gärten und gepflegten Parkanlagen.

Sie besuchen das Rote Fort, die Freitagsmoschee und als erstes das Nationalmuseum.

Als sie bei einem fliegenden Händler einen Chai trinken, werden sie von einem Mann mit europäischen Zügen angesprochen. "Sie sind wohl aus Deutschland?"

"Ja."

"Ich bin Joseph Landner aus Wien, Professor für Musikgeschichte und Kompositionslehre an der Musikhochschule. Ich habe hier eine Gastprofessur für europäische Musik."

Die beiden stellen sich vor. Sie sind Gymnasiasten, aber besonders mit der Musik verbunden.

"Das ist ja hoch interessant", antwortet der Professor. "Besuchen Sie mich doch im Institut."

Er gibt ihnen seine Visitenkarte. "Hier steht die Adresse."

Sie lesen 'Kasturba Gandhi' Nr. 10.

"Das ist ja ganz in der Nähe von unserem Hotel", stellen sie fest.

Sie verabschieden sich, nachdem auch der Professor einen Chai genommen hatte und versprachen, morgen zu ihm ins Musikinstitut zu kommen.

Aber jetzt wollen sie zum Nationalmuseum. Bis 17 Uhr ist es geöffnet. Es wurde erst 1960 im englischen Kolonialstil erbaut. Es bietet mehr als 45.000 Exponate und umspannt die Jahrhunderte von den frühen Induskulpturen bis zu den Bronzen der Chola-Epoche Südindiens aus dem 12. Jahrhundert, außerdem Manuskripte, Holzplastiken und Textilien aus der jüngeren Vergangenheit.

Über drei Stunden wandern sie durch die Räume, bis die

Beine schmerzen und sie sich setzen müssen.

Sie gehen zurück zum Hotel. Unterwegs kehren sie in ein einfach erscheinendes Lokal ein. Sie haben gelesen, hier gibt es Biriyani. Das wollen sie versuchen. Sie haben darüber gelesen, dass es eine Spezialität des indischen Nordens ist.

Sie können zusehen, wie zerkleinerte Hühnchen mit gewürztem Reis und Gemüse gedünstet werden. Der Wirt fragt, ob er auch Nüsse dazu geben soll. Natürlich wollen sie das. Aus Masala, das ist eine Würzmischung, bereitet der Wirt eine Soße, die er über das Gericht gibt.

Dazu trinken sie nur Wasser.

Es schmeckt ihnen köstlich.

'Montezumas Rache' wird sie noch einholen. Aber das hat noch Zeit.

Am nächsten Morgen gehen sie zum Musikinstitut. Sie können es zu Fuß machen, da es nicht weit vom Hotel liegt. Sie finden die Abteilung von Professor Landner. Er unterbricht seine Vorlesung und stellt seinen Studenten die Gäste aus Deutschland vor. Die Vorlesung ist auf Englisch. Die beiden setzen sich und verfolgen gespannt die Ausführungen über die "Wiener Schule" und ihre "Säulenheiligen" Haydn, Mozart und Beethoven.

Nach der Vorlesung führt sie der Professor durch die Räume und in den Probesaal für das Hochschulorchester.

Matthias und Florian erzählen, dass sie beide im Schulorchester vom Torstädter Adam-Riese-Gymnasium Geige spielen.

Da macht ihnen Landner den Vorschlag, doch bei der Probe, die um elf Uhr beginnt, mitzuspielen. Leihinstrumente haben sie.

Um elf sind sie im Probensaal.

Eine Art Hausmeister reicht ihnen je eine Geige und einen Bogen. Sie entschließen sich, nicht an einem Pult zu spielen, sondern jeweils mit einem Studenten zusammen ein Pult zu teilen.

Die Noten werden verteilt: Joseph Haydn: 'Die Symphonie mit dem Paukenschlag'.

Das trifft sich gut. Dieselbe Symphonie haben sie erst kürzlich mit ihrem Schulorchester einstudiert. Da werden sie keine Probleme haben.

Sie werden in den Ersten Geigen eingesetzt.

Es macht ihnen großen Spaß mit den indischen Studenten zusammen zu musizieren.

Nach der Probe fragt der Pultkollege von Florian, Sashi Khilji, ob sie beide nicht heute Abend zum Essen zu seinen Eltern kommen möchten.

"Natürlich gern."

Sie fahren mit dem Bus in eine Vorstadt. Dort finden sie die Adresse, die ihnen Sishi gegeben hatte.

Sie wurden von den Eltern herzlich begrüßt und gleich gefragt, ob sie eine indische Mahlzeit essen würden. Andernfalls wären sie auch in der Lage, internationale Küche zu bereiten, ein Steak oder so.

"Gerne indisch" war die Antwort. "Gut. Dann bereiten wir eine Spezialität unserer Gegend: Tandoori. Dabei wird Fleisch von Huhn und Hammel in einer Mischung von Yoghurt und Kräutern mariniert und dann in einem Tonofen gebraten."

Sie durften bei der Zubereitung zusehen.

Es schmeckte köstlich. Zum Trinken gab es Fruchtsäfte.

Anschließend machen sie es sich auf der Terrasse des Hauses gemütlich.

Im Verlauf der Unterhaltung erklärt der Vater von Sashi Khilij das komplizierte indische Kastenwesen, erzählt aus der Geschichte des Landes, vor allem aber aus der Kolonialzeit.

Später zeigt ihnen Sashi seine umfangreiche Sammlung von CD's mit Kompositionen von Kammermusik, Symphonien und Opern von Cavalli bis Hans Werner Henze. Die beiden staunen.

Matthias fasst, als sie aufbrechen, sich ein Herz und fragt den Vater von Sashi, ob er es erlauben würde, dass sie im Hof des Hauses übernachten.

Die Nächte sind warm und sie sind mit Schlafsäcken und so weiter ausgerüstet.

Sie durften.

Auf diese Weise konnten sie viel Geld sparen, denn das Hotel war zwar angesichts der Großstadt und der Touristen Invasion günstig, aber trotzdem nicht billig. Und sie müssen ihr Geld zusammenhalten.

So kommen sie am nächsten Tag mit ihren Rucksäcken anmarschiert und verbringen nun die Nächte im Grün des üppig angelegten Gartens. Die Toilette im Haus können sie benützen und Sashis Mutter bereitet ihnen morgens ein leckeres Frühstück.

In dieser angenehmen Umgebung überstehen sie sogar 'Montezumas Rache' mit Anstand.

7

Paul Kapulski lässt die vier Personen, die die Zahlenkombination des Safes in Elmenstetters Fabrik kennen, observieren. - Ein großer Aufwand, der sich hoffentlich lohnt.

Hans Makulat, der Schreiner ohne Berufsabschluss und doch Vorarbeiter in der Fabrik und gar Mitglied des Vorstands der GmbH. Er stammt aus kleinbürgerlichen Verhältnissen, ist 37 Jahre alt, unverheiratet, hat in Torstadt eine Eigentumswohnung. Er verdient gut. Die Nachbarn wissen, dass er an den arbeitsfreien Tagen und im Urlaub stets wegfährt. Sie wissen aber nicht, wohin. Auch weiß niemand zu sagen, ob er Freunde oder Freundinnen hat. Hat er eine Schusswaffe? Das Landratsamt gibt Auskunft, dass auf ihn weder ein Waffenschein, noch eine Waffenbesitzkarte ausgestellt ist. Übrigens auch nicht auf die anderen drei.

Paul Kapulski veranlasst, dass Makulat bei der nächsten Ausfahrt von einer Zivilstreife verfolgt wird. Er will wissen, wohin er fährt und was er da treibt.

Franz Kandlbinder stammt aus München, ist studierter Betriebswirt. Er ist 48 Jahre alt, verheiratet, hat zwei Kinder. Die Familie bewohnt eine großzügige Maisonette-Wohnung in Torstadt. Die Einrichtung ist edel. Es wird viel Aufwand getrieben. Bei seinem außergewöhnlich hohen Einkommen ist dies so auch möglich. Sein Hobby ist das Sammeln von Antiquitäten.

Raimund Rintaler ist 1951 geboren. Er ist also 52 Jahre alt. Er hat Kunstwissenschaft studiert und ist Magister Artium (MA). Er ist der Ehemann von Elmenstetters Schwester Helma und ebenfalls im Vorstand der Firma. Sie haben einen 25-jährigen Sohn Frank, der Bauingenieur FH ist und seit geraumer Zeit in Stuttgart lebt und arbeitet.

Sie haben ein Reiheneckhaus in Torstadt, wunderschön gelegen, direkt an der Rimnach. Der Vater ist häufig unterwegs. Das wird damit erklärt, dass er für die Fabrik, in der er tätig ist, Auktionen besucht, um antike Möbel zu ersteigern, die dann auf Vordermann gebracht und wieder verkauft werden. Auch auf Messen vertritt er den Stand von Elmenstetters Fabrik. Zu Beginn seiner Tätigkeit hat er häufig seine Frau zu diesen Reisen mitgenommen. In letzter Zeit nicht mehr. Es kam deshalb zu einer merklichen Abkühlung der Beziehungen zwischen den beiden.

227

Verbleibt noch der Chef und Eigentümer der Fabrik, Ferdinand Elmenstetter. Er ist 53 Jahre alt, verwitwet, zwei Kinder, die Tochter Afra und den Sohn Matthias, der verschollen ist.

Der Lamborghini Murciélago LP 640 Coupé stellt einen Wert von etwa 300.000 Euro dar. Rintaler, Kandlbinder und Makulat hätten ihn "versilbern", also zu Geld machen können. Aber, wer macht den Hehler? Wer kauft ihnen dieses auffällige Fahrzeug ab? Es ist klar, nur das Ausland käme in Frage.
Und hier auch nur entsprechende Organisationen.
Und Elmenstetter? Wäre ein Versicherungsbetrug denkbar?
Das Luxusgefährt ist Vollkasko versichert.

Ferdinand Elmenstetter meldet den Verlust seiner Versicherung "Atlantis-Versicherungs-AG" in München.
Der örtliche Vertreter dieser Gesellschaft hat von dem Diebstahl natürlich längst Kenntnis. Wie ein Lauffeuer ist es durch Ortschaft und Landkreis gegangen, dass Elmenstetters Luxusschlitten weg ist.
Tatsächlich ist er dem Verdacht ausgesetzt, er selber habe das Auto verschwinden lassen, um die Versicherungssumme zu kassieren.
Er befindet sich im Beweisnotstand.
Und irgendwie verlassen.
Seine Frau ist tot, sein Sohn vermisst, die Tochter hat sich ihm entfremdet, Schwester und Schwager in Torstadt. Er sitzt allein in Moosdorf in seinem Luxusheim und hat niemand, dem er seine Sorgen darstellen und mit dem er alles besprechen könnte.
Die Versicherungsgesellschaft ist derzeit nicht bereit, die Versicherungssumme auszuzahlen

Franz Kandlbinder ist auf dem Weg nach Augsburg. Sein Auto parkt er in einem Parkhaus im Zentrum.

Es ist Samstag. Für den Abend hat er zwei Karten für die Oper "Eugen Onegin" von Peter Tschaikowsky mit Katja Waranskaja und Torsten Wheeler in den Hauptrollen. Beginn: 20 Uhr.

Für 18 Uhr hat er sich im Restaurant "Kupferkrug" neben dem Opernhaus mit einer Dame des Augsburger "Begleitservice" zusammenbestellt.

Er sucht sich einen kleinen Tisch für zwei Personen mit Blick auf die Eingangstür und bestellt sich einen Prosecco. Am Telefon hat er ihr angegeben, dass er einen dunkelblauen Anzug trägt mit weißem Hemd und einer auffälligen gelben Krawatte mit schwarzen Quadraten.

Es dauert nicht lange. Dann kommt eine Dame durch die Eingangstür, sieht sich prüfend um. Sie ist mittelgroß, sehr blond, trägt einen knielangen, sportlichen, beigen Sommermantel mit Gürtel.

Er steht auf. Sie geht auf ihn zu, sie begrüßen sich. Er hilft ihr aus dem Mantel, gibt ihn dem Kellner, bittet sie zu Tisch, schiebt ihr den Stuhl zurecht.

Sie ist eine gepflegte, sehr gut aussehende Dame von nicht weit über dreißig. Wie sich erweisen wird, mit besten Manieren, mit Bildung und Interesse für die schönen Dinge im Leben. Sie speisen miteinander, besuchen die Aufführung.

Nachher trinken sie in einem gemütlichen Weinlokal einen Schoppen, unterhalten sich über die Aufführung.

Er muss erkennen, dass sie über Tschaikowsky und Puschkin, dessen Versroman Grundlage der Oper, oder der "Lyrischen Szenen", wie der Komponist sie nannte, ist, mehr weiß als er. Sie diskutieren über die Leistung der Sänger, des Dirigenten und des Orchesters. Sie sind sich einig, dass Katja Waranskaja die Briefszene sehr anrührend gesungen hat, dass aber der Amerikaner Torsten Wheeler der Rolle des Eugen nicht gewachsen war. Als sie auf Oleg Parzin, den Lenski, zu sprechen kam und die Eindringlichkeit seiner naiv berührenden Liebe zu der, übrigens sehr bezaubernden, Olga betonte, griff sie auf seine Hand und berührte sie sanft. Sie trinken eine Flasche Silvaner, gehen dann auf ihr Zimmer im Hotel "Mohren". Nach einer ausführlichen Liebesnacht und einem üppigen Frühstück wird er ihre nicht gerade bescheidene Forderung begleichen, sich verabschieden und wieder nach Hause fahren.

Er liebt die Ungebundenheit. Sobald er seiner Begleiterin die Rechnung gezahlt hat, ist er seine Verantwortung für sie los. Und er ein freier Mann.

Seine Frau ist währenddessen der festen Überzeugung, dass er auf einer Auktion in Karlsruhe ist.

Der ihn unbemerkt begleitende Kriminalbeamte hat seinen Bericht geschrieben und ihn im Revier abgegeben.

Raimund Rintaler und seine Frau Helma weilen währenddessen in Bad Wiessee. Er trägt seinen auf die Figur geschnittenen Smoking, sie ihr "kleines Schwarzes". Sie werden höflich vom Croupier im Hauptsaal des Casinos begrüßt.

Beide lieben "American Roulette". Sie lieben es deshalb, weil es schneller läuft als das französische.

Raimund und Helma spielen zwar gleichzeitig, aber nie zusammen.

Während Helma sehr gezielt und verantwortungsbewusst ihr Geld setzt, kann Raimund leicht in einen Spielrausch kommen und dann auch erhebliche Summen in den Sand setzen. Er begeht dann den Fehler vieler Spieler, immer wieder zu setzen, um verlorenes Terrain zurück zu gewinnen. Das macht Helma nicht. Sie hat sich ein Maximum an Geld und Zeit gesetzt und das hält es ein.

Während sie kühl auf ihr Glück setzt und in einer Verlier-phase den Überblick behält, wird Raimund nervös. Eine Leidenschaft für das Spiel, ja eine nahende oder schon leicht vorhandene Sucht danach kann man ihm nicht ab-sprechen.

Sie fahren für gewöhnlich gemeinsam in die Spielbank. Wenn Raimund aber auf einer Dienstreise ist und in die Nähe einer Spielbankstadt kommt, dann kann er nicht an sich halten, wenigstens die Spielautomaten zu besuchen.

Raimund Rintaler verfügt über ein großes Einkommen. Er gibt es aber auch mit vollen Händen aus. Dabei spielt die Spielbank eine nicht geringe Rolle.

Hans Makulat, der Schreiner ohne Berufsabschluss, Vorar-beiter in der Möbelfabrik und Mitglied der Geschäftslei-tung, ist verantwortlich für den geordneten Ablauf in der Schreinerei. Er ist ruhig, ausgeglichen, aber auch bestimmt in seinen Anweisungen und unnachsichtig bei Fehlleistun-gen. Niemand von seinen Kollegen im Vorstand oder sei-nen über einhundert Mitarbeitern in der Fabrik kennt sein Privatleben.

Er hat eine Eigentumswohnung in Torstadt, verbringt seine Freizeit aber vorwiegend in München.

Sein bevorzugtes Lokal ist der "Blaue Löwe" im Gärtner-platz-Viertel.

Er ist homophil und hat mehrere Partner.

Einen jungen "Schwulen" hat er als bevorzugten Liebhaber. Ihn hält er finanziell aus, zahlt ihm ein Einzimmer-Appartement, in das er sich bevorzugt mit ihm zurückzieht. Diese "Partnerschaft" kostet ihn eine Menge Geld, weil sein Junge für immer wieder andere Anliegen Geld von ihm beansprucht.

Es liegt ihm sehr daran, dass seine sexuellen Neigungen in Moosdorf nicht bekannt werden. Das ist auch der Grund, warum er dort jeder näheren Bekanntschaft aus dem Weg geht.

Er hat natürlich keine Ahnung, dass er heute bis in den "Blauen Löwen" hinein von einem Beamten der Kripo verfolgt wurde und dass dieser nun ein Protokoll verfasst, das ihn in dieser Umgebung und mit seinem Freund schildert.

Paul Kapulski studiert die Protokolle über die Beschattung der drei Vorstandsmitglieder der "Elmenstetter Möbelfabrik GmbH".

Jeder von ihnen hat ein besonderes Faible. Ob Begleitservice, Knaben oder Spielbanken. Alle diese drei Sonderheiten können viel Geld verschlingen. Alle drei Personen haben aber auch ein hohes Einkommen.

Kapulski hat nicht den Eindruck, dass einer von ihnen es nötig gehabt hätte, den Lamborghini zu stehlen und zu Geld zu machen.

Verbleibt die Frage nach einem Versicherungsbetrug.

Ferdinand Elmenstetter ist ein tüchtiger, fleißiger, erfahrener und umsichtiger Fabrikant. Er hat die väterliche Schreinerei in wenigen Jahren zu einer Fabrik entwickelt, die mehr als einhundert Mitarbeiter beschäftigt.

Sein Einkommen ist, nach Abzug der Steuern, so groß, dass er sich finanziell keinerlei Zurückhaltung auferlegen muss.

Wie viel er wirklich verdient, erfährt er immer erst, wenn ihm der Wirtschaftsprüfer die Bilanz vorlegt.

Für ihn war der Kauf des Lamborghini vor fünf Jahren deshalb keinerlei finanzielles Problem, auch wenn so ein Auto weit über 300.000 Euro kostet.

Den Gedanken, dass er den Wagen veräußert, ihn als gestohlen meldet, um die Versicherungssumme zu kassieren, hält er für absurd, ja für bösartig.

Auch Kapulski kann sich das nicht vorstellen.

Er fährt nach Moosdorf. Das Auto stellt er beim Biergarten-Gasthaus ab und macht sich zu Fuß auf den Weg durch das Dorf.

Das Dorf ist eine eigenständige Gemeinde. Das ist nach der Gemeindegebietsreform keine Kleinigkeit.

Er kommt ans Rathaus.

Im Foyer liest er den "Wegweiser". Einwohnermeldeamt, Steuerstelle, Gebührenabteilung, Kämmerei, Standesamt, Bürgermeister, geschäftsführender Kommunalbeamter mit Vorzimmer, Besprechungszimmer, Trauungszimmer, Sitzungssaal. Alles ist vorhanden, wie bei einer größeren Stadt.

Bunte Prospekte liegen aus.

Kapulski blättert in ihnen: 3500 Einwohner. Dass diese Gemeinde bei dieser Größe zu Zeiten der Gebietsreform selbständig bleiben konnte, weist darauf hin, dass der damalige Bürgermeister gut Freund mit dem Innenminister und seinem Ministerium war. Erste Voraussetzung war aber, dass er der gleichen Partei angehörte.

Kapulski entnimmt dem Prospekt auch, dass es eine ganze Reihe von Vereinen gibt. Darunter den Schützenverein. Besonders aufgeführt ist, dass Ferdinand Elmenstetter Ehrenmitglied dieses Vereins ist. Sonst gibt es noch die Feuerwehr und den Sportverein. Dort ist der Fußball beherrschend. Der FC Moosdorf spielt in der Kreisklasse. Es gibt auch einen Trachtenverein. Er trägt die Miesbacher Gebirgstracht.

Es gibt am Ort einen praktischen Arzt, einen Zahnarzt, einen Tierarzt und eine Apotheke.

Ein ganzes Kapitel ist der Geschichte des Ortes gewidmet.

Herausragend ist dabei die Tatsache, dass hier eine Römerstraße durchgeführt hat. Man sieht zwar nichts mehr davon.

Aber man lebt im Bewusstsein großer geschichtlicher Bedeutung.

Sicher war hier ein Heerlager. Und vielleicht ist Gaius Julius Caesar an der Rimnach, die damals Rimena hieß, entlang geritten.

Der Schulleiter des Dorfes hat darüber eine fantasiereiche Abhandlung geschrieben.

Damit hat es sich auch schon mit der Geschichte.

In den 20er Jahren des 20. Jahrhunderts wurde dann das Kraftwerk unterhalb Torstadt errichtet, die Rimnach aufgestaut und es entstand dieser künstliche See.

Die Bevölkerung damals war vehement gegen den Bau des Werkes. Es wurden ja viele Quadratkilometer wertvollen Ackerlandes geflutet.

Man fand die Bauern gut ab und sie waren's schließlich zufrieden.

An Verkehrsanbindung gibt es nur eine Kreisstraße nach Torstadt, die To12. Dort verkehrt ein Linienbus morgens und abends. Samstag und Sonntag nicht.

An Industrie gibt es nur die Möbelfabrik Elmenstetter. Sie hat für den Ort große Bedeutung, da sie gut floriert, viele Arbeitsplätze bietet und den Hauptteil der Gewerbesteuer bringt.

Ferdinand Elmenstetter ist auch Mitglied des Gemeinderates. Dieser ist beherrscht von einer einzigen Partei. Es gibt nur einen einzigen "Sozi", den die anderen großzügig mitkommen lassen. Alle anderen sind "Schwarze". Auch Bürgermeister und Elmenstetter.

Kapulski schlendert durch das Dorf. Er steht vor der Kirche. Tritt ein.

Neugotisch. Etwa 1880.

Eine einzige Figur zieht seinen Blick an. Die Heilige Barbara. Mit dem Turm, mit Kelch und Hostie. Hochgotisch. Wunderbar geschnitzt und gefasst. Da fällt ihm der Spruch ein:

"Margareta mit dem Wurm,
Barbara mit dem Turm,
Katharina mit dem Radl,
Das sind die heiligen drei Madl."

Diese wunderbare Figur stammt möglicherweise aus einer Vorgängerkirche.
Da muss er beim nächsten Mal Herrn Elmenstetter fragen.
Er macht seinen Rundgang weiter.
Zwei oder drei landwirtschaftliche Betriebe kann er erkennen. Das ist alles.
Vor dem Krieg war wahrscheinlich in jedem zweiten Haus eine Landwirtschaft.
Kapulski kehrt zurück zur Fabrik, wo sein Auto steht.
Noch ein Blick über die Rimnach.
Dann fährt er zurück nach Torstadt in die Polizeiinspektion, in sein Büro.
.

Er lässt das Erlebte vor seinem Auge noch einmal ablaufen.
Dabei nimmt er seinen Rundgang durchs Zimmer wieder auf.
Es ist Anfang September. Die Bäume werden schon etwas lichter. Der Herbst scheint früher als sonst einzutreffen. Wenn er ganz genau schaut, glaubt er tatsächlich die Rimnach sehen zu können.

Welche Bewandtnis hat es mit Elmenstetters Fabrik, die ihn so fasziniert, von der ihr Chef so begeistert zu erzählen weiß, in der aber solche Dinge passieren: Der Sohn verschollen, auf die Tochter wird geschossen, ein sündteurer Luxusschlitten wird gestohlen von jemandem, der Zugriff zum Zentralsafe hat?

Matthias und Florian nutzen die Tage, an denen sie bei Sashi nächtigen können und besichtigen die grandiosen Paläste, Tempel, Triumphbögen und Gärten von Neu-Delhi.

Sie verabschieden sich von Sashi Kilji und seinen Eltern und danken für die so liebevolle Aufnahme. Sie werden die Tage nie vergessen.

Matthias macht noch den Vorschlag, Sashi möge sie in Deutschland besuchen kommen. Er verspricht es.

Delhi, Agra und Jaipur gelten als das 'Goldene Dreieck' Nord-Indiens.

Mit der Bahn fahren sie nach Agra am Yamuna-Fluss. Die Sehenswürdigkeiten befinden sich alle am Fluss. Den Taj Mahal, das Mausoleum, das als Höhepunkt der Mogularchitektur gilt, besuchen sie am nächsten frühen Morgen, weil zu dem Zeitpunkt die Touristenströme aus Delhi noch nicht eingetroffen sind.

Übernachtet haben sie im Tourist Rest House.

Dann mit dem Zug weiter nach Jaipur. Sie besichtigen das Stadtschloss und den 'Palast der Winde' So haben sich die beiden das exotische, ferne Indien vorgestellt.

Mit dem Zug fahren sie zurück Richtung Agra, steigen aber in Bharatpur aus. Dort suchen sie sich ein Quartier und zwei Leihfahrräder. Sie fahren zum Keoladeo-Nationalpark. Es ist ein riesiges Vogelparadies, das nach Meinung vieler Ornithologen zum schönsten der Welt zählt. Mit den Rädern können sie durch diesen Zaubergarten fahren und kehren müde, aber voller Eindrücke wieder nach Bharatpur.

Mit dem Zug fahren sie zurück nach Agra.

Jetzt wollen sie in den Süden. Sie suchen einen Stand-by-Flug nach Hyderabad.

Von dort fahren sie mit der Eisenbahn weiter nach Bangalore und mit dem Bus nach Hassan. Unterwegs besuchen sie den Jaina-Tempel Shravanbelagola, ein Berg-Heiligtum mit der größten Monolithstatue der Welt, die den Jain-Heiligen Gomateshvara darstellt. Die Lehre der Gewaltlosigkeit ist Grundprinzip des Jainismus, des Glaubens, der von Mahavira, einem Zeitgenossen Buddhas gegründet worden ist. Bei diesem Glauben besteht kein Unterschied zwischen Mensch und Tier.

Von Hassan aus besuchen sie die Tempel von Belur und Halebid. Sie gehören zu den eindrucksvollsten Bauwerken von ganz Indien.

Der Doppeltempel Hoysaleshvara stammt aus dem 13. Jahrhundert. Er ist mit prächtigen Verzierungen bestückt. An die 280 Götterfiguren aus Stein sind zu bewundern.

Nicht weniger eindrucksvoll ist der Tempel von Belur, der ebenfalls aus dem 12. Jahrhundert stammt.

Unseren Beiden gehen direkt die Augen über.

Weiter fahren sie nach Mysore, einer Stadt mit rund 700.000 Einwohnern. Zwei Nächte müssen sie hier bleiben, um die Sehenswürdigkeiten der Stadt und der Umgebung zu erkunden. Besonders eindrucksvoll ist der Maharadscha-Palast von Mysore mit seiner goldenen Kuppel. Matthias und Florian besteigen den Chamundi Hill, von dem man einen großartigen Blick auf die Stadt genießen kann. Der Berg hat seinen Namen vom Tempel der Schutzgöttin Chamundi.

Nach so vielen Palästen und Tempeln schließen sich die beiden einem Ausflug in die Tierreservate von Bandipur an. Sie sehen dort tatsächlich Elefanten in freier Wildbahn. Dort bleiben sie über Nacht und sind begeistert von den Farben und Stimmungen des Abends und den Lauten der Nacht.

8

Afra Elmenstetter leidet immer noch unter dem Schock ihres Erlebnisses, nachdem die Schüsse auf sie abgegeben worden sind.

Die Ermittlungen der Polizei waren bislang erfolglos. Der Schütze hat seitdem nichts mehr von sich hören lassen.

Afra kann immer nur an einen denken: Peregrin Lohner.

Er ist mit dem Lamborghini verschwunden. Und sie hat die Vorarbeit hierzu geleistet. Sie ist auch die einzige Tatzeugin. Sollte Peregrin sie deshalb beseitigen wollen? Wenn sie das zu Protokoll gibt, klagt sie sich aber gleichzeitig selber der Beihilfe zum schweren Diebstahl an.

So wird sie es unterlassen.

Kriminalhauptkommissar Paul Kapulski tappt im Fall Mordversuch an Afra im Dunkeln. Er ermittelt gegen unbekannt. Der einzige konkrete Hinweis ist der Fund der beiden Projektile, die beide aus derselben Waffe stammen. Außerdem hat der Täter oder die Täterin einen Schalldämpfer benutzt.

Mehr weiß er nicht.

Was kann es für Motive geben, einer jungen Frau nachts aufzulauern und ohne Vorwarnung auf sie zu schießen?

Raubmord dürfte ausscheiden. Sexualdelikte laufen anders ab. Verbleibt verweigerte Liebe und, oder Eifersucht.

Paul Kapulski stößt im Rahmen seiner Ermittlungen auch auf das Firmen-Jubiläumsfest der Möbelfabrik in Moosdorf an der Rimnach.

Er ließ sich erzählen, dass damals ein junger Mann aufgetaucht sei, der in einem kleinen Boot mit Außenbordmotor aus Richtung Torstadt auf der Rimnach daher kam, stehend im Boot, mit fliegenden blonden Haaren und am Firmenkai anlegte. Er zog die Blicke aller Anwesenden auf sich.

Der Regionalbischof, der den Festgottesdienst gehalten hatte, meinte damals: "wie der Lohengrin. Fehlte nur noch, dass er singt: 'Mein lieber Schwan'"

Der junge Mann, so erinnern sich die Anwesenden, hatte kurz den Vater begrüßt, sich dann aber Afra zugewandt und sei nicht mehr von ihr gewichen.

Was ist aus dem geworden?

Kapulski ruft bei Afra an. Es ist Nachmittag und sie sitzt über ihren Büchern.

"Kann ich vorbei kommen? Ich habe noch Fragen wegen des nächtlichen Überfalls."

"Ich bin zu Hause. Sie können kommen."

Eine halbe Stunde später sitzt Kapulski Afra gegenüber. Sie hat sich und ihm einen Kaffee bereitet.

"Was ist eigentlich aus dem 'Lohengrin' geworden?"

Kapulski beobachtet sie genau. Er nimmt wahr, dass sie kurz zusammenzuckt, sich aber sofort wieder in der Gewalt hat.

Auch sie hatte von der Anmerkung des Regionalbischofs gehört.

"Wen meinen Sie?" Sie spielt die Ahnungslose.

"Den jungen Mann, der beim Firmenjubiläum nicht von Ihrer Seite gewichen ist."

"Sie meinen Peregrin Lohner? - Von dem weiß ich nichts mehr. Wir haben uns damals nett unterhalten. Das war alles."

"Hat er Ihnen außer seinem Namen nichts von sich erzählt?"

"Ich erinnere mich nur, dass er einmal am Rande erwähnt hat, er sei in Torstadt gewesen und habe von dem Fest der Möbelfabrik erfahren. Er habe beschlossen, es aufzusuchen. Nachdem er gerade kein Auto zur Verfügung hatte, wählte er die kurze Fahrt mit dem Motorboot auf der Rimnach."

"Wo hatte er das Boot her?"

"Da gibt es in Torstadt einen Verleih."

Das stimmte, wie Kapulski wusste.

"Hat er Ihnen gesagt, wo er zu Hause ist, was er in Torstadt erledigen wollte und was er beruflich macht und so weiter?"

"Ich habe ihn gefragt. Er aber hat keine Antwort gegeben."

Kapulski fühlt, dass Afra die Fragen unangenehm sind. Er gibt nicht auf. Denn er glaubt, den richtigen Ansatz gefunden zu haben.

"Sie werden sicher damit nicht zufrieden gewesen sein."

Afra schweigt einige Sekunden. Dann gibt sie sich einen Ruck.

"Er hat vom Diplomatischen Dienst gesprochen. Da war mir klar, dass er verschwiegen sein musste. Ich habe nicht nachgefragt."

"Hat er Ihnen Avancen gemacht?"

"Er hat vorgeschlagen, dass wir uns hier in München treffen sollten. "

"Und - haben Sie zugesagt?"

"Darüber möchte ich nicht reden."

Kapulski weiß nun, dass er auf der richtigen Spur ist.

Er sieht aber, dass momentan Afras Sprechbereitschaft erschöpft ist. Sie wird von sich aus wieder kommen. Davon ist er überzeugt.

Afra Elmenstetter wohnt in München am Rot-Kreuz-Platz. Dort hat sie ein Zweizimmer-Appartement, das ihr der Vater gekauft hat. Die Volksschule hat sie in Moosdorf und die Realschule in Torstadt besucht. Mit der so erreichten "Mittleren Reife" absolvierte sie in der Kreis- und Stadtsparkasse Torstadt die Banklehre.

Sie ist 24 Jahre alt und möchte in ihrer Bankkarriere aufsteigen. Dies ist aber nur möglich mit einem Studium der Betriebswirtschaftslehre.

Deshalb besucht sie derzeit die Städtische Berufsoberschule München in der Heidemannstraße, Ausbildungsrichtung Wirtschaft, um nach dem Fachabitur das Studium der Betriebswirtschaftslehre aufzunehmen.

Von ihrer Wohnung am Rotkreuzplatz ist die Schule kompliziert zu erreichen. Erst mit der U1 zum Hauptbahnhof, dann mit der U 2 zur Haltestelle "Am Hart", schließlich mit dem Bus 171 bis zur Heidemannstraße.

Von Montag bis Freitag hat sie diese Strecke täglich hin und zurück zu bewältigen.

Ihr Vater war mit dieser Berufsplanung seiner Tochter sehr einverstanden und kam währenddessen für ihren Lebensunterhalt auf, da sie von der Sparkasse unbezahlt beurlaubt war.

Nach dem Erlebnis mit Peregrin Lohner litt sie unter Selbstvorwürfen. Wie konnte sie nur so blind sein, nicht zu sehen, dass sein Interesse an ihr lediglich auf den Raub des Autos gerichtet war.

Sie war auch erschrocken darüber, dass sie einem Menschen so verfallen und dass sie jede Kontrolle über ihre Gefühle verlieren konnte.

Mit niemand konnte sie darüber reden. Und es wäre so wichtig gewesen, diesen Druck auf ihrem Gewissen durch eine Aussprache mit einem vertrauten Menschen los zu werden.

Sie verabredet sich mit Verona in einem Kaffee in der Münchner Innenstadt.

Es ist Sonntagnachmittag. Afra fährt mit der U1 zum Hauptbahnhof. Dort wendet sie sich Richtung Stachus.
Als sie das Café betritt, ist Verona schon da.

Die beiden kennen sich seit ihrer gemeinsamen Zeit in der Realschule in Torstadt. Sie sind gleich alt und gingen in die gleiche Klasse.

Während Afra die Banklehre antritt, praktiziert Verona die Notargehilfinnen-Ausbildung. Jetzt ist sie in einem Notariat in München angestellt.

Verona ist, wie Afra, noch "unbemannt".

Nach etlichen belanglosen Themen gibt sich Afra einen Ruck.

"Du, Verona, du weißt doch noch, die Sache mit den Schüssen."

"Natürlich. Ich werde das nicht vergessen. Du warst völlig geschockt. Nachdem Du zurückkamst, haben wir die ganze Nacht geredet. Keine von uns beiden dachte an Schlafen."

"Die Kriminalpolizei sucht nach dem Täter oder der Täterin. Ich muss Dir etwas anvertrauen. Du bist meine einzige Freundin, der ich das erzählen kann."

"Erzähle! Du weißt, ich bin verschwiegen. Das verlangt schon mein Beruf."

"Ich glaube, ich weiß, wer die Schüsse abgegeben hat. Und doch: ich darf es dem Kommissar nicht sagen."

"Warum nicht?"

Afra erzählt ihrer Freundin die ganzen Erlebnisse mit Peregrin Lohner. Einschließlich ihres Verhaltens, ihrer Hingebung, ihrer eigenen Auslieferung an diese Person, dass sie von sich aus mit ihm schlafen wollte und ihm alles bot, was immer er wollte. Schließlich die Beihilfe zum Diebstahl von Vaters großer Liebe, des Lamborghini.

"Und wenn er jetzt in der Tür stünde, ich würde auf ihn zu laufen und ihn umarmen. Er war - nein - er ist meine große Liebe. Sie ist aber in weite Ferne gerückt."

Niemand weiß um diese Sache. Außer nun Verona.

"Ich bin völlig durcheinander. Ich zerspringe von dem

Druck, der sich in mir aufgebaut hat und ich sehe keine Möglichkeit, mich zu befreien, habe keinen Menschen, dem ich beichten kann, außer Dich."

"Und Du glaubst, dass dieser Peregrin die Schüsse auf Dich abgefeuert hat?"

"Ja. - Er wollte offensichtlich die Mitwisserin ausschalten."

"Möglicherweise hast Du Recht. Du musst Dich dem Kommissar offenbaren."

"Aber damit klage ich mich selber an. Beihilfe! Selbst wenn nur Geldstrafe darauf steht. Die Bank wirft mich hinaus. Sie will nichts mit Dieben zu tun haben."

"Es gibt die Möglichkeit der Selbstanzeige. Wenn Dein Vater einwilligt, könnte eine Anzeige gegen eine Bußzahlung niedergeschlagen werden, ohne dass jemand davon erfährt."

"Mein Vater würde sich vielleicht so verhalten. Nicht aber die Versicherung."

"Ich werde mit meinem Chef sprechen, mit Notar Dr. Goldermann. Er weiß möglicherweise einen Weg aus diesem Dilemma. Und Du weißt, ich bin Deine Freundin. Die Sache bleibt unter uns. Ich werde Dr. Goldermann keine Namen nennen.

Ferdinand Elmenstetter steht in seinem Konstruktionsbüro vor dem Reißbrett.

Er hat nicht gut geschlafen, ist missmutig, schlechter Laune.

Er zeichnet die Werkpläne für einen Schreibsekretär. Altdeutsch. Ein Auftrag.

Plötzlich wird ihm übel. Er sackt zusammen, greift sich ans Herz und fällt mit einem Schrei zu Boden.

Im Nachbarbüro ist Raimund Rintaler. Er kommt angestürzt. Ruft sofort den Notarzt. In gut zehn Minuten ist er da, gefolgt von einem Rettungswagen.

Der Notarzt gibt eine schmerzlindernde Injektion.

Die Sanitäter lagern ihn auf die Trage, bringen ihn zum Auto.

Der Notarzt gibt Sauerstoff. Als der Rettungswagen sich in Bewegung setzt, ist Ferdinand Elmenstetter bereits tot.

Herzinfarkt.

Raimund Rintaler gibt in der Fabrikhalle über Lautsprecher die Nachricht vom Tod ihres Chefs bekannt.

Erschreckt unterbrechen alle Arbeiterinnen und Arbeiter ihre Beschäftigung. Die Maschinen werden abgeschaltet. Es ist absolut still. Ab und zu hört man leises Schluchzen.

Ferdinand Elmenstetter war ein beliebter Chef. Er war ruhig, väterlich, nachsichtig.

Der Todestag war Mittwoch. Die Beerdigung wurde für den darauf folgenden Samstag anberaumt.

Raimund Rintaler, der Schwager und seine Frau Helma, die Schwester Elmenstetters werden die Organisation übernehmen.

Es ist Mitte September. Das Wetter ist ruhig und beständig. Deshalb entschließen sie sich, den Trauergottesdienst im Freien abzuhalten, da die Dorfkirche viel zu klein wäre.

Der Regionalbischof aus München, ein langjähriger Freund des Verstorbenen wird das Requiem halten.

Der Ministerpräsident hat sich angesagt, ebenso der Wirtschaftsminister und sein Staatssekretär, natürlich die örtliche Prominenz, der Bürgermeister, der Landrat, der Schreiner-Innungsmeister. Eine Rednerliste wird aufgestellt.

Dort, wo das Jubiläumsfest stattgefunden hat, am Firmenhafen an der Rimnach, wird ein Zelt aufgestellt, um die vielen hundert Gäste zu bewirten.

Der Regionalbischof hält die Totenmesse.

Der Kirchenchor von Moosdorf, verstärkt durch Sänger und Instrumentalisten aus Torstadt singt das Requiem von Kaspar Ett.

Eine Woche später wird im Notariat Torstadt das Testament eröffnet.

Es bringt keine Überraschung. Alleiniger Erbe ist Matthias, der einzige Sohn. Die Tochter Afra wird aufs Pflichtteil gesetzt.

Sollte Matthias das Erbe nicht antreten, ist alleinige Erbin die Tochter Afra. Dem Sohn steht dann der Pflichtteil zu.

Sollten Matthias und Afra das Erbe ablehnen, soll eine Familienstiftung gegründet werden, um den Namen der Firma zu erhalten und den Nachkommen ein Einkommen zu sichern. Geschäftsführer der GmbH und Vorsitzender des Stiftungsvorstands soll dann Raimund Rintaler werden.

Paul Kapulski war während der Wochen nicht untätig.

Auf dem Dienstweg über das Polizeipräsidium München wurde Kontakt aufgenommen zur Kriminalpolizei in Delhi.

Kapulski möchte der Nachricht nachgehen, bei dem Flugzeugunglück kurz vor Bombay seien zwei junge Rucksacktouristen deutscher Sprache im Flugzeug gewesen. Die beiden standen nicht auf der Passagierliste.

Die Vernehmungen der indischen Kollegen ergaben, dass die zwei einen Stand-by-Flug wollten. Das Flugzeug war aber ausgebucht.

Eine Stewardesse, die auch das Check-in vornahm, sah kurz vor Beendigung der Check-in-Zeit, dass zwei Passagiere nicht erschienen waren. Ihr waren die beiden jungen Männer, die erfolglos die Stand-by-Flüge buchen wollten, aufgefallen. Sie fand sie sympathisch und forderte sie nun auf, ihr zu folgen. Es war allerhöchste Zeit. Die Türen des Jet sollten schon geschlossen werden. Deshalb gab sie die Rucksäcke als ihr eigenes Gepäck aus. Dadurch wurde das Einchecken beschleunigt. Die drei kamen in der letzten Sekunde an Bord.

Das alles gab eine Kollegin der Stewardesse zu Protokoll.

Ob die beiden Rucksacktouristen nun Deutsche waren, oder andere "Deutschsprachige" ging daraus nicht hervor. Und kein Name wurde vermerkt.

Das ganze Vorgehen war gegen alle Vorschriften.

Leider halfen diese Aussagen Kapulski gar nichts. Nach wie vor bestand die Möglichkeit, dass es sich um die beiden Schüler Matthias und Florian handelte, in gleicher Weise konnte es sich aber auch um andere Passagiere gehandelt haben.

Raimund Rintaler und seine Frau Helma sitzen zu Hause in ihren Korbsesseln auf der Terrasse ihres Hauses in Torstadt.

Es ist später Nachmittag. Ihr Blick gleitet über die Rimnach. Sie sehen die Ruderboote über die Wellen gleiten und die kleinen Jollen ihre Segel blähen.

Sie lassen die Situation um das Erbe Elmenstetters vor ihren Augen Revue passieren.

Matthias ist vermutlich tot. Abgestürzt mit der Boeing 737 der innerindischen privaten Fluggesellschaft Jet Airways.

Afra wird Gesamterbin. An nächster Stelle in der Erbfolge käme Helma.

Das ist ihnen nicht neu.

Wenn Afra nicht wäre, hätten nun sie und Raimund die Fabrik und das ungeheuer große Vermögen des Bruders.

Sie macht ihm große Vorwürfe, er sei nicht Manns genug, seine weitere Zukunft selber in die Hand zu nehmen und vor allem die Zukunft ihres Sohnes Frank. Der ist jetzt 25 Jahre alt, hat sein Studium der Bauwirtschaft abgeschlossen und ist Bauingenieur. Er möchte in die Firma einsteigen und sein Wissen, das er sich inzwischen durch ein Zweitstudium in Kunstgeschichte erworben hat, einbringen.

"Du hast doch auch sonst keine Hemmungen, Möbel und

Expertisen zu fälschen. Afra ist uns im Weg."
Raimund Rintaler, der sonst so souverän wirkt, ist neben seiner Frau ein Nichts.
"Du bist ein Versager" sagt sie. "Ich bin in diese Fabrik hineingeboren und muss mit ansehen, wie sie mit Afra in was weiß ich für Hände gerät."
Sie erinnert sich und ihn daran, wie beim Firmen-Jubiläumsfest dieser Typ mit seinen langen blonden Haaren aufgetaucht ist, der den ganzen Nachmittag nicht mehr von Afras Seite weg zu bringen war.
"Stelle Dir vor, so einer könnte Eigentümer *unserer* Fabrik werden und wir müssten still zusehen!"
Raimund hatte während der ganzen 'Predigt' schweigend zugehört. Er wusste auch, was für ihn und seine Frau - und letztendlich auch für ihren Sohn - auf dem Spiel stand.
Den restlichen Abend sprachen sie über dieses Thema kein Wort mehr.

Bei der Beerdigung von Elmenstetter sind sich Afra und Frank näher gekommen.
Frank fühlt sich zu seiner Cousine hingezogen. Er ist ein Jahr älter. Beide kennen sich seit Kindertagen. Der Kontakt hörte auf, als Frank das Gymnasium und Afra die Realschule besuchte.
Frank war mittelgroß, untersetzt, stämmig. War kein Schönling, aber kraftvoll männlich.
Seine Mutter hatte ihm von klein auf dargestellt, dass er der geborene Nachfolger seines Onkels Ferdinand Elmenstetter sei. Deshalb hat er, nachdem er schon den Beruf als Bau-Ingenieur ausgeübt hatte, noch Kunstgeschichte zu studieren begonnen. Das Diplom hat er heuer im Frühjahr erlangt. Jetzt wäre die praktische Seite seiner Ausbildung daran.
Er und seine Eltern wissen, dass nach dem Tod von Ferdinand Elmenstetter und von Matthias immer noch Afra für

die Nachfolge im Weg steht. Eine Möglichkeit, die "stillere", die legale, wäre eine Heirat der beiden.

Frank wäre dazu bereit.

Afra nicht. Sie findet ihn läppisch, opportunistisch und - einfach - inakzeptabel und ließ ihn kurzerhand abblitzen.

Afra hatte ein längeres Gespräch mit dem Notar.

"Wie ist jetzt weiter zu verfahren? Mein Bruder ist seit über drei Monaten verschollen und er ist der Alleinerbe. Ich bin ja erst Nacherbe."

Dr. Goldermann hat das Testament studiert.

"So lange der Tod von Matthias nicht festgestellt ist, ist er Erbe. Der Erblasser hat außerdem verfügt, dass sein Schwager, Ihr angeheirateter Onkel, sein Amt als Geschäftsführer übernehmen soll. Wenn Ihr Bruder länger als ein Jahr verschollen ist und Sie kein Lebenszeichen von ihm bekommen haben, können Sie die Todeserklärung beantragen. Bis die ausgesprochen ist, haben Sie nur Anspruch auf den Pflichtteil."

Afra ruft Kommissar Kapulski an.

"Ich möchte Sie sprechen."

"Wann und wo?"

"Ich komme zu Ihnen in die Inspektion. Ist es Ihnen morgen Nachmittag recht? Um 16 Uhr?"

"In Ordnung. Ich erwarte Sie."

Am nächsten Tag ist Afra bei Kapulski.

"Was führt Sie zu mir?"

"Ich komme zu Ihnen in höchster Not."

"Sie können vertrauensvoll mit mir sprechen."

"Es liegt Ihnen eine Anzeige meines verstorbenen Vaters vor. Sein Auto wurde aus der Garage gestohlen."

"Die Anzeige liegt mir vor. Wir tappen jedoch im Dunkeln. Können Sie mir sagen, wer den Zündschlüssel und den

Kraftfahrzeugbrief aus dem Safe entwendet hat? Wer kannte die Zahlenkombination?"

"Ich habe es getan."

"Sie?"

"Ja, ich - und Peregrin Lohner."

"Wer ist Peregrin Lohner?"

"Der Mann, der im Motorboot beim Firmenfest in Moosdorf aufgetaucht ist."

"Richtig - und der sich den ganzen Tag nur mit Ihnen beschäftigt hat. Der angeblich im Diplomatischen Dienst ist und sonst nichts über sich sagt."

"Ja. Ich bin immer wieder in ihn gedrungen. Aber ich war so verliebt, ich war ihm völlig verfallen. - Was heißt 'war'. Wenn er zur Tür herein käme, ich würde sofort auf ihn zustürzen und ihn umarmen. Ich habe nie gewusst, dass Liebe mit solcher Gewalt zugreifen kann."

"Er hat Sie benutzt, um an den Wagen heranzukommen. Wie hat er von der Existenz dieses Luxusautos gewusst?"

"Das weiß ich nicht."

Kapulski hatte Afra genau beobachtet. Aus jahrelanger Erfahrung und auf Grund seiner Ausbildung in Psychologie konnte er mit großer Sicherheit feststellen, dass sie die Wahrheit sprach.

"Glauben Sie, dass der Name 'Peregrin Lohner' denn stimmt?"

"Ich bin mir nicht mehr sicher."

"Wie hat er denn reagiert, als Sie ihn nach seiner Herkunft gefragt haben?"

Afra zögerte. Es war ihr offensichtlich peinlich, das zu beantworten.

Aber sie überwindet sich.

"Ich dürfe ihn nicht nach seiner Herkunft, nach seinem Wohnort, seiner Tätigkeit und überhaupt nach seinen persönlichen Umständen fragen, wenn ich wolle, dass er bleibe und wir miteinander .." wieder zögert sie. Sie sieht in die Ecke des Zimmers, als sie den Satz zu Ende führt: "...wenn ich wolle, dass wir zusammen ... schlafen sollen."

"Sie haben sich dem gefügt?"

"Ich wollte ihn haben."

"Sie haben die Zahlenkombination des Safe gekannt?"

"Ja. Vor vielen Jahren hat sie mir mein Vater anvertraut. Er konnte sich wahrscheinlich nicht mehr daran erinnern."

Der weitere Vorgang war schnell erzählt.

"Peregrin hat sich nicht an die Abmachung gehalten. Wir hatten ausgemacht, dass das Auto am Abend wieder in der Garage steht und so niemand von der Sache erfährt."

"Er aber ist verschwunden - mit dem 300.000-Euro-Auto und seither nie wieder aufgetaucht."

Afra nickt. Sie hat keine Kraft mehr, die Tränen zurück zu halten.

Als sie aufsteht, sich ein Tuch zu holen, muss sie sich am Tisch abstützen.

"Sie können versichert sein, dass dieses Gespräch vertraulich bleibt. Ich werde der Sache mit dem heutigen Wissen erfolgreicher nachgehen können. Woher ich die Kenntnisse habe, wird niemand erfahren."

"Danke."

9

Peregrin Lohner ist in Passau.

Er kommt von Görlitz.

Von seinem Verbindungsmann hatte er den Auftrag bekommen, für einen "Kunden" einen BMW X5 Drive 48i auszukundschaften.

Auf der Autobahn Deggendorf - Passau sieht er einen. Schwarz. Limousine. Genau wie gewünscht.

Peregrin folgt ihm.

Passau Mitte - von der Autobahn ab. In die Innenstadt. Nahe am Donaukai hält er an. Absolutes Halteverbot. Kein Hindernis für einen BMW-Fahrer.

Es entsteigt ein älterer Herr mit steifem grauen Hut. Die Türen werden mittels der Fernbedienung verriegelt. Er verschwindet in ein Haus.

Peregrin parkt sein Auto hinter dem BMW. Die polizeilichen Kennzeichen-Schilder haben einen Aufsteck-Mechanismus. Er nimmt sie von "seinem" Auto ab.

Er holt aus seinem Auto den Diagnose Computer. Warnanlage und Wegfahrsperre können so überwunden werden. Peregrin will sich schon die Tür öffnen.

Da kommt der Herr aus dem Haus.

Peregrin schlendert wie zufällig vorbei, die Kennzeichen und den Computer unter dem Arm. Tut so, als suchte er eine bestimmte Hausnummer.

Der BMW fährt ab, wendet, fährt auf den Kreisel zu, der quer durch die Altstadt zur Innseite führt. Über die Innbrücke, dann rechts. Wieder enge Gassen. Peregrin folgt ihm.

Dann öffnet sich ein Parkplatz. Schranke. Der BMW fährt hinein, Peregrin auch.

Der Herr mit dem grauen steifen Hut steigt aus.

Wieder nimmt Peregrin die Kennzeichen, den Computer, will an den BMW. Da kommt ein anderes Auto. Stellt sich genau neben den BMW. Verdammt!

Die Leute steigen aus und gehen Richtung Innbrücke. Peregrin setzt sich in sein Auto. Von hier aus entriegelt er die Türen des BMW.

Er steigt ein. Die richtigen Kabel. Los geht die Fahrt. Durch die Schranke mit seiner eigenen Parkkarte. Zahlung unter einer halben Stunde nicht nötig.

Außerhalb der Stadt steckt er die Kennzeichen auf.

Er hat eine lange Fahrt vor sich und muss in Görlitz sein,

ehe ein Fahndungsaufruf der Polizei an alle Autobahnstreifen erfolgt.

Der kürzeste Weg wäre über Tschechien, über Budweis, Prag, Aussig, Dresden.

Doch das wagt er nicht. Wegen der Grenz- und Zollbeamten, die sein Kennzeichen nicht kennen und nicht bestochen sind.

So fährt er über Regensburg, Hof, Chemnitz, Dresden, Görlitz.

Er bedauert, dass sein Aufenthalt in Passau so kurz war.

Er wird sicher wieder kommen und dann eine Fahrt auf der Donau machen. Zur Schlögener Schlinge - oder weiter bis Linz oder gar Wien.

Nur zehn Sekunden hat Peregrin gebraucht, um mit dem BMW loszufahren. Damit ist er gut in Form. Höchstens zwanzig sind gestattet. Wer länger braucht, gilt in Ganovenkreisen als Anfänger.

Mit dem Diagnose-Computer ist das möglich. Mit ihm können die eigenen Steuergeräte und die Schlüssel aufeinander programmiert werden.

Es fährt sich gut mit dem BMW X5 mit seinen knapp fünf Litern Hubraum und den 355 PS.

Peregrin Lohner hat den Diagnose-Computer von seinem Verbindungsmann erhalten.

Diese Geräte stammen aus deutschen oder österreichischen Kfz-Werkstätten, werden dort gestohlen, gelangen unterhalb der Oder in den Wäldern über die Grenze und werden über Hehlerwerkstätten verteilt.

Die Organisation ist perfekt. Die Polizei nennt sie "Auto-Mafia". Sie kennt die Vorgehensweise.

Im vergangenen Jahr hat die Polizei eine polnische Bande festgenommen, der mindestens 36 Einbrüche, 40 gestohlene Diagnosegeräte und 39 geknackte Luxuskarossen nachgewiesen wurde. Das konnte Peregrin im Mitteldeutschen Rundfunk im Autoradio hören.

Peregrin kennt nur seinen Mittelsmann. Von ihm bekommt er die Aufträge, mit ihm rechnet er ab.

Die Innenminister haben verboten, Fahrzeuge ohne Papiere anzukaufen. Deshalb werden falsche hergestellt. Kein Problem für Fachleute!

Der BMW, der neu etwa 70.000 Euro kostet, wird mit "getürktem" Kfz-Brief ins Ausland, wahrscheinlich in die Ukraine - Peregrin weiß es nicht genau - für 50.000 Euro verkauft. Der Kfz-Schein befand sich dankenswerter Weise im Auto. Übrigens auch der Führerschein. Der wandert ins "Mafia-Archiv". Zur späteren Verwendung.

Während der Fahrt hatte Peregrin genügend Zeit, über sich, über sein Leben, über sein Handeln nachzudenken.

Auch über sein Verhalten Afra gegenüber.

Nachträglich findet er es fies, wie er sich benommen hat.

Afra ist eine hübsche, eine attraktive junge Frau, eine Frau mit Intelligenz und Geschmack.

Er hat erleben dürfen, wie sehr sie in ihn verliebt war und wie kalt er reagiert hat.

Für ihn war sie eben nur ein Werkzeug, verbunden mit einem angenehmen, kurzen Abenteuer

Es ist Ende September und fast ein Monat her, seit er den Lamborghini entführt hat.

Er hat gehört, dass Afras Vater mittlerweile gestorben ist.

Vielleicht wird die Anzeige gegen Unbekannt, eigentlich gegen ihn, nicht weiter verfolgt, nachdem der Geschädigte nicht mehr lebt.

Peregrin hat vor, Afra anzurufen, wenn er wieder in München ist. Dann kann er testen, wie sie inzwischen zu ihm steht.

Er nähert sich mit seinem BMW der polnischen Grenze in Görlitz.

Er kann unbehindert durch. Die Zöllner sind bestochen und schauen weg.

Hinter der Grenze gibt es einen Autofriedhof. Der ist als Treffpunkt vereinbart.

Peregrin trifft dort ein. Ein Mann, den er noch nie gesehen hat und der ziemlich verwegen aussieht, kommt auf ihn zu.

Er steckt ihm ein Kuvert zu.

Peregrin öffnet es. Es ist gefüllt mit Scheinen.

Er zählt nach. Stimmt. 5.000 Euro.

Der Verwegene zeigt auf einen Peugeot 207 und drückt ihm den Zündschlüssel in die Hand.

Peregrin nimmt die aufgesteckten Kennzeichen vom BMW und steckt sie auf den Peugeot. Auf dem Beifahrersitz liegt der Kfz-Schein.

So ausgerüstet kann er über die Grenze zurück nach Görlitz und weiter nach München.

Sein Handy meldet sich. Leicht verschlüsselt teilt es mit: "Kommen Sie zur Raststätte beim Autobahnkreuz Hochfranken."

Es ist Montagnachmittag.

Afra kommt von der Berufsoberschule. Sie fährt mit dem Bus 171 zur U-Bahn U2. Sie steigt aus dem Bus, geht zu einem Zeitungsstand, eine Tageszeitung zu erwerben.

Sie wendet sich zur U-Bahn-Station.

Da - ein Schuss - mehr ein lautes Knacken, ein Schuss aus einer Pistole oder einem Gewehr mit Schalldämpfer. Afra kann nicht feststellen, aus welcher Richtung der Schuss kam. Sie hörte nur das Knacken und dann ein Pfeifen. Sofort ließ sie sich fallen. Hinter einer Bank. Sie quetschte sich darunter. Dann - ein zweiter Schuss. Wieder das Knacken und das Pfeifen.

Dann Ruhe. Niemand sonst hat den Vorfall bemerkt.

Der Bus war längst wieder weg und die ausgestiegenen

Passagiere sind im U-Bahnhof verschwunden.

Afra rührt sich nicht. Langsam - ganz langsam holt sie sich ihr Handy aus der Jackentasche.

Die Nummer von Kapulski hat sie programmiert.

"Kapulski"

"Hier Afra. Auf mich ist wieder geschossen worden."

"Wo sind Sie?"

"Am U-Bahnhof 'Am Hart'".

"Bleiben Sie, wo Sie sind. Ich schicke einen Streifenwagen."

Kapulski ruft im Polizeipräsidium an.

"Bitte sofort einen Streifenwagen zur U-Bahnstation "Am Hart".

Er schildert den Vorfall kurz den Beamten ins Autotelefon.

Am Bahnhof angekommen, die Beamten kamen ohne Martinshorn, um den Täter nicht zu vertreiben, finden sie Afra unter der Bank.

Während der eine Beamte den Platz absichert, hilft der andere Afra aus ihrem Versteck und bringt sie ins Auto.

Es ist sonst niemand zu sehen.

Sie bringen Afra zu ihrer Wohnung am Rot-Kreuz-Platz.

Dort angekommen, ruft sie noch einmal Kapulski an und schildert ihm den ganzen Vorfall.

Er veranlasst, dass Afra die nächsten Tage von der Polizei zur Oberschule und wieder nach Hause gebracht wird.

Paul Kapulski macht wieder seine Runden in seinem Büro.

Wer hat ein Interesse daran, sie aus dem Weg zu räumen?

Er denkt natürlich an die Testamentseröffnung.

Ferdinand Elmenstetter, der Vater, hat ein riesiges Vermögen hinterlassen. Nicht nur die Fabrik mit dem Wohnhaus und dem Hafen an der Rimnach. Auch eine Menge Bargeld, Wertpapiere, Aktien, eine Eigentums-wohnung auf Sylt und ein Ferienhaus auf Elba.

Alles wird Afra erben, wenn ihr Bruder nicht mehr am Leben sein sollte.

Nächster Erbe nach ihr wäre Helma Rintaler, geborene Elmenstetter.

Ihr Mann, Raimund Rintaler, der studierte Kunsthistoriker. ist in der Geschäftsleitung der GmbH und zuständig für den Ankauf von historischen Stilmöbeln, er überwacht die Restaurierungsarbeiten und vertritt die Fabrik auf Messen und Auktionen.

Auch Helma hat das Fach studiert, das Studium aber abgebrochen, nachdem Sohn Frank zur Welt gekommen war

Kapulski hat über den Lebenswandel der beiden schon einmal recherchiert und dabei herausgefunden, dass sie gerne staatliche Spielbanken aufsuchen. Besonders gern Bad Wiessee und Bad Reichenhall.

Sie zahlen ihre Einsätze immer nur in bar. Das war den Bediensteten beider Spielbanken aufgefallen und deshalb gaben sie das sogleich an, als Kapulski sie auszufragen begann.

Weiteres konnte er nicht herausbringen. Da sie bevorzugt American Roulette spielen, sind die Einsätze nicht so hoch, als dass sie ihnen hätten gefährlich werden können.

Anders in den illegalen Spielsalons.

Im "Acapulco", einem illegalen in der Bayerstraße im Bahnhofsviertel von München war Raimund häufig Gast. Seine Frau weiß davon nichts.

Nachdem Raimund wegen seiner Aufgaben in der Fabrik sehr viel unterwegs ist und seine Frau nur dann mitfährt, wenn es ein attraktives Reiseziel ist und es sich lohnt, länger am Ort zu bleiben, kann er ohne ihr Wissen solche Orte, wie das "Acapulco", aufsuchen. Dort kann er seiner Spielerleidenschaft frönen. Und auch hohe Einsätze wagen. Außerdem gibt es in diesem Haus nebenbei noch willige Frauen, die ihm gerne Geld abnehmen.

Kapulski wäre ihm nicht dahinter gekommen.

Aber vor einem Monat gab es dort eine Razzia wegen der Illegalität des Spielbetriebes und wegen der unerlaubten Prostitution. Das "Acapulco" befindet sich im Sperrbezirk.

In diese Razzia ist auch Raimund Rintaler getappt.

Klar, dass ihm das äußerst peinlich war.

Er hatte Ausweise dabei, was bei ihm sonst nicht immer der Fall ist, und er bat die Beamten inständig, über seine Anwesenheit Stillschweigen zu wahren.

Nachdem er sich ausweisen und eine feste Wohnung nachweisen konnte, sich in jeder Weise konstruktiv verhielt, wurde ihm das zugesagt. Nur konnten sie ihm nicht ersparen, dass er nun bei der Polizei aktenkundig war und sie vermerken konnten, dass er häufig hier verkehrt war.

Er erhielt eine mündliche Verwarnung und die Aufforderung, künftig solche illegale Orte zu meiden.

Dadurch stieß Paul Kapulski auf seinen Namen, als er die Akten über illegale Spielotheken durchstöberte.

Er wusste, dass Rintaler über ein überdurchschnittliches Einkommen verfügte, das seiner Leidenschaft gewachsen war. So vermutet Kapulski zumindest.

Matthias Elmenstetter und Florian Sauter wollen, bevor sie Bombay anpeilen, zunächst noch nach Chennai, dem früheren Madras. Die Stadt liegt an der Koromandelküste mit ihrem breiten Strand.

Hier und überall im Süden können unsere beiden die hinduistische Kultur pur und ihre Ursprünglichkeit erleben.

Sie besuchen die National Art Gallery und das State Government Museum und erleben die Entwicklung der sakralen Kunst im Süden, chronologisch und akribisch geordnet, dargestellt.

Es gibt noch viele Reste der Kolonialzeit der Engländer und ihrer East India Company.

Tradition und Gläubigkeit sind überall zu spüren. Die Menschen sind sehr zuvorkommend. Matthias und Florian werden überall freundlich behandelt, einige Male sogar zum Essen eingeladen.

Immer wieder finden sie Leute, die ihnen gestatten, im Hof des Hauses zu nächtigen.

Was ihnen sehr zu schaffen macht, das ist die enorme Hitze. Bis zu 42 und 45°C erreicht es mittags. Da hilft nur, sich in einem der schönen Palmenhaine in den Schatten zu legen.

Die Religiosität Südindiens zeigt sich besonders anschaulich im Kapaleshwar-Tempel, dem Shiva-Heiligtum mit dem bunten Torturm. Von besonderem Interesse für unsere musikalischen Touristen ist aber die Music Academy, wo neben Bharata-Natyam-Tanz auch klassische europäische Musik gelehrt wird.

Von Chennai wollten sie sich über Umwege durchschlagen bis Bombay. Am einfachsten wäre es, zu fliegen. Doch dazu reichen ihre Mittel nicht mehr und den eisernen Bestand für den Heimflug werden sie nicht antasten.

So fahren sie mit dem Bus.

Das ist wahrlich ein Abenteuer. Immer wieder zucken sie zusammen und schauen genervt zur Seite, wenn ihr Fahrer ein riskantes Überholmanöver startet.

Für Überlandstrecken muss man für gewöhnlich mindestens eine Woche vor Abfahrt die Fahrkarten kaufen. Denn die Busse sind regelmäßig überfüllt.

Bei der Hitze mit den Leuten auf ständiger Tuchfühlung und der Gestank im Innern kosten Überwindung.

Matthias und Florian sind auf dem Weg von Bandipur nach Cochi, der Hafenstadt an der Malabarküste im Osten des Subkontinents.

Dann zurück nach Bangalore. Die Stadt liegt etwa 1000 Meter hoch. Damit hat es ein sehr angenehmes Klima und ist deshalb als Wohngebiet sehr beliebt. Wohlhabende Fabrikanten aus Bombay und Calcutta haben hier ihre Zweitwohnung.

Allmählich müssen unsere Rucksacktouristen aber wirklich ans Heimkehren denken, wenn sie zum Schulbeginn zu Hause sein wollen.

Deshalb sehen sie sich nach einer Verbindung nach Bombay um.

Sie fahren über Bangalore und Poona und erreichen schließlich Bombay.

Als Musiker wissen Florian und Matthias, dass Zubin Mehta, der frühere Bayerische Generalmusikdirektor in Bombay geboren ist, aber auch der bekannte Literat Salman Rushdi.

Bombay hat seinen aus der Kolonialzeit stammenden Namen 1995 abgelegt und nennt sich seitdem Mumbai. Eine Riesenstadt von rund 13,7 Millionen Einwohnern, oder 20,9 Millionen, wenn man die ganze Region zu Grunde legt.

Die Stadt am Arabischen Meer ist ein Kulturzentrum mit Universitäten, Museen, Galerien und Theatern.

Matthias und Florian haben ihre Mittel weitgehend aufgebraucht. Mit Ausnahme der "eisernen Ration", dem Betrag, den sie sich für den Rückflug beiseitegelegt hatten.

Und doch möchten sie sich in der größten Stadt Indiens wenigstens einigermaßen umgesehen haben. Die wichtigsten Stätten liegen eng beieinander. Besonders interessierten sie sich für das Chhatrapati Shivaji Museum. Nur kurz war die Busfahrt dorthin. In Richtung Norden. Die große weiße Kuppel sehen sie schon von weitem leuchten. Das Gebäude liegt in einer großzügigen Grünanlage und stammt aus der britischen Kolonialzeit. Es ist der Gujarati-Architektur des 15. und 16. Jahrhunderts nachempfunden.

Unsere beiden sind froh, die letzten Rupien ihrer "frei verfügbaren" Masse noch in dieses und das noch zu besuchende Museum investiert zu haben.

Sie bewundern die Sammlung der Mogul-Gemälde, der Waffen, der Jadearbeiten, ganz besonders aber die Miniaturfiguren aus Ton und Terrakotta der Maurji-Periode aus dem 3. Jahrhundert vor Christus und der Kushana-Periode aus dem 1. und 2. Jahrhundert nach Christus.

Gegenüber dem Museum liegt der mächtige Bandra-Kula Complex mit der großen Konzerthalle, die vor allem der Folklore und Pop-Musik dient.

Sie sind überrascht - und schon etwas enttäuscht, dass europäische klassische Musik in diesem Vielvölkerstaat und dieser Vielvölkerstadt kaum eine Rolle spielt. Opernhäuser gibt es nicht, auch kein großes Sinfonieorchester. Allenfalls Kammerkonzerte werden hie und da angeboten.

Sie sehen noch die berühmte Jehangir Art Gallery mit Kunst und Kunsthandwerk aus aller Welt, allerdings nur von außen.

Was sie aber keinesfalls versäumen wollten, das ist das Haus, in dem Mahatma Gandhi seinen Stützpunkt in Bombay hatte, das Mani Bhavan. Sie sind tief beeindruckt von der Schlichtheit von Gandhis Wohn- und Schlafraum, der unverändert geblieben ist und den man hinter einer Glasscheibe besichtigen kann.

Sie hätten gerne die vielen weiteren Sehenswürdigkeiten der Stadt und des Westens von Indien besichtigt und wären gerne am Strand von Goa geschwommen. Aber ihre Finanzen waren am Ende.

Weitere Übernachtungen konnten sie sich nicht mehr leisten.

Deshalb drängten sie auf den Heimflug.

Mit dem Bus fahren sie zum Chhatrapati Shivaji International Airport, etwa 15 Kilometer im Norden gelegen.

Zwei Tage und drei Nächte warten sie auf einen Stand-by-Flug nach Deutschland.

Sie bekommen ihn schließlich bei den Austrian Airlines nach München mit Zwischenstopp in Wien Schwechat. Flugzeit insgesamt rund 12 Stunden.

Afra ist auf der Heimfahrt von Dresden. Sie war von Wibke, einer früheren Schulkameradin eingeladen worden und konnte die Stadt kennen lernen. Afra war froh, ein verlängertes Wochenende lang dem Einerlei des Schulbesuchs und dem Lernen zu entkommen.

Sie besuchte mit ihrer Freundin die Galerie alter Meister, das Grüne Gewölbe. Sie bummelten durch die Altstadt, bewunderten die wieder aufgebauten berühmten Gebäude wie die katholische Hofkirche und die noch im Bau befindliche Frauenkirche, schnupperten im Fünf-Sterne-Hotel "Taschenberg-Palais" den Duft der großen Welt. Ganz besonders beeindruckt war sie vom Anblick der Semper-Oper, wenn sie aus dem Geviert des Zwinger auf den Opern-Platz traten. Da hatte Afra den unbezwingbaren Wunsch, die Oper auch von innen zu sehen, und zwar nicht in einer Führung, sondern in einer Aufführung. Zusammen mit festlich gekleideten Besuchern durch die Prunkräume zu schreiten und die Akustik des Hauses zu erkunden.

Sie sahen, dass heute Abend "Salome" von Richard Strauß gegeben wird.

Klopfenden Herzens gingen sie zur Vorverkaufsstelle im "Schinkel-Bau" und bekamen tatsächlich zwei Karten.

Im "Kulturpalast", dem Renommiergebäude der DDR, besuchten sie ein Konzert der Dresdner Symphoniker und in der Kreuz-Kirche hörten sie eine Bachkantate.

Sie hatten also die wenigen Tage voll kulturell ausgeschöpft. Zuletzt reichte sogar die Zeit noch, um auf der Elbe mit einem Schiff der "Weißen Flotte" nach Pillnitz zu fahren.

Nun geht es aber wieder zurück nach München.

In einer Raststätte nahe dem Dreieck Hochfranken an der A 72 macht sie einen Tankstopp. Nachdem sie die Tankrechnung bezahlt hat, geht sie in das Innere und bestellt einen Kaffee. An einem Stehtisch rührt sie in der Tasse und hebt kurz den Blick Da sieht sie ..., durch das Fenster, ... sie kann es kaum glauben, .. Peregrin.

Sie ruft ihn. Alle Leute im Lokal blicken auf sie. Sie drängt sich durch die Leute - ohne Rücksicht macht sie sich mit den Armen den Weg frei, kommt ins Freie. Da sieht sie nur noch ein Auto davonbrausen. Sie erkennt den Fahrer an den langen blonden Haaren. Geistesgegenwärtig notiert sie sich die Autonummer.

10

Nach dem Tod ihres Vaters dachte Afra zunächst, sie könne in ihrer Berufsweiterbildung fortfahren, die Berufsoberschule und später die Fachhochschule besuchen und als Betriebswirtin ihre Karriere in der Bank fortsetzen.

Erbe und Nachfolger ihres Vaters war ja Matthias. Sie hoffte inständig, dass er eines Tages zurückkehren werde. Sie glaubte einfach nicht daran, dass ihr Bruder und sein Freund Opfer des Flugzeugunglücks vor Bombay gewesen seien.

Aber zunächst galt es für sie einzugreifen.

Ihr Onkel, Raimund Rintaler sieht sich als eine Art Vormund von Matthias und will als solcher die Geschäftsleitung übernehmen. Kandlbinder und Makulat sind damit einverstanden, immerhin ist Rintaler der Schwager des verstorbenen ehemaligen Chefs. Die beiden hoffen, dass es unter der Leitung von Rintaler mit den Geschäftsritualen weiter geht wie bisher. Also einerseits Herstellung und Vertrieb von Stilmöbeln, andererseits aber Handel mit historischen Möbeln. Und dort, wo es nötig ist, auch nachzuhelfen mit gefälschten Expertisen.

Afra bittet die drei zu einem gemeinsamen Gespräch über die Zukunft des Betriebes.

Sie hat dabei folgende Vorstellung:

Bis Matthias zurück ist, soll Onkel Raimund die Geschäftsleitung übernehmen.

Wenn Matthias zurück ist, soll dieser das Gymnasium vollenden, Abitur machen und sich dann entscheiden, ob er die Fabrik übernehmen will.

Wenn ja, braucht er eine entsprechende Ausbildung praktischer Art als Möbelschreiner und parallel dazu ein Studium der Betriebswirtschaft.

Wenn er das nicht will, werde sie die Fabrik übernehmen und ihren Bruder finanziell abfinden.

Wenn er innerhalb eines Jahres nicht zurück ist und sein Tod erklärt ist, wird sie ohnehin als Erbin in die Firma eintreten.

Auf jeden Fall wird sie ab sofort der Geschäftsführung angehören. Sie entschließt sich, die Berufsoberschule abzubrechen.

Diesen Plan legt sie den drei Männern vor.

Für Franz Kandlbinder und Hans Makulat würde sich nichts ändern. Zumindest aus ihrer Sicht.

Kandlbinder würde weiterhin die Auktionen betreuen, dort versuchen historische Stilmöbel günstig einzukaufen, Hans Makulat soll weiterhin die Schreinerei über sich haben.

Raimund Rintaler wird die Geschäftsleitung übernehmen und außerdem die Fabrik auf Messen vertreten und sich um die Kundschaft kümmern.

Das leuchtet den Männern ein.

Was sie stört, ist die Anwesenheit von Afra in der Geschäftsführung.

Sie, die ja keine Ahnung hat von den Betrügereien mit den nachgemachten "echten" Stilmöbeln, könnte ihre Kreise erheblich stören.

Und so kommt es.

Franz Kandlbinder hatte bei einer Auktion in Stuttgart einen wunderschönen Schreibsekretär aus der Werkstatt von Henry van de Velde im besten Jugendstil aus der Zeit um 1890 ersteigert, der aber sehr renovierungsbedürftig war. Rund 10.000 Euro hat er am Ende inklusive Aufpreis bezahlt.

Die Schreinerei unter Hans Makulat wird das historisch einwandfrei in Ordnung bringen. Aber es fehlt der Sessel.

In entsprechenden Bildbänden über Jugendstil finden sie den Sekretär abgebildet zusammen mit dem Sessel.

Nun fehlt Ferdinand Elmenstetter: Er hätte, würde er noch leben, nun die Werkpläne für den Stuhl gezeichnet.

So muss Hans Makulat heran. Er hatte dem Chef immer assistiert, so dass er in dessen Fußstapfen treten kann.

Makulat steht am Reißbrett im Entwurfsbüro der Fabrik.

Er zeichnet den Stuhl nach dem Foto im Bildband im richtigen Größenverhältnis. Daraus entwickelt er die Werkpläne, nach denen die Schreiner den Stuhl bauen können. Als Material dient dasselbe Holz, aus dem der Sekretär hergestellt ist.

Weichholz ist das bevorzugte Material des Jugendstils. Der Sekretär ist aus Kiefernholz.

Makulat findet gut abgelagertes Kiefernholz in ähnlicher Maserung.

Nach diesen Plänen wird der Stuhl gefertigt.

Die Expertise für den Sekretär wird gefälscht und auf den Stuhl ausgeweitet.

Raimund Rintaler wird auf der Antiquitätenmesse in München-Riem dieses so entstandene "Ensemble" anbieten und für einen Betrag von mindestens 220.000 Euro verkaufen.

Das Geschäft gelingt. 210.000 Euro bringt es. Rintaler hat etwas im Preis zurückgehen müssen.

Ein Fabrikant aus Düsseldorf hat sich in Sekretär und Stuhl verliebt. Beide sollen künftig sein repräsentatives Chefbüro zieren.

14.680 Euro lautet die Rechnung für das Möbelensemble für einen fingierten Kunden inkl. Mehrwertsteuer.

Der Rest von rund 195.000 Euro wird auf die vier aufgeteilt. Afra wird also mit einbezogen.

Sie hätten es natürlich auch ohne sie abwickeln können. Die Restsumme wäre dann nur durch drei zu teilen gewesen. Aber wie lange könnten sie die Praktiken, die sie ja auch in Zukunft aufrechterhalten wollen, vor ihr geheim halten? Es bleibt nichts anderes übrig. Die Mitglieder des Vorstands müssen übereinstimmen. Alles wird in bar abgewickelt

Afra wird nun das große Problem. Gute 48 Tausend Euro hat ihr Rintaler auf den Tisch gezählt.

Sie will damit nichts zu tun haben. Sie hat auch nicht gewusst, dass in der Fabrik ihres Vaters solche Dinge ablaufen.

Ihr Onkel erläutert ihr, dass sie keinerlei Risiko läuft, wenn sie mitmacht.

"Ich muss Dir erläutern, welche Firmenziele wir bisher verfolgt haben und wie wir sie, nach meiner Meinung, auch weiter verfolgen sollten.

- Wir stellen Stilmöbeln aus allen Epochen in bester Qualität her und verlangen den angemessenen Preis dafür.
- Wir reparieren und restaurieren historische Stilmöbel.
- Wir kaufen oder ersteigern historische Stilmöbel, restaurieren sie, wenn nötig, und verkaufen oder versteigern sie wieder.

Bis hierher ist alles völlig legal.

Jetzt aber folgen die Maßnahmen, die uns das große Geld gebracht haben, auf das wir auch in Zukunft nicht verzichten sollten.

- Wir fertigen Stilmöbel, machen sie auf "alt", versehen sie mit einer Expertise von Dott. Duardi und verkaufen bzw. versteigern sie. Für sie erstellen wir eine Bar-Rechnung in der Höhe, wie sie die Möbel als neu gefertigt erzielen würden, auf eine fingierte Adresse. Dieser Rechnungsbetrag wird versteuert, der Beleg für die Bilanz abgelegt. Der Restbetrag wird auf uns aufgeteilt, wieder nur in bar. Somit gibt es keine Unterlagen für einen Geldverkehr.

- Wir kaufen oder ersteigern historische Einzel-Stilmöbel aller Epochen und ergänzen sie zum "Ensemble". Zum Beispiel ergänzen wir einen historischen Esstisch mit vier oder sechs auf alt gemachten Stühlen und verkaufen oder versteigern alle zusammen als "Ensemble". Die Expertise wird auf diese "Ergänzungen" ausgeweitet. Die Geldabrechnung geschieht so, wie oben geschildert, nur dass der "Einkaufspreis" berücksichtigt werden muss.

Jeder von uns muss das Bargeld, das er, wie geschildert, in hoher Summe einnimmt, so behandeln, dass ihm das Finanzamt nicht auf die Schliche kommt. Am besten: Im Ausland verbrauchen.

Es ist uns klar, dass wir unseren Kunden sehr entgegen kommen, wenn wir diese Geschäfte in bar abwickeln. Denn diese arbeiten hier ja auch wieder mit nicht versteuertem Geld. Es wird deshalb nie Reklamationen geben, wenn uns ein Kunde einmal durchschauen sollte. Er würde sich ja selber dem Finanzamt ausliefern."

Afra hat die Ausführungen mit weit geöffneten Augen stumm und starr vernommen.

Nach kurzer Pause steht sie auf.

"So etwas mache ich nicht mit!"

Klipp und klar sagt sie das ihrem Onkel.

"Haben wir es wirklich nötig, mit diesen unseriösen, illegalen, betrügerischen Methoden unser Geld zu verdienen?"

Afra verlässt den Raum.

Starr vor Schreck und ratlos bleiben die anderen zurück.

"Ist diese Frau für uns noch tragbar?" fragt Franz Kandlbinder.

Alle drei schütteln den Kopf.

"Sie muss weg!" Sind sie sich einig.

Peregrin Lohner kommt mit seinem Peugeot 207 an die Raststätte Hochfranken.

Dort wartet sein Verbindungsmann auf ihn.

"Wir brauchen einen Audi A5 2,0 TFSI wegen der Ersatzteile. Ich gebe Ihnen das passende Diagnosegerät.

Ziel: Görlitz, wie gewohnt".

Peregrin Lohner fährt zurück nach Dresden. Dort hofft er das gewünschte Fahrzeug vorzufinden.

Sollte das nicht gelingen, würde er nach Leipzig fahren oder weiter nach Berlin.

In Dresden eingetroffen, besucht er zunächst die großen Hotels. Am Taschenberg-Palais sieht er einen mit Münchner Nummer. Der fährt gerade weg. Peregrin folgt ihm. Sie kommen zur Autobahn. Peregrin hält an. Er sieht den Audi einfahren Richtung Westen. Also wohl München.

Peregrin kehrt um. Zurück in die Innenstadt. Hotel für Hotel. Kein Audi A5. Den Parkplatz vor der Semperoper wird er abends aufsuchen. Er sieht in den Spielplan. "Ariadne auf Naxos" Beginn 20 Uhr.

Es ist später Nachmittag. Bis es Zeit für den Besuch der Oper, bzw. seines Parkplatzes ist, fährt er kreuz und quer durch die Stadt. Kein A5. Auch nicht an der Oper.

Noch nachts fährt er nach Leipzig.

Auf dem Parkplatz beim Gewandhaus endlich. Hier steht einer. Schwarz und gepflegt.

Peregrin stellt seinen Peugeot ab, entnimmt ihm den Diagnose-Computer und die Kennzeichen. In wenigen Sekunden hat er den Wagen offen. Die richtigen Kabel. Er läuft. Start. Richtung Görlitz. Außerhalb der Stadt steckt er die Kennzeichen auf.

Noch nachts kommt er nach Görlitz. Fährt über die Grenze. Die Zollbeamten schauen weg.

Hinter der Grenze kommt er zum Autofriedhof.

Niemand da.

Peregrin bereitet sich auf die Nacht im Auto vor. Liegesitze. Gut. Der Platz ist ruhig. Er schläft.

Am nächsten Morgen.

Der Mann vom Platz. Peregrin kennt ihn.

Der übernimmt den Wagen. Der Audi wird an Ort und Stelle in seine Bestandteile zerlegt, damit sie einzeln verkauft werden können.

Es hat seinen Grund, warum Autofriedhöfe als Dreh- und Angelpunkte für den Auto-Deal dienen.

Auf die Betreiber von Autofriedhöfen werden vom polnischen Staat die Gesetze für Müll angewendet, nicht die für Gewerbetreibende. Deshalb müssen sie für die Ankäufe keinen Nachweis führen.

Der "Mann vom Platz" reicht Peregrin das Kuvert. Nachgezählt. Stimmt. 3000 Euro.

Er reicht ihm auch einen Zündschlüssel und weist mit seinem Kinn auf einen grünen Opel Corsa.

Peregrin nimmt die Nummernschilder vom Audi und steckt sie auf den Opel.

Kurzer, wortloser Abschied.

Peregrin fährt zurück über die Grenze. Die Zöllner schauen

weg.

Silvia Hasker, die Tochter von Paul und Monika Kapulski lebt mit ihrem Mann Dr. Thomas Hasker und zwei Kindern in München. Thomas ist Oberarzt im Universitätsklinikum Großhadern in der Inneren Abteilung.
Sie haben seit langem eine Platzmiete in der Bayerischen Staatsoper. Als die Kinder noch klein waren und nicht alleine zu Hause gelassen werden konnten, haben die Großeltern oft "Babysitter" gespielt, damit Tochter und Schwiegersohn in die Oper gehen konnten.
Als Dankeschön dafür und nachträglich zum Geburtstag des Vaters bekamen sie nun zwei Karten für "Lohengrin" im Münchner Nationaltheater geschenkt.
Paul Kapulski musste sofort an Moosdorf denken, an das Firmenjubiläumsfest und den Auftritt jenes jungen Mannes, indem er mit wehenden langen blonden Haaren stehend im Kahn mit Außenbordmotor auf der Rimnach gekommen war.
Beide machten sich fein. Paul trug sogar eine Krawatte, obwohl er Krawatten hasste. Aber seine Frau meinte, ohne sie ginge es nicht.
"Da bin ich aber neugierig, ob der Lohengrin eine Krawatte trägt. wenn nicht, brauche ich sie auch nicht und nehme sie ab."
Paul Kapulski hat den Nachmittag frei genommen. Denn die Oper beginnt bereits um 17 Uhr.
Sie fahren nach München. Eine halbe Stunde vorher möchte er dort sein, damit sie in aller Ruhe durch die prächtigen Räume des Hauses flanieren können.
Die Tiefgarage an der Oper und die 12 Euro dafür sparen sie sich.
Am Völkerkundemuseum finden sie einen Stellplatz.
Stolz und erwartungsfroh steigen sie die Treppe des Porti-

kus hinauf und treten in die „heiligen Hallen" ein.

Sie waren nicht häufig hier. Eigentlich immer nur dann, wenn die Kinder für eine Abo-Aufführung nicht abkömmlich waren.

Als im ersten Akt Lohengrin aus seinem von einem Schwan gezogenen Nachen steigt, muss Kapulski wieder an Moosdorf denken.

Nach der Schilderung von damals war der Auftritt bedeutend wirksamer als heute in der Oper. Weder ein Nachen, geschweige denn ein Schwan. Lohengrin trug Hosenträger und hatte - natürlich - keine Krawatte. Kapulski nach der ersten Pause auch nicht mehr.

In der zweiten Pause meinte Monika Kapulski, "wenn dieser Fremde in Moosdorf Lohengrin war, wer waren dann die anderen?"

"Nun - Elsa war natürlich Afra. Und Ortrud?"

"Ortrud ist eine Zauberin. Sie hat Gottfried, den Bruder von Elsa weggezaubert und ihrem Mann Telramund weisgemacht, Elsa habe ihren Bruder beseitigt, um dessen Erbe antreten zu können."

"Eine Zauberin kannst Du in Moosdorf wohl nicht auftreiben", meinte trocken Monika.

"Ortrud ist vielleicht Helma und Telramund ihr Mann Raimund Rintaler."

"Da wirst Du Dich aber schwer tun, dies zu begründen."

"Wollen wir es durchspielen."

"Jetzt kommst Du wieder mit Deinen 'Konstrukten'."

"Nehmen wir einmal an, Helma, geborene Elmenstetter, will nach dem Tod ihres Bruders die Fabrik an sich reißen. Der testamentarische Erbe Matthias alias Gottfried ist verschollen, vielleicht von Helma-Ortrud weggezaubert? Er wird wahrscheinlich nicht mehr auftauchen.

Wenn nun Afra, unsere Elsa, auch weggezaubert wird, ist Helma Erbin."

"Du machst mir Angst mit Deinen Konstrukten."

"Helma-Ortrud stachelt ihren Mann Raimund-Telramund an, Afra-Elsa umzubringen."

"Stopp! Telramund in der Oper will Elsa gar nicht umbringen, sondern den Lohengrin"

"Stimmt. Da passt etwas nicht zusammen. Aber wenn er das macht, nämlich Afra-Elsa umzubringen, wäre Helma-Ortrud Erbin, nicht von Brabant, aber von der Fabrik."

"Nun reicht es aber. Gibt es noch eine Parallele im dritten Akt?"

"Wir werden sehen."

Nach der Oper. Die beiden sitzen schon wieder im Auto und fahren Richtung Torstadt, sagt Monika Kapulski:

"Und wer ist in Moosdorf dann der König Heinrich?"

"Den brauchen wir nicht."

"Doch.- Der bist nämlich Du."

"Was?"

"Du musst doch für Recht und Gerechtigkeit sorgen."

"Nein - ich bin kein Richter. - Höchstens der Heerrufer!"

Sie müssen beide lachen.

Am nächsten Tag sitzt Paul Kapulski am Schreibtisch in seinem Büro in der Inspektion.

"Aktendienst" nennt er das, was er hasst wie die Pest.

Es ist Dienstag kurz vor Dienstschluss.

Telefon.

"Kapulski"

"Hohenstein."

Ferdinand Hohenstein ist Kriminaldirektor und direkter Vorgesetzter von Paul Kapulski.

"Eben bekomme ich die Nachricht, dass Afra Elmenstetter in München auf offener Straße, vor dem Haus am Rot-Kreuz-Platz, in dem sie wohnte, erschossen worden ist."

"Um Gottes Willen" entfährt es Kapulski.

271

"Die Spurensicherung hat ergeben", so Hohenstein weiter, "dass der Kopfschuss aus größerer Entfernung abgegeben worden ist. Die Leiche wurde zur Obduktion gebracht."

Peregrin Lohner ist in Berlin. Er hat wieder ein Fahrzeug, diesmal einen Mercedes Van, nach Görlitz zu bringen.
Es ist schwierig, diesen Typ am Straßenrand zu finden. Gestern hatte er einen fahrend im Straßenverkehr erblickt. Er konnte ihm nicht folgen, da er in Gegenrichtung fuhr und das Wenden zu viel Zeit in Anspruch genommen hätte.
Er wartet bis zum Abend. Da stehen die Chancen besser. Vor allem vor den Hotels, vor den beiden Opernhäusern und der Philharmonie.
Es ist scheußliches Wetter, regnet, windig, kalt. Um 17 Uhr geht er ins Kino. James Bond.

11

Kriminalhauptkommissar Paul Kapulski ist geschockt. Er macht sich heftige Vorwürfe, dass er Afra nicht besser geschützt hat.
Zweimal ist auf sie geschossen worden. Zweimal hat sie Glück gehabt.
Nach jedem Anschlag bekam sie Personenschutz - jeweils eine Woche.
Das weiß auch jeder Ganove. Deshalb wird er die erste Woche nach dem missglückten Anschlag nicht wieder tätig werden.
Für eine längere Zeit Personenschutz ist das Personal einfach zu knapp.
Nun ist Afra tot.
Kapulski muss an das Gedankenspiel mit seiner Frau in der

Oper denken.

Wenn Matthias innerhalb eines Jahres nicht zurück ist, kann er für tot erklärt werden. Dann ist Helma Rintaler Alleinerbin der Fabrik.

Das Lohengrin-Konstrukt, das sie im Spaß errichtet hatten, könnte Wirklichkeit werden.

Als Peregrin Lohner aus dem Kino kommt, bemüht er sich um den Van.

Es dauert nicht lange und er findet einen, abgestellt vor einem Speiselokal.

Es läuft das bekannte Ritual ab. Kennzeichen abziehen. Diagnosegerät. Die richtigen Kabel. Ab geht's.

Auf der ersten Raststätte der Autobahn werden die Kennzeichen auf den Mercedes gesteckt..

Peregrin fährt nach Görlitz. Polnische Grenze. Zöllner schauen weg. Autofriedhof. Austausch von Van und Kuvert.

Peregrin bekommt einen bereitstehenden anderen Opel Corsa und einen Zettel.

Ein Mercedes CLK 500, der 8-Zylinder, wird gebraucht.

Der bekannte Modezar Severin Antwart hat so einen.

Seine Adresse: München-Grünwald, Kreutherstr.15. Der passende Diagnose-Computer liegt auf dem Beifahrersitz.

Bevor er losfährt, legt er sich ins Auto, um ein paar Stunden zu schlafen.

Um 4 Uhr früh fährt er los. Es hätte zwar nicht so geeilt.

Aber um diese Zeit ist die Autobahn leer.

In der nächsten Raststätte macht er ausführlich Frühstück.

Kurz vor Mittag ist er in München. Er fährt nach Grünwald, sucht die Kreuterstraße 15.

Eine prächtige Villa, weiß verputzt, mit einem Säuleneingang aus Carrara-Marmor. Schräg vorgesetzt eine Mehrfachgarage. Das ganze Grundstück mit Überwachungskameras, mit Bewegungsmeldern, Sirenen und Scheinwerfern bestückt. Daran traut sich Peregrin nicht.

Er muss warten, bis der begehrte Wagen gefahren und irgendwo abgestellt wird.

Viele Stunden sitzt Lohner im Opel Corsa. Er liest Zeitung, hört Radio. Erst am Abend öffnet sich das Garagentor. Der gesuchte Mercedes CLK 500 kommt zum Vorschein. Am Steuer ein Herr mit Hut. Er fährt Richtung Stadt. Peregrin folgt. In der Maximilianstraße steht er im absoluten Halteverbot. Peregrin stellt sich dahinter. Diagnosegerät im Anschlag. Da kommt der Eigentümer aus dem Laden. Er wundert sich, dass das Auto offen ist, obwohl er ganz sicher ist, es abgeschlossen zu haben.

Die Autos setzen sich in Bewegung. Zuerst der Mercedes, dann in gebührendem, aber nicht zu großem Abstand der Corsa.

Es geht Richtung Maximilianeum - Max-Weber-Platz - Vogelweideplatz. Dort hält der Mercedes an. Der Herr mit Hut verschwindet in der Drehtür einer Bank. Wieder das bekannte Spiel. Und wieder kommt der Herr zu früh.

Die Fahrt geht weiter. Nach Riem zum Messegelände.

Der Mercedes fährt auf einen mit Schranke gesicherten Parkplatz. Der Corsa hinterher.

Die Situation ist günstig. Der Herr wird lange genug ausbleiben. Die Kennzeichen nimmt Peregrin vom Corsa. Das Diagnosegerät in Gang gesetzt. Die Türen sind entriegelt, die Wegfahrsperre außer Wirkung. Peregrin hat sogar Zeit, die Kennzeichen am Mercedes aufzustecken. Die richtigen Kabel. Er fährt zum Ausgang. Die Schranke öffnet sich mit der Karte, die Peregrin für den Corsa gelöst hatte. Da stellt sich plötzlich, wie aus dem Nichts ein Auto quer in die Ausfahrt. Peregrin ist mit dem Mercedes eingesperrt. Zwei Männer stürmen auf ihn zu. Ehe er sich's versah, war er überwältigt und die Handschellen klappen zu.

Kapulski lässt Raimund Rintaler beschatten.

Mehrere Tage passiert nichts.

Dann besteigt Rintaler das Auto und fährt weg.

Diesmal nicht nur nach München, wie vorher so oft. Jedes Mal waren es uninteressante Ziele gewesen: Steuerberater, Einkäufe. Heute geht es über München hinaus.

Polizeimeister Gerhard Schatz, natürlich in Zivil und mit neutralem Auto, hinterher.

München - Autobahn A8, Salzburg Air Port. Sparkasse. Dort steht er am Schalter. Polizeimeister Gerhard Schatz steht am Nebenschalter. Stellt einige unverfängliche Fragen. Dabei schielt er zum Nachbarn. Dort werden Geldscheine gezählt. 100er. Bestimmt 30, 40 oder 50.000 Euro oder mehr.

Rintaler fährt weiter.

Richtung Bad Reichenhall, kommt nach Groß-Gmain. Dort hält er vor einer größeren Wohnanlage. Steigt aus. Betritt das Haus. Gerhard Schatz nähert sich. Sieht auf den Klingelknopf: "R. Helma" steht dort. "Eine primitive Verschlüsselung" denkt Schatz.

Nach etwa einer Stunde steigt Rintaler wieder ins Auto. Fährt zurück nach Moosdorf.

"Schwarzes Geld" sagt Kapulski, nachdem ihm Schatz Bericht erstattet hatte. "Die Wohnung in Groß-Gmain vermutlich auch mit Schwarzgeld erworben".

Wie kommt Rintaler zu so viel unversteuertem Geld?

Und die anderen Vorstandsmitglieder: Franz Kandlbinder und Hans Makulat? Haben auch sie "Schwarzgeld"?

Wenn ja, wo haben sie es deponiert?

Fragen, die er nur beantworten könnte, wenn er auch sie beschatten ließe.

Kapulski schildert die neuesten Erkenntnisse seinem Chef, Kriminaldirektor Ferdinand Hohenstein.

Der windet sich. "Ich habe momentan nicht das Personal, um diese Dinge durchzuziehen. Was hilft es bei der Aufklärung des Mordes, wenn wir um die Schwarzgelder Bescheid wissen? Soll sich doch das Finanzamt darum kümmern."

Kapulski ist enttäuscht.

"Die Vorstandsmitglieder haben "Dreck am Stecken". Afra hat möglicherweise davon gewusst. Ein weiteres Motiv, sie zu beseitigen.

"Also gut." erwidert Hohenstein. "Sie bekommen zwei Mann und zwei Fahrzeuge für eine Woche. Ich werde es sogleich veranlassen."

Dr. Günter Specht vom Kriminaltechnischen Institut München ruft an.

"Grüß Dich, Paul. Bei der Obduktion von Afra Elmenstetter wurde ein Projektil gefunden. Es handelt sich um eine Kugel 4,5 mm. Es ist anzunehmen dass der Schuss aus etwa 30 Metern von einem Gewehr Walther Leveraction CO2 abgegeben worden ist"

" Ein Gewehr, wie es auch zur Jagd verwendet wird?"

"Sagen wir lieber 'ein Liebhabergewehr'. Es ist der 'Winchester' nachgebildet.

"Die Treffsicherheit liegt bei diesen Gewehren und bei nicht geübten Schützen bei circa 30 Metern, sonst bei etwa 50 Metern."

"Wer hat solche Gewehre?"

"Die kann jeder kaufen, der über 18 ist." War die lakonische Antwort. "Und einen Waffenschein brauchst Du, oder einen anderen Berechtigungsausweis."

"Und der Schuss war tödlich."

"Ja. Nur ein Schuss und der war tödlich."

Paul Kapulski ruft in der Elmenstetter Möbelfabrik GmbH

an.

"Bitte Herrn Rintaler."

"Wer spricht?"

"Kriminalpolizei" Es klickt einige Male. Dann wird durchgestellt.

"Rintaler"

"Hier Kriminalhauptkommissar Kapulski, Torstadt. Ich hätte gerne ein Gespräch mit Ihnen. Ist es Ihnen heute Nachmittag um 16 Uhr recht?"

"In welcher Sache möchten Sie mit mir sprechen?"

"Es handelt sich um Frau Afra Elmenstetter."

"Was ist mit ihr?"

"Sie ist tot. Gestern Nachmittag auf offener Straße erschossen."

"Gut. Sie können kommen."

Hatte er schon Kenntnis davon? Oder ist der Mann so gefühlskalt, dass ihn der Tod seiner Nichte, wenn auch angeheiratet, überhaupt nicht berührt?

Kapulski fährt nach Moosdorf.

Wieder sieht er die aufgestaute Rimnach und den zünftigen Biergarten. Immer wieder vergisst er, ihn an einem Samstagnachmittag aufzusuchen. Immer wieder nimmt er es sich vor.

Im Hof der Fabrik stellt er sein Auto ab und geht zur Tür mit der Aufschrift "Verwaltung".

Er zeigt der Sekretärin, die ihn empfängt, seinen Dienstausweis.

"Ich bin bei Herrn Rintaler gemeldet."

Kapulski stellt fest, dass Rintaler im selben Büro residiert, wie einst Ferdinand Elmenstetter.

"Sie sind jetzt Geschäftsführer der Möbelfabrik Elmenstetter GmbH."

"So ist es."

"In der Geschäftsführung sind noch Franz Kandlbinder und

Hans Makulat."

"Bislang war es noch Afra Elmenstetter, bis zu ihrem tragischen Tod."

"Das war kein 'tragischer Tod', das war Mord. Ein ganz heimtückischer, feiger, gemeiner Mord."

Raimund Rintaler nickt.

Kapulski fasst ihn fest ins Auge. "Matthias Elmenstetter ist vermisst. Glauben Sie, dass er wieder auftauchen wird?"

"Matthias ist jetzt länger als drei Monate verschwunden. Wenn er und sein Freund nur einen Ausflug vorgehabt haben sollten, hätte er sich einmal wenigstens telefonisch gemeldet oder hätte eine Ansichtskarte geschickt. Wäre er gekidnappt worden, hätten wir einen Erpresserbrief. So muss ich leider annehmen, dass er tot ist. Vielleicht war er wirklich unter den Toten des Flugzeugabsturzes von Bombay."

"Und nun ist auch Afra Elmenstetter tot. Ermordet. Wer könnte ein Motiv gehabt haben, sie zu töten?"

"Ich habe keine Ahnung".

Kapulski fühlt, wie Rintaler unruhig wird. Er lässt ihn noch etwas schmoren.

"Glauben Sie, dass eine Liebesaffäre der Auslöser sein könnte?"

"Durchaus möglich".

"Wissen Sie über ihr Liebesleben Bescheid?"

"Nein. Wir hatten wenig Kontakt. Sie wohnte seit längerer Zeit in München. Wir haben uns oft Wochen lang nicht gesehen."

"Aber dann war sie in der Geschäftsleitung."

"Ja. Sie wollte es so."

"Es klingt so, als wären sie nicht begeistert über den Personalzuwachs in der Geschäftsleitung gewesen."

"Die Herren Kandlbinder und Makulat hatte noch Ferdinand Elmenstetter in die Geschäftsleitung geholt. Genau wie mich. Wir waren ein gutes Team."

"Und dann hat Sie Afra Elmenstetter gestört?"

"Nein. Aber sie war ohne jede Erfahrung. Sie hatte vorher nur Schalterdienst in der Bank gemacht. Eine Fabrik zu leiten, ist etwas anderes."

Kapulski wechselt abrupt das Thema.

"Das Konto bei der Sparkasse Salzburg Air Port. Ist das ein Geschäftskonto oder privat?"

Raimund Rintaler war aufgesprungen. Er ist erregt und kaum seiner Stimme mächtig.

"Was soll diese Frage? Ist das ein Verhör? Dann werde ich jede Aussage verweigern."

"Ist die Beantwortung dieser Frage so schwierig? Es gibt viele Gründe, ein Bankkonto im Ausland zu haben."

Rintaler hat sich wieder beruhigt.

"Wir haben Kunden in Österreich. Da ist der Geldverkehr leichter, wenn er im Land des Kunden abgewickelt werden kann."

"Das leuchtet ein. Also ist das Konto geschäftlich?"

Rintaler antwortet nicht.

"Aus diesem Grund werden Sie auch die Eigentumswohnung in Groß-Gmain haben. Oder?"

"Sie wollen mir vorwerfen, dass ich Geld am Finanzamt vorbei in Österreich parke. Ist es nicht so?"

"Sie können es so sehen."

Wieder wechselt Kapulski das Thema.

"Nachdem Ferdinand, Matthias und Afra Elmenstetter tot sind, wer wird das Vermögen erben?"

"Soweit ich die Verhältnisse sehe, wohl meine Frau."

"Haben Sie eine Schusswaffe?"

"Sie wollen wohl nicht annehmen, dass ich Afra erschossen habe?"

"Was ich annehme, tut nichts zur Sache. Aber noch einmal die Frage: Haben Sie eine Schusswaffe?"

Raimund Rintaler steht auf.

"Ich werde keine Frage mehr beantworten und meinen Rechtsanwalt einschalten."

"Gut. Könnten Sie bitte veranlassen, dass ich mit den anderen beiden Herren sprechen kann!"

"Wenn sie noch im Haus sind."

Rintaler geht zum Telefon. Er wählt eine gespeicherte Nummer.

"Franz, könntest Du in mein Büro kommen. Ein Herr von der Kripo ist hier und möchte Dich sprechen."

Die Worte klingen ruhig, ohne jede spürbare Erregung.

"Kollege Makulat ist schon nach Hause gefahren."

Nach wenigen Augenblicken erscheint Franz Kandlbinder in der Tür.

Kapulski ist aufgestanden. Er zeigt seine Dienstmarke.

"Herr Kandlbinder, ich bin hier, den Tod von Afra Elmenstetter aufzuklären. Sie war zuletzt bei Ihnen in der Geschäftsleitung und somit eine Kollegin von Ihnen."

Kandlbinder nickt.

"Wie war Ihr Verhältnis zu ihr?"

"Wir alle haben sie geehrt als Tochter unseres geliebten verstorbenen Chefs."

"Gab es Meinungsverschiedenheiten bezüglich der Geschäftsführung bzw. bezüglich des Geschäftsprofiles?"

"Wie meinen Sie das?"

"Das Geschäftsprofil der Fabrik sehe ich so: Herstellung und Vertrieb von neu gefertigten Stilmöbeln nach entsprechenden Vorbildern, Handel mit echten Stilmöbeln, die Sie bei Bedarf restaurieren."

"Gut formuliert"

"War Afra Elmenstetter mit dieser Geschäftspolitik einverstanden oder wollte sie Änderungen."

"Sie war einverstanden und hat keine anderen Vorschläge gemacht. Das ist ja auch verständlich. So lange ihr Vater lebte, hat sie sich um den Betrieb nicht gekümmert. Ihr beruflicher Werdegang bot auch keine Voraussetzung für die neue Aufgabe, die sie sich gesetzt hatte."

"Verstehe ich sie recht, dass Sie und Ihre Kollegen keine große Begeisterung verspürten, als sie sich in die Geschäftsführung drängte?"

"Sie hat sich nicht gedrängt. Es war für uns selbstverständlich, dass sie nach dem Tod ihres Vaters und ihres Bruders die Nachfolge antreten wollte."

"Sie sind studierter Betriebswirt und jetzt wohl für das Geschäftliche, Buchhalterische zuständig. Herr Rintaler ist studierter Kunsthistoriker, Magister Artium, ein wichtiger Fachmann für die künstlerische Seite des Unternehmens. Herr Makulat ist der 'Herr der Tat', der gelernte Möbelschreiner. Ein gutes Trio. Was sollte dann Afra verkörpern?"

"Sie sollte die Seele des Betriebes sein oder werden. Als Tochter des Firmengründers, als Frau, die den Namen der Firma trägt, die Repräsentantin. Sie würde sich nach und nach in den Betrieb einarbeiten."

Kapulski ist beeindruckt von der Überlegenheit, mit der Kandlbinder über alle Hürden des Gesprächs gesprungen ist.

Afra hatte ihm einmal gestanden, dass die drei Herren alles andere als kollegial zu ihr waren.

Kapulski erhebt sich. Er hat vorläufig keine Fragen mehr.

Er gibt jedem eine Visitenkarte. "Hier finden Sie meine Telefonnummer. Wenn Sie mir etwas zu sagen haben, bitte, rufen Sie mich an."

Und an Rintaler gewandt:

"Die Fragen, die Sie mir nicht beantwortet haben, kann mir ja sicher Ihr Anwalt beantworten."

Er empfiehlt sich und verlässt die Fabrik.

Raimund Rintaler kommt zurück in sein Haus in Torstadt. Er erzählt seiner Frau vom Besuch des Kommissars. Er berichtet auch, dass die Kripo ihn verdächtigt, der Mörder von Afra zu sein. Immer wieder sei der Hinweis erfolgt, dass sie, Helma, einzige Erbin des Elmenstetter-Vermögens sei, nachdem Matthias und Afra tot seien.

Der Kommissar habe auch gewusst, dass sie ihr Geld in Österreich parken und in Groß-Gmain eine Eigentumswohnung haben.

Helma ist blass geworden.

"Um Gottes Willen, Raimund! Wusste der Kommissar, wann genau Afra ermordet worden ist?"

"Das hat der Kommissar nicht gesagt."

Die Gedanken kreisen. Hoffnung und Verzweiflung lösen sich ab.

"Das Bankkonto in Salzburg ist ein Geschäftskonto, habe ich erklärt, zum Einzahlen der Rechnungsbeträge unserer österreichischen Kunden. Trotz EU ist es ja immer noch ein Abenteuer, Geld ins Ausland zahlen zu können."

"Wie ist die Kripo darauf gekommen?"

"Ich weiß es nicht. Das sagen sie ja nicht."

Das Abendessen, das Helma gerichtet hatte, ist immer noch unberührt und wird es bleiben. Niemand von den beiden könnte jetzt einen Bissen herunter bringen.

Raimund Rintaler greift zur Cognac-Flasche.

"Wir müssen damit rechnen, dass eine Hausdurchsuchung erfolgt. Und zwar parallel in der Fabrik und hier. Welche uns belastende Unterlagen können sie finden?"

"Kaufvertrag Groß-Gmain, Einzahlungsbelege Salzburg. Wer weiß, was noch. Dagegen keine Belege über Geldverkehr des Betriebes auf dem Salzburger Konto."

"Eine verfahrene Situation".

Sie überlegen, ob sie mittels einer Selbstanzeige beim Finanzamt ein Finanzstrafverfahren vermeiden könnten. Damit würden sie aber auch Kandlbinder und Makulat mitreissen.

Es ist inzwischen weit nach 20 Uhr.

Raimund greift zum Telefon. Zuerst Kandlbinder, dann Makulat: "Wir müssen uns heute noch zu einer wichtigen Besprechung treffen. Ich schlage vor, um 22 Uhr in der Fabrik in meinem Büro". Beide sind einverstanden.

Die Obduktion von Afra Elmenstetter hat nicht mehr ergeben, als was Dr. Specht schon telefonisch Kapulski mitgeteilt hatte: Ein tödlicher Schuss aus einem Gewehr Walther Leveraction CO_2 aus einem Abstand von etwa 30 Metern.

"Nachdem der Schuss an einem normalen Nachmittag abgegeben worden und am Rot-Kreuz-Platz den ganzen Tag über viel Publikumsverkehr anzutreffen ist, nehme ich an, dass ein Schalldämpfer verwendet wurde. Denn die Polizisten am Ort fanden heraus, dass niemand einen Schuss gehört hat."

Kapulski zieht auf dem Stadtplan einen Kreis um den Fundort der Leiche mit einem Radius von 30 Metern. Der Schusskanal im Kopf von Afra ist weitgehend horizontal, eher leicht nach unten gerichtet. Der Schütze war also etwa in Augenhöhe, bzw. leicht darüber.

Von wo aus, konnte der Schuss abgegeben worden sein?

Möglicherweise aus einem Auto. Aus einem fahrenden? Ist das zu schaffen?

Kapulski ruft Dr. Specht an.

Auf diese Fragen folgt von ihm ein kurzes, präzises "Ja".

Aus einem im Schritt fahrenden Auto ist das möglich.

"Ich sagte Dir schon: Für die Deutung, dass der tödliche Schuss aus etwa 30 Metern aus einem Schritt fahrenden Auto mit einer Waffe mit Schalldämpfer abgegeben worden ist, spricht, dass keiner der Tatzeugen - und am Rot-Kreuz-Platz in München ist auch an einem Dienstag um 16 Uhr genügend Publikum - dass keiner der Tatzeugen, die sich bei der Polizei meldeten, einen Schützen, ein Mündungsfeuer, einen Verdächtigen, gesehen hat und auch sonst keinen Hinweis auf den Täter geben konnte.

Die Leiche wurde zur Beerdigung freigegeben.
Diese erfolgte am Samstagvormittag um 10 Uhr in Moosdorf.
Neben den Vorständen war fast die ganze Belegschaft der Fabrik anwesend. Auch die Mitarbeiter der Sparkasse Torstadt, viele Freundinnen und Bekannte der Toten und fast das ganze Dorf.
Kriminalhauptkommissar Paul Kapulski war unter ihnen.
Er hatte ein scharfes Auge auf die Teilnehmer. Als erfahrener Kriminaler weiß er, dass Mörder, wenn auch getarnt, häufig zur Beerdigung ihrer Opfer erscheinen.
Leider kann er keinen Verdächtigen erkennen.

Um 22 Uhr sitzen Franz Kandlbinder, Hans Makulat, Raimund und Helma Rintaler im Chefbüro der Elmenstetter Möbelfabrik GmbH.
Sie sind alle über die Vorgänge und die daraus resultierende Situation mehr als entsetzt.
Raimund Rintaler berichtet vom Gespräch - oder soll er sagen vom Verhör? - mit Kommissar Paul Kapulski von der Kripo Torstadt.
"Der Kommissar verdächtigt mich, Afra erschossen zu haben. Zumindest hat er mich nach der Erwähnung von Afras Tod gefragt, ob ich eine Schusswaffe besitze. Ich habe diese Frage nicht beantwortet. Aber der Grund, warum ich Euch zu diesem Gespräch gebeten habe, ist ein anderer."
Der Kommissar wisse von seinem Konto in Salzburg und von der Eigentumswohnung in Groß-Gmain.

284

"Ich habe behauptet, das Konto in Salzburg sei ein Geschäftskonto unserer Fabrik. Ich weiß nicht, ob er mir das abgenommen hat. Bei der Wohnung dürfte er nicht zweifeln".

"Ich habe auch Geld im Ausland. Das ist doch klar." meldet sich Franz Kandlbinder zu Wort. "Meines ist in Kufstein und dort hat, soviel ich weiß, auch Hans Makulat ein Konto." Der bestätigt es.

"Wir sind in einer kläglichen Lage und müssen damit rechnen, dass über Kurz Hausdurchsuchungen bei uns allen privat und parallel dazu in der Firma durchgeführt werden. Deshalb dieses dringende Gespräch heute Abend. Die Untersuchungen könnten schon morgen drohen."

Deshalb müssen noch heute alle Unterlagen vernichtet oder so untergebracht werden, dass sie bei Hausdurchsuchungen nicht gefunden werden. Vielleicht in einem Banksafe? Nein - auch die sind nicht mehr vor dem Zugriff der Polizei sicher.

"Mein Konto bei der Sparkasse Salzburg Air Port werde ich morgen durch einen österreichischen Freund, der eine Vollmacht besitzt, bis auf wenige Tausend Euro abräumen lassen und dafür in St. Gallen in der Schweiz ein weiteres Nummernkonto errichten. Ich würde Euch empfehlen, ebenso zu verfahren."

So fahren Franz Kandlbinder und Hans Makulat zusammen nach Kufstein. Gefolgt von ihren Schatten. Damit hatten die beiden Polizisten, die damit beauftragt waren, nicht gerechnet, dass die zwei Vorstandsmitglieder gemeinsam das gleiche Ziel aufsuchten.

Ziel war die Tiroler Bank in Kufstein.

Dort verschwinden sie in einem Direktionszimmer. Den "Schattenpolizisten" bleibt nichts anderes übrig, als brav zu warten, bis die beiden wieder erscheinen.

Die Fahrt geht weiter über Innsbruck nach St. Gallen in der

Schweiz.

Es war für unsere beiden Polizisten nicht schwer, zu erkennen, zu welchem Zweck die Reise stattfand.

Eine sicher große Menge Geld wird von Kufstein nach St. Gallen transferiert. Sicherlich handelt es sich um Geld, das nicht legal verdient worden ist und sicher handelt es sich in der Schweizer Bank um Nummern-Konten.

Es ist klar. Die beiden feinen Herren haben Geld, das sie am Finanzamt vorbei angesammelt hatten, auf ein anonymes Konto gerettet.

Dass es sich um größere Beträge handeln muss, ist schon daraus zu ersehen, dass der Mindestsaldo für ein solches Nummernkonto 250.000 Schweizer Franken nicht unterschreiten darf. Die Einrichtungsgebühr beträgt 1.299 Franken und die Jahresgebühr 500 Franken.

Noch am selben Tag kehren die Personen und ihre "Schatten" nach Moosdorf bzw. nach Torstadt zurück.

Tags darauf melden sich die Polizisten bei Kommissar Kapulski und erstatten Bericht.

Der meldet es an Kriminaldirektor Ferdinand Hohenstein, der nicht zögert, sofort die Finanzbehörden zu informieren.

12

Nach dieser Anzeige ist für das Finanzamt Zeit im Verzug. Die Finanzbeamten erreichen einen Gerichtsbeschluss für eine Hausdurchsuchung in den Wohnungen der drei und in den Fabrikräumen zur gleichen Zeit um 6 Uhr früh des nächsten Tages.

Die zu Untersuchenden sind alle noch im Bett, als es klingelt.

Überall das gleiche Bild. Der anwesende Staatsanwalt zeigt den Durchsuchungsbefehl des Gerichts. Die Betroffenen erklären, sie möchten ihre Anwälte zu Hilfe holen.

Der Staatsanwalt gibt ihnen dafür 30 Minuten Zeit.

Die Wohnungen Rintaler, Kandlbinder und Makulat werden total durchwühlt. Keine Schublade bleibt dort, wo sie war. Kein Schrank, keine Vitrine bleibt verschont.

Gefundene Bankauszüge nehmen sie mit. Sonst fällt ihnen außer Aktenordner mit Einnahme- und Ausgaben-Belege nichts, was von Interesse sein könnte, in die Hände.

Zur gleichen Zeit sind sie auch in der Fabrik.

Dort beginnt die Arbeit um 7 Uhr. So lange besetzen die Polizisten die Türen.

Nach und nach trudeln die Arbeiterinnen und Arbeiter ein.

Neugierig sehen sie sich um, was die hohe Präsenz von Polizeiwägen zu bedeuten habe.

Nachdem auch die Besatzung der Verwaltung eingetroffen ist, zeigt der Staatsanwalt den Durchsuchungsbefehl.

Die Sekretärin will erreichen, dass sie warten, bis der Geschäftsführer Rintaler eingetroffen ist.

Sie ergreift den Telefonhörer.

Ja, er komme. Etwa 25 Minuten brauche er von seiner Wohnung bis zur Fabrik.

Er überlässt die Polizisten, die bei ihm zu Hause am Suchen sind, seiner Frau und fährt.

In der Fabrik angekommen, wiederholt sich das Ganze.

Der Staatsanwalt zeigt seine Dienstmarke und den Durchsuchungsbefehl. Rintaler telefoniert mit dem Rechtsanwalt der Firma.

Dieser erscheint, studiert den Durchsuchungsbefehl, rät Rintaler, genau darauf zu achten, welche Akten der Staatsanwalt liest und welche er beschlagnahmt.

Er wolle Nachmittag wieder kommen.

Die Untersuchungsschlacht kann beginnen. Die Sekretärin schlägt die Hände über den Kopf. "So können Sie das doch nicht machen" ruft sie, als die ersten Akten aus dem Regal

fliegen. "Sie bringen die ganze Ordnung durcheinander!"
Die Ausgangsbelege werden mitgenommen. Mindestens 50
dicke Aktenordner. Ebenso alle Kontoauszüge.

In der Privatwohnung des früheren Chefs, die Afra zuletzt
bewohnt hat, wenn sie sich in Moosdorf aufhielt, finden sie
eine Aufzeichnung, die sie sogleich dem Staatsanwalt über-
reichen. Der liest sie durch und steckte sie ein.

Am Nachmittag ist der Trupp mit der Untersuchung fertig.
Einen halben Lastwagen voll Akten nehmen sie mit.
Rintaler erhält dafür eine akribisch verfasste Liste.

Ähnlich ergeht es den anderen Wohnungen. Auch dort
werden Kontoauszüge, Einzahlungs- und Ausgabenbelege,
Steuerbescheide mitgenommen. Zurück bleibt ein Chaos.

Peregrin Lohner wird in die Justizvollzugsanstalt Stadelheim gebracht.

Die beiden Beamten in Zivil, die ihn festgenommen haben,
hatten beobachtet, wie Peregrin Lohner an den Kennzeichen des Mercedes hantiert hat. Sie hatten Lohner schon die
ganze Zeit beschattet, seit er in der Kreutherstraße in
Grünwald auf der Lauer lag.

Als der Mercedes aus der Garage in Richtung Innenstadt
fuhr, folgten ihm zwei Autos. Nicht nur Peregrin Lohner,
sondern auch die Polizeibeamten in ihrem neutralen Fahrzeug. Auf dem Parkplatz in Riem konnten sie ihn schließlich auf frischer Tat ertappen.

Das Auto, der Opel Corsa und das Diagnosegerät werden
beschlagnahmt.

Am nächsten Morgen wird Peregrin Lohner dem Untersuchungsrichter vorgeführt.

Einen Ausweis hat Lohner nicht, auch keinen Führerschein
oder einen Kraftfahrzeugschein für den Corsa.

Einen festen Wohnsitz kann oder will er nicht angeben.

Damit wird er in Untersuchungshaft genommen.

Als Paul Kapulski der Diebstahl des Lamborghini von Ferdinand Elmenstetter angezeigt wurde, hatte er schon an die polnische Auto-Mafia gedacht. Nach dem Geständnis von Afra Elmenstetter war es ihm zur Gewissheit geworden. Peregrin Lohner war also nach der Einschätzung von Paul Kapulski einer der über 200 "Soldaten" des Nikos Skotarczak, der die so genannte "polnische Automafia" gegründet hatte und 1998 bei einem Frühstück in einem teuren Nachtklub in Gdynia , der Hafenstadt Gdansk an der Danziger Bucht, erschossen worden ist.

Die "Soldaten" entwenden im Westen Luxusautos und bringen sie nach Polen. Dort werden sie umfrisiert, bekommen eine neue Identität und werden dann verkauft.

Des Öfteren werden Autos zerlegt und die Einzelteile als Ersatzteile verkauft. Vor allem, wenn es sich um ältere Fahrzeuge handelt. Üblicher Weise werden ganz bestimmte Modelle von "Kunden" gewünscht, die dann gezielt entwendet werden.

Die Handlungsweisen von Peregrin Lohner passen genau in diese "Politik". Dass es so ist, muss Kapulski allerdings erst beweisen.

Die Beamten des Finanzamtes Torstadt, verstärkt durch solche aus München durchforsten fieberhaft die Unterlagen, die aus den Häusern von Rintaler, Kandlbinder und Makulat, sowie aus dem Fabrikgebäude und dem dazu gehörigen Wohnhaus mitgenommen worden waren.

Verfängliche Proben haben sie bisher nicht gefunden.

Mit Ausnahme von Aufzeichnungen von Afra Elmenstetter, mit denen sie aber im Augenblick nichts rechtes anzufangen wissen.

Es sind Ausdrucke aus dem Internet. Zuerst eine Nachforschung über einen Dottore Angelo Duardi aus Mailand. Ein Experte für Stilmöbel. Allerdings bereits im März gestorben. Er hat für viele, wertvolle alte Stilmöbel aller Stilrichtungen Expertisen verfasst.

Auch für die Fa. Elmenstetter. Das geht zumindest aus Aufzeichnungen der Möbelfabrik hervor.

Weiters sind dabei Ausdrucke von Angeboten anderer Möbelfabriken für alte und für neue Stilmöbel.

Darunter sind auch Werkpläne für Möbel, die laut anderer Unterlagen als alte Stilmöbel verkauft wurden. Es findet sich ein A4-Blatt mit handschriftlichen Notizen offensichtlich aus der Hand von Afra. Sie sind schwer zu entziffern. Neben einer Skizze eines Stuhles im Jugendstil steht: "Das geht doch nicht." und "aus der Werkstatt von van de Velde oder von Elmenstetter?"

Sie finden die dazu gehörige Rechnungskopie. "Ein Stuhl aus der Werkstatt Henry van de Velde 1895 € 2.580,-"

Da passen zwei Dinge nicht zusammmen. Entweder der Stuhl ist aus der Werkstatt van de Velde, dann ist der Preis viel zu niedrig. Oder der Stuhl ist aus der Fabrik Elmenstetter, dann mag zwar der Preis stimmen, aber der Vermerk "aus der Werkstatt van de Velde" ist falsch. Noch dazu heißt es: "Expertise Dott. Duardi anliegend". Es stellt sich heraus, dass kurz nach dem Rechnungsdatum ein Zahlungseingang in dieser Höhe zu verzeichnen ist.

So werden einige Möbelstücke aufgeführt, die angeblich aus der Zeit des Stiles stammen, deren Preis aber niemals dem Wert des entsprechenden Möbels entspricht. Auch für sie gibt es Expertisen von Dott. Duardi.

Daneben werden auch echte Stilmöbel angekauft und nach Restaurierung wieder verkauft.

Der Sachbearbeiter legt diese Notizen dem Staatsanwalt vor.

Der Sache werden sie nachgehen.

Zunächst informieren sie Paul Kapulski. Er lässt sich die Unterlagen kommen.

Da gehen ihm die Augen auf. Er hatte sich immer schon gewundert über die "Verschworenheit" des Trios Rintaler, Kandlbinder, Makulat.

Offensichtlich ist das auch Afra aufgefallen. Gemeinsame Erlebnisse schweißen zusammen. Aber auch gemeinsames Unrecht. Das lernte Afra daraus.

Vermutlich hat sie ihren Onkel zur Rede gestellt.

Kapulski meldet sich bei Rintaler an.

Sie sitzen sich im Chefbüro gegenüber.

"Bei der Hausdurchsuchung wurden Notizen Ihrer Nichte Afra gefunden."

"Und?"

"Daraus geht hervor, dass in Ihrem Werk Stilmöbel gefälscht werden."

"Ach?"

"Leugnen Sie das?"

"Da müssten Sie mir schon konkrete Beispiele nennen. Auf so eine pauschale Anschuldigung kann ich nicht antworten, außer mit 'Ach!'"

Kapulski entnimmt seiner Aktenmappe ein Schriftstück.

"Es handelt sich um eine Rechnungskopie, die an eine Adresse gerichtet ist, die gar nicht existiert."

"Das gibt es nicht."

"Sie haben einen Sessel im Jugendstil geliefert original Henry van de Velde mit Expertise von Dott. Angelo Duardi. Dieser Duardi lebt gar nicht mehr."

"Dott. Duardi ist im März dieses Jahres gestorben. Von wann ist die Expertise?"

"Die ist früher - zugegeben."

Kapulski lässt nicht locker, so unbewegt Rintaler diese Attacken auch hinnimmt.

"Für einen Stuhl aus der Werkstatt Henry van de Veldes verlangen Sie 2.580 Euro. In Wirklichkeit wäre er das Zehnfache wert."

"Der Stuhl ist aus der Werkstatt von van de Velde. Das ist richtig. Wir haben ihn nachgebaut."

"Die Expertise sagt anderes."

"Ich müsste alle Unterlagen in Händen haben, dann könnte ich Ihnen mehr sagen."

"Ich komme darauf zurück."

Damit verabschiedete sich Paul Kapulski.

Paul Kapulski sitzt im Besprechungsraum von Stadelheim Peregrin Lohner gegenüber.

"Sie wollten also den Mercedes vom Parkplatz in Riem wegbringen. Wohin?"

Keine Antwort.

"Das Kennzeichen von Ihrem Auto, das wir beschlagnahmt haben, war gefälscht. Wem gehört dieses Auto?"

Keine Antwort.

Paul Kapulski hatte schon damit gerechnet, dass der Mann, der da vor ihm sitzt, keine leichte Nuss ist.

Könnte es Peregrin Lohner sein?

Die langen blonden Haare deuten darauf hin. Auch das Delikt, der gestohlene Mercedes lässt an eine Parallele zum Lamborghini denken.

Wenn es Peregrin Lohner ist, dann wäre er der Mann, dem Afra total verfallen war.

"Kennen Sie Afra Elmenstetter?"

Keine Antwort.

Kapulski sieht sich den Mann genau an.

Man weiß, welche sexuelle Ausstrahlung Haare haben können. Auch das schmale, ebenmäßige Gesicht seines Gegenüber, die blauen intelligent blickenden Augen, zierliche Handgelenke mit Goldkettchen und langfingrige Hände können Frauen, so stellt es sich Kapulski wenigstens vor, sehr beeindrucken.

Kapulski will Peregrin überrumpeln.

"Sie sind Peregrin Lohner und haben mit Hilfe von Afra Elmenstetter den Lamborghini gestohlen."
Keine Reaktion.
"Jetzt lassen Sie sich einmal etwas sagen.
Sie sind beim Diebstahl eines Autos ertappt worden. Sie waren gerade dabei, an dem gestohlenen Mercedes Ihre gefälschten Kennzeichen anzubringen. Es wird uns nicht schwer fallen, Sie zu überführen. Wenn Sie bei der Aufklärung positiv mitwirken, könnte es für Sie bei der Verurteilung nur von Vorteil sein.
Also noch mal. Wie ist Ihr Name? Stimmt der Name Peregrin Lohner, oder ist auch der gefälscht?"
Wieder keine Antwort.
"Ich stelle folgendes fest: Sie haben den Lamborghini gestohlen und fortgebracht. Sie haben es bei dem Mercedes in Riem versucht. Es liegen Anzeigen in großer Fülle vor, die zeigen, dass auf gleiche Weise Autos, immer teure Autos, spurlos verschwunden sind. Alle diese Diebstähle können Ihnen in die Schuhe geschoben werden. Beim Diebstahl des Lamborghini hat Afra Elmenstetter mitgewirkt. Sie ist die einzige derzeit bekannte Tatzeugin. Um sie mundtot zu machen haben Sie sie umgebracht."
"Das müssten Sie erst beweisen!"
"Sie können ja sprechen!"
Kapulski schlägt mit der Faust auf den Tisch. Der Vollzugsbeamte im Raum, der längst eingenickt war, fährt hoch und setzt sich wieder.
„Geben Sie wenigstens die Diebstähle zu?"
Wieder keine Antwort.
"Wachtmeister, bringen Sie den Herrn wieder in seine Zelle."

Im Finanzamt sind die Beamten dabei, die Kopien der Ausgangsrechnungen und deren Adressaten mit den entsprechenden Geldeingängen zu vergleichen. Dabei werden nur die Einzelkunden herangezogen.

Die Möbelfabrik Elmenstetter GmbH hat sehr viele Möbelhäuser beliefert. Diesen Lieferungen wird Seriosität unterstellt. Bei den Einzelkunden handelt es sich meist um 'historische' Stilmöbel mit Expertisen von Dott. Angelo Duardi, Milano. Sein Tod war im März des Jahres. Tatsächlich ist seither keine Expertise von ihm mehr auffindbar.

Die Beamten sondern die Rechnungen aus, die Stilmöbel beinhalten.

Darunter sind Rechnungen mit erheblichen Beträgen. Sie beziehen sich auf Möbel, die bei Auktionen oder bei Haushaltsauflösungen zu relativ hohen Kosten eingekauft worden sind. Die Adressaten konnten ermittelt werden.

Dann kommen Rechnungen, die Möbel beinhalten mit Beträgen, die für neue 'Stilmöbel' angemessen sind.

Interessant sind die Rechnungen, deren Beträge relativ niedrig sind, die aber den Vermerk tragen 'Expertise anliegend'.

Von diesen Rechnungen werden die Adressaten ausgeforscht.

Und siehe da: Es sind durchwegs fingierte Adressen.

Paul Kapulski folgert daraus: Die wirklichen Adressaten haben bar bezahlt, ein kleiner Teil des Betrages wurde mit diesen fingierten Rechnungen versteuert, der Rest ins Ausland gebracht, nach Salzburg und Kufstein, jetzt wohl gut verwahrt in Nummernkonten in St. Gallen.

Das Ganze läuft seit Jahren so.

Aus der Zahl der fingierten Rechnungen kann man auf einen Betrugsschaden von mehreren Millionen Euro schließen.

Paul Kapulski übergibt das Ergebnis seiner Recherchen der Staatsanwaltschaft.

13

In der Boeing erhalten Matthias und Florian ein warmes Abendessen. Welch ein Genuss!

Seit Tagen haben sie sich nur von Fladenbrot, Früchten und Wasser ernährt. Und nun österreichische Kost!

Während des Fluges lassen sich die beiden ihre Reise durch Indien noch einmal vor ihrem inneren Auge wie einen Film ablaufen.

Sie haben viel von diesem Land gesehen. Aber keiner würde wagen, zu behaupten, er kenne es nun. Auch nach dreimonatigem Aufenthalt bleibt dieser Subkontinent rätselhaft. Von den wichtigsten und größten Städten haben sie Bombay, die größte Stadt und das wirtschaftliche Zentrum, Neu-Delhi, die Hauptstadt und Chennai gesehen. Kolkatta, oder wie wir sagen, Kalkutta, die wichtigste Stadt im Osten, mussten sie auslassen ebenso wie Bengaluru oder Bangalore im südlichen Dekkan Hochland.

Aber sie haben das Land durchquert vom Norden in Delhi bis zum Zentrum des Südens: Chennai oder Madras, das Zentrum auch der Tamilen.

Matthias Elmenstetter und Florian Sauter sind in Wien-Schwechat gelandet. Sie müssen die Maschine verlassen. Der Weiterflug nach München erfolgt in einer Stunde.

"Weißt Du, auf was ich mich jetzt am meisten freue? - Auf drei Weißwürste und eine Halbe Weißbier - aber erst in München!"

"Ja, da mache ich mit."

Der Flug mit Austria Airways war ruhig. Nur sehr lang. Die Beine schmerzen. Es tut jetzt richtig gut, auszuschreiten.

Nach einer Brotzeit erfolgt bereits der Aufruf zum Flug nach München.

Sie kommen in München an. Lange stehen sie am Band, bis

ihre Rücksäcke angeruckelt kommen.

Sie nehmen die S 8 und fahren zum Hauptbahnhof. Von dort mit der S-Bahn nach Torstadt.

Sie verabschieden sich voneinander.

Florian geht zu seiner Mutter.

Matthias fährt weiter nach Moosdorf.

Der Empfang war gedämpft. Er konnte es nicht fassen. Während seiner Abwesenheit war Vater gestorben und die Schwester ermordet worden.

Er möchte natürlich die näheren Einzelheiten wissen.

Doch Tante Helma und Onkel Raimund wirken sehr bedrückt und einsilbig.

"Melde Dich gleich telefonisch bei Kriminalkommissar Paul Kapulski. Seine Telefonnummer liegt hier auf dem Tisch.

Matthias kann nicht länger warten. Er muss wissen, was passiert ist.

"Sie sind da!" ruft emphatisch der Kommissar. "Wissen Sie, dass wir schon befürchtet haben, Sie seien tot?!"

"Ich weiß, wir haben nicht richtig gehandelt. Es war falsch, Sie alle so im Ungewissen zu halten. Nachträglich haben wir es eingesehen. So wissen wir gar nichts von den Vorfällen."

"Die Bundespolizei sucht Sie seit Monaten – auch mit Hilfe von Interpol. Alle Bemühungen waren umsonst. Wo haben Sie sich nur versteckt? – Na, das können Sie mir auch später schildern.

Aber zunächst muss ich Ihnen alles erzählen, alles, was Sie wissen müssen. Denn es kommen jetzt schwierige Zeiten für Sie. Ich möchte das aber nicht am Telefon machen. Ich komme morgen Vormittag ohnehin zu Raimund Rintaler. Anschließend können wir uns unterhalten. Einverstanden?"

"Ja, einverstanden".

"Ist Ihr Onkel in der Nähe?"

"Ja"

"Gib ihn mir bitte."

Raimund Rintaler ergreift den Hörer.

"Ja bitte."

"Hier Kapulski. Ich komme morgen nach Moosdorf und muss Sie und die Herren Kandlbinder und Makulat sprechen. Halten Sie sich bitte für 10 Uhr bereit."

"Ja."

Sie legen auf.

"Was ist denn vorgefallen, dass der Kommissar kommt? Doch hoffentlich nicht wegen meines Verschwindens."

"Ich sag' gar nichts mehr. Lass es Dir vom Kommissar erzählen."

Da ruft Florian an. "Meine Mutter hat mir eben erzählt, was bei Euch vorgefallen ist, während wir weg waren. Ich finde das ja fürchterlich und Du tust mir wirklich sehr leid. Bist Du allein? Dann komme ich."

Matthias findet dieses Mitgefühl großartig und er freut sich, dass er den Abend nicht allein verbringen muss.

Eine dreiviertel Stunde später ist Florian bei ihm.

"Meine Mutter hat es zwar nicht verstanden, dass ich sie, kaum bin ich da, schon wieder verlassen habe. Aber ich lasse Dich in diesen fürchterlichen Stunden nicht allein. Ich bleibe bei Dir auch über Nacht. Platz hast Du in dieser riesigen Wohnung ja genug."

Sie lassen sich vom Pizza-Dienst je eine Pizza bringen und eine Flasche Rotwein.

Matthias versucht krampfhaft, seine Gedanken von seinen Eltern und seiner Schwester wegzubringen. Dank der Anwesenheit von Florian gelingt es wenigstens zeitweise.

Seine Überlegungen dringen noch gar nicht so weit, dass er sich über die Zukunft aller Beteiligter klar werden könnte.

Was seine eigene Zukunft anlangt, so liegt das auf der

Hand. Das Gymnasium wird er aufgeben. Er hätte angesichts der Vorkommnisse im Haus gar keine Ruhe mehr, auf der Schulbank so dahin zu leben.

Mit dem Musikstudium ist es damit vorläufig auch zu Ende. Er wird in Kürze mit der Lehre als Möbelschreiner beginnen.

Nach dem Gesellenbrief möchte er das Fachabitur bestehen und zur Fachhochschule gehen mit dem Ziel: Holzingenieur FH. Die Lehre wird ihm auf zwei Jahre verkürzt, dann zwei Jahre Fachoberschule, Abitur, 3 Jahre Studium und Diplom. Das sind insgesamt sieben Jahre.

Jetzt ist er achtzehn. Mit 25 wäre er so weit.

Und die Musik?

Der Aufenthalt in Indien hat eines bewirkt. Matthias hat gelernt, über einen Zeitraum von immerhin mehr als drei Monaten seinen Mann zu stehen und das in einer schwierigen, ungewohnten Umgebung. Und noch eins: Das Orchesterspiel in Neu-Delhi war für ihn ein Quantensprung in seiner Nähe zur Musik. Er hat gelernt, was es für eine ungetrübte Freude sein kann, mit Anderen Musik machen zu dürfen.

Nun hatte er ja auch im Gymnasium-Orchester gespielt. Der Unterschied ist nur, dass bei uns ein Spieler den anderen beäugt. Jeder hält sich für den besseren. Jeder möchte über die anderen hinausragen. Ein Konkurrenzkampf, als ob es ums Leben ginge.

Und dort, wo es wirklich ums Leben geht, in den Profi-Orchestern gilt dies umso mehr.

Matthias kennt einen Bratscher vom Rundfunk-Symphonie-Orchester. Durch ihn bekam er Einblick in den Alltag eines Berufs-, eines Orchestermusikers.

Ein Bratscher am letzten Pult ist ganz am Ende der Hierarchie. Vor ihm ist der Pultkollege, der Gruppenleiter, der 'Vorspieler', drei Konzertmeister, der Solobratschist und der stellvertretende Solobratschist, der Orchestervorstand, der Kapellmeister bis hin zum Generalmusikdirektor.

Für den kleinen Bratscher eine lebenslange Unterordnung unter die Fuchtel von ewigen Besserwissern mit diktatorischen Anwandlungen.

Ob das die Liebe zur Musik aushält?

Matthias weiß nicht, ob die Situation in allen großen Orchestern so ist, aber er kann es sich vorstellen.

So ergibt sich daraus die Konsequenz, doch lieber allein zur Freude zu musizieren. Er muss nur neben der Berufsausbildung und später im Beruf die nötige Zeit erübrigen. Und das will er.

Er spricht mit Florian darüber.

Der bleibt bei seinen Zukunftsplänen. Er wird 20 sein, wenn er Abitur macht.

Dann möchte er auf die Musikhochschule, um Violine und Klavier und parallel dazu Schulmusik zu studieren.

Es wird sich dann herausstellen, welche Zukunft sich für ihn eröffnet. Ob die Violine obsiegt und er als Solist, oder als Orchesterspieler unterkommt, oder ob der sicherere Weg des Schulmusikers und Beamten, oder der schmerzliche in einer kommunalen Musikschule zum Zuge kommt.

Eines ist jetzt schon ganz konkret. Sie wollen musikalisch zusammen bleiben, wenn schon ihr schulischer Weg sich nun teilt.

So wollen sie ein Streichquartett gründen. Und zwar gleich. Florian kennt einen Bratscher und einen Cellisten. Der Bratscher studiert derzeit auf dem Konservatorium, der Cellist ist musikalischer Laie. Er ist Jura-Student in München, aber von gutem musikalischen und spielerischen Niveau.

Sie werden sich mit den beiden zusammensetzen und ausloten, inwieweit sie zur Zusammenarbeit fähig und bereit sind.

Matthias stellt sich vor, dass sie einmal wöchentlich proben. Und zwar in den Räumen der Fabrik, im Konstruktionsbüro vielleicht. Florian ulkt, er habe schon einen Namen für das Quartett: "Ars mobilis". Wobei der Ausdruck nicht als "bewegliche Kunst" sondern als "Kunst in der Möbelfabrik" zu übersetzen wäre.

Florian wird in der Musikbibliothek die Noten besorgen. So wollen sie relativ einfach beginnen, vielleicht mit Haydn. Abgemacht!

Am nächsten Morgen um 10 Uhr kommt der Kommissar.

Er verschwindet mit Raimund Rintaler und den anderen beiden Herren in dessen Büro.

"Die Untersuchungen der Finanzbeamten sind weitgehend abgeschlossen. Ich muss Sie darauf vorbereiten, dass gegen Sie drei Anzeige wegen Betruges mit einer Schadenshöhe von weit mehr als einer Million Euro erstattet wird. Ich bedauere, Sie und ihre beiden Kollegen wegen Verdunkelungsgefahr vorläufig festnehmen zu müssen.

Im Hof steht ein neutraler Polizeiwagen. Herr Rintaler kann seine notwendigen Utensilien einpacken. Der Wagen bringt Sie dann zu Ihren Wohnungen in Torstadt und Sie zusammen ins Untersuchungsgefängnis. Ich hoffe, ich kann mir Handschellen ersparen."

Rintaler packt seine wichtigsten Sachen zusammen, dann gehen die vier zum Polizeiwagen. Die drei steigen ein. Kapulski kehrt zurück.

Florian war nach dem Frühstück gleich nach Hause gefahren. Er wollte seine Mutter nicht länger warten lassen.

Kriminalhauptkommissar Paul Kapulski setzt sich zu Matthias.

"Jetzt will ich erst mal wissen, wo haben Sie denn gesteckt? Sie waren ja über ein Viertel Jahr unterwegs?"

Matthias schildert ihre Reise.

"Da hatte ich also doch Recht. Ich habe gleich auf Indien getippt. Australien oder Indien."

Dann erzählt er von ihren Sorgen wegen des Flugzeugabsturzes von Bombay und von dem Bericht, dass zwei deutschsprachige junge Männer unter den Toten waren.

"Natürlich mussten wir befürchten, dass es Sie beide seien."

Matthias schildert, welches Glück sie hatten, dass sie nicht an Bord konnten, weil zwei Österreicher ihnen die letzten Stand-by-Tickets weggeschnappt hatten.

Matthias muss anhören, warum die drei führenden Männer der Fabrik verhaftet wurden.

Wie soll die Arbeit hier weitergehen?

Kapulski verspricht, mit Helma Rintaler, der Tante, zu sprechen. Sie ist ja mit dem Betrieb vertraut und soll ihn kommissarisch weiterführen.

Im Übrigen müsse ihm klar sein, dass er durch den Tod des Vaters Erbe eines riesigen Vermögens geworden ist.

Wobei es allerdings erst zu klären gilt, welche Entschädigungen wegen der Betrugsfälle zu leisten sein werden.

Nachdem Kapulski mit Frau Helma Rintaler gesprochen hat, fährt er zurück nach Torstadt.

Wieder sitzen sich Paul Kapulski und Peregrin Lohner im Sprechzimmer des Gefängnisses Stadelheim gegenüber.

"Ich frage Sie zum wiederholten Mal: ist Peregrin Lohner Ihr richtiger Name, wo und wann sind Sie geboren."

Wieder keine Antwort.

"Im Übrigen: Sie brauchen einen Anwalt. Wenn Sie keinen benennen, bekommen Sie einen Pflichtanwalt."

Sein Gegenüber nimmt diese Mitteilung schweigend zur Kenntnis.

"Bringen Sie ihn in seine Zelle", wendet sich Kapulski an

den Wachtmeister.

Wie soll er nun weiter verfahren?

Fotos von Peregrin sind an alle Polizeidienststellen verschickt mit der Frage: Wer ist dieser Mann? Wer hatte mit ihm Kontakt?

Außerdem gibt Kapulski mit Genehmigung von Kriminaldirektor Hohenstein folgende Erklärung an die Deutsche Presseagentur:

"Wieder konnte ein Mitglied der Automafia dingfest gemacht werden. Es konnte dem Mann nachgewiesen werden, dass er zahlreiche Autos der oberen und obersten Preisklasse gestohlen und vermutlich nach Polen oder Tschechien verbracht hat, wo sie verschwunden sind. Die Mitglieder dieser Bande sind technisch so hoch gerüstet, dass sie Alarmanlagen, Wegfahrsperren und Türschlösser überwinden können. Personen, die mit dem Mann, der sich Peregrin Lohner nennt, Kontakt hatten, mögen sich bitte melden. Meldungen nimmt jede Polizeidienststelle entgegen, oder direkt die Kriminalpolizeiinspektion Torstadt. Foto des Festgenommenen anliegend."

Anschließend will sich Kapulski der drei Elmenstetter Möbelhändler annehmen.

Zunächst Raimund Rintaler.

Der erklärt, dass er ohne seinen Anwalt keine Auskunft gibt.

Ebenso die beiden anderen.

Kapulski vereinbart mit Dr. Brunner, dem Anwalt von Raimund Rintaler, einen Vernehmungstermin am nächsten Vormittag um 10 Uhr.

Matthias und Florian sind am Nachmittag bei Direktor Ringin vom Adam-Riese-Gymnasium Torstadt. Sie beichten.

Direktor Ringin erklärt ihnen, dass sie ohne Schulstrafe, einen Direktoratsverweis, wegen Schwänzens der Schule nicht davon kommen. Außerdem ist es eine Ordnungswidrigkeit. Sie müssen, da sie volljährig sind, mit einem Bußgeldbescheid rechnen.

Des Weiteren müssen sie eine Klasse zurückgestuft werden. Morgen früh haben sie sich in der Klasse 12a zu melden.

Matthias weiß, dass er das so nicht akzeptieren wird. Vor allem die Zurückversetzung würde ihn schmerzen. Es würde dann ja noch ein Jahr länger dauern, bis er Abitur machen könne.

Während Florian mit den Sanktionen einverstanden ist, verlässt Matthias die Schule, wie er es Kapulski gegenüber schon angedeutet hatte.

Er hat sich entschlossen, in die Firma einzusteigen, war bei der Firma "Mobile GmbH Torstadt", wo schon sein Vater Lehrling war, vorstellig und hat einen Lehrvertrag in der Tasche.

Mit seiner Tante, Helma Rintaler, war er handelseins geworden. Für sie war das Wiedererscheinen von Matthias zunächst ein Schock. Den hat sie aber überwunden und sich der Realität gebeugt. Sie würde den Betrieb übernehmen, bis Matthias die beruflichen Voraussetzungen erfüllt.

Matthias gesteht seiner Tante, dass die Reise nach Indien für ihn ein einschneidendes Erlebnis war. Sie hat ihm gezeigt, dass sein Verhalten bisher, auch seinem Vater gegenüber, nicht richtig war. Es tut ihm so leid, dass er dies nicht mehr ihm selber sagen kann.

Er erklärt ihr, dass er das Gymnasium 'geschmissen' und bei "Mobile GmbH" einen Lehrvertrag in der Tasche habe.

Im Büro von Paul Kapulski meldet sich telefonisch das Einwohnermeldeamt Berglau im Schwarzwald. Der Beamte hat den Aufruf gelesen und kann melden: „Die gesuchte Person heißt Norbert Maier, ist am 18.02.1971 in Baden-Baden geboren, hat 1990 dort Abitur gemacht und danach in Freiburg im Breisgau begonnen, Betriebswirtschaftslehre zu studieren. Am 1.1.2002 hat er sich in Berglau angemeldet. Er hat hier mit einer jungen Frau eine Wohnung bezogen. Die angegebenen Daten stammen aus dem Anmeldeformular."

Weiter weiß der Standesbeamte zu berichten, dass Maier zusammen mit seiner Freundin etwa ein halbes Jahr später verschwunden sei, ohne sich polizeilich abzumelden. Er habe davon nur dadurch Kenntnis, weil die Vermieterin zu ihm gekommen ist und wissen wollte, wohin Maier verzogen ist. Er habe Mietschulden hinterlassen. Das Einwohnermeldeamt konnte aber nicht weiter helfen, da auch keine Rückmeldung eines anderen Meldeamtes erfolgt sei.

Im Speichersee, dem aufgestauten Mittleren Isarkanal, wurde bei Befestigungsarbeiten von Tauchern ein Gewehr gefunden. Es war dort versenkt worden, unschwer daran zu erkennen, dass es an einen Betonblock angebunden war.
Die Waffe wurde ins kriminaltechnische Labor gebracht. Dr. Specht konnte nach kurzer Untersuchung Kapulski mitteilen, dass es sich bei dem Gewehr um eine Walther Leveraction CO_2 handelt.

Es folgt ein Aufruf, es möge sich melden, wer eine Waffe vermisse und den Verlust bisher nicht der Polizei gemeldet habe. Insbesondere, wenn es sich um eine Gewehr Walther Leveraction CO_2 handle.

Nachdem sich nun die Ereignisse überschlagen, braucht Paul Kapulski etwas Luft, um das Ganze geistig zu sortieren.

Es ist 18 Uhr. Er verlässt sein Büro und geht nach Hause. Seine Frau hat bereits den Abendbrottisch auf dem Balkon hergerichtet. Er holt sich eine Flasche Bier aus dem Keller und lässt sich in den Sessel fallen. Ein Genuss, dieser erste Schluck.
Er ist sich sicher, dass es sich bei dem Gewehr um die Tatwaffe handelt.

14

Am nächsten Tag meldet Kapulskis Sekretärin, es habe sich ein Waffengeschäft in München gemeldet. Er solle dort zurück rufen. Sie gibt ihm einen Zettel mit der Telefonnummer.
"Kriminalhauptkommissar Kapulski" meldet er sich.
"Herr Kommissar, ich habe Ihren Aufruf gelesen Bei mir ist zwar nichts gestohlen worden. Aber ich erinnere mich, dass ich vor vielen Jahren ein Gewehr dieses Typs verkauft habe. Ich erinnere mich deshalb, weil es kein alltägliches Gewehr war, sondern ein Nachbau der berühmten Winchester Büchse. Ich habe in meinen Unterlagen gesucht und den Käufer gefunden. Es war ein Ferdinand Elmenstetter aus Moosdorf. Er hatte einen Waffenschein vorgelegt."
"Ich danke Ihnen für diese Mitteilung. Sie ist für mich von großer Wichtigkeit. Ich bitte Sie, mir diese Unterlagen zu überlassen. Ich schicke einen Streifenwagen, der sie abholt."
Das bringt Bewegung in die Sache. Mit einem Schlag ist Raimund Rintaler nicht nur des Betruges, sondern des Mordes verdächtig.

Im Untersuchungszimmer der Justizvollzugsanstalt Stadelheim sitzen sich Paul Kapulski und Norbert Maier, alias Peregrin Lohmann, gegenüber.

"Herr Maier, Sie sind dabei überrascht worden, wie Sie auf dem öffentlichen Parkplatz der Messe Riem einen wertvollen Mercedes stehlen wollten. In wessen Auftrag haben Sie das getan?"

"Das weiß ich nicht."

"Seien Sie doch vernünftig! Sie sind überführt worden, sowohl in Riem, wie in Moosdorf, wo Sie den Lamborghini gestohlen haben. Für wen haben Sie gearbeitet?"

"Ich weiß es nicht."

Paul Kapulski fährt nach Moosdorf. Er sucht die Gaststätte auf, zu der der von ihm so bewunderte Biergarten gehört. Der Wirt, Herr Tobias Angermeier, erinnert sich, dass Herr Ferdinand Elmenstetter früher gerne zur Jagd ging, auf Wassergeflügel, Wildenten, Graugänse usw.

"Aber das ist lange her. Er hat dann bald die Lust verloren und es sein gelassen."

"Wissen Sie, welche Waffe er benutzte?"

"Nein - irgendeine Flinte halt. Ich habe sie nie in der Nähe gesehen."

Kapulski sucht Frau Rintaler auf.

"Wissen Sie von einer früheren Leidenschaft Ihres Bruders für die Jagd?"

"Ja. Er hat früher gerne auf der Rimnach auf Wassergeflügel gejagt. Aber er machte das schon lange nicht mehr."

"Was hatte er denn für eine Waffe?"

"Dafür habe ich mich nie interessiert. Ich erinnere mich, dass meine Schwägerin, seine Frau, immer gegen die Jagd war. Ihr taten die Tiere leid. Da hat er es eingestellt."

"Wissen Sie, wo die Flinte geblieben ist?"

"Er hatte sie immer in einem Schrank in seinem Konstruktionsbüro in einem gesonderten, extra mit einem Vorhängeschloss verschließbaren Fach eingeschlossen."

Kapulski fährt zurück nach München. In Stadelheim sitzt Hans Makulat vor ihm.
"Sie haben jahrelang mit Rainer Rintaler und Franz Kandlbinder zusammen neue Stilmöbel als alt verkauft und dazu eine Expertise gefälscht."
"Ich habe mit meiner Mannschaft die Möbel nach den Werkplänen von Ferdinand Elmenstetter hergestellt."
"Sie haben sie so hergerichtet, dass man meinen musste, sie seien alt."
"So wollte es Elmenstetter haben."
"Ist Ihnen bewusst, dass das Betrug und Urkundenfälschung beinhaltet?"
Keine Reaktion.
"Herr Makulat, Sie haben Herrn Elmenstetter beim Fertigen der Werkpläne häufig assistiert. Das war im Konstruktionsbüro."
"Ja."
"In diesem Büro befindet sich ein Schrank zur Aufbewahrung von allerlei Planungsmaterial."
"Ja"
"Sie haben den Schrank sicherlich häufig geöffnet, um Material zu entnehmen."
"Ja" antwortet Makulat, der einen Sinn in diesen Fragen vergeblich suchte.
"Ist Ihnen aufgefallen, dass in dem Schrank ein Fach ist, das gesondert abgesperrt ist?"
"Ja. Es war gesondert abgesperrt mit einem Vorhängeschloss."
"Was war in dem Fach?"
"Das weiß ich nicht. Ich habe mich nie dafür interessiert."

Kapulski fährt nach Moosdorf zur Möbelfabrik.

Er meldet sich bei Frau Rintaler an. Die Sekretärin kennt ihn schon.

"Frau Rintaler, führen Sie mich bitte ins Konstruktionsbüro."

"Kommen Sie mit." Helma Rintaler sieht keinen Grund, ihm diese Bitte zu verweigern.

Dort angekommen sieht sich Kapulski um. In der Mitte des Raumes das große Reißbrett, Schreibtisch, Spinde, ein Schrank.

Kapulski öffnet ihn. Drinnen große Rollen von Zeichenpapier, Farben, Zirkel, Lineale und andere Zeicheninstrumente. Und das Fach. Vorrichtung zum Einhängen eines Vorhängeschlosses. Das Fach ist offen und leer. Ein Schloss fehlt.

Kapulski fährt zurück nach Stadelheim.

Raimund Rintaler sitzt ihm gegenüber.

"Herr Rintaler, ich werde anschließend einen Bericht an den Staatsanwalt schreiben, in dem ich lückenlos nachweisen werde, dass Sie der Mörder von Afra Elmenstetter sind. Wollen Sie die Tat gestehen?"

"Ohne meinen Anwalt gebe ich keine Erklärung ab".

Kapulski lässt Rintaler in seine Zelle zurück bringen.

Nach wie vor versucht Kapulski, von Maier (Lohner) zu erfahren, wer beim Verschieben der Autos sein unmittelbarer Auftraggeber war.

"Sie können reinen Tisch machen, Herr Maier. Ich werde den Vorwurf, dass Sie der Mörder von Afra Elmenstetter sind, nicht aufrechterhalten."

Maier macht den Eindruck, als würde er sichtlich aufatmen.

"Ich kann Ihnen nicht sagen, wer die Auftraggeber sind. Ich erhalte meine Weisungen von einem Mittelsmann, von dem ich nicht weiß, wie er heißt, wo er wohnt, ja nicht einmal, ob er Deutscher oder Ausländer ist."

"Wo treffen Sie ihn?"

"Meistens in Polen nach der Grenze von Görlitz auf einem Autofriedhof."

"Wie kommen Sie über die Grenze?"

"Keine Probleme. Offensichtlich ist den Grenzern das Autokennzeichen bekannt, das ich den - organisierten Autos aufstecke."

"Ich werde ein Protokoll diktieren, das Sie dann bitte unterzeichnen, nachdem Sie es gelesen haben.

In seinem Büro in Torstadt diktiert Kapulski die Protokolle. Er stellt minutiös dar, wie in der Möbelfabrik Elmenstetter GmbH unter Ferdinand Elmenstetter und nach dessen Tod unter Raimund Rintaler Stilmöbel nach historischen Vorbildern nachgebaut, als alt kaschiert, mit gefälschten Expertisen eines italienischen vereidigten, mittlerweile verstorbenen Sachverständigen und Schätzers versehen, zu horrenden Preisen verkauft wurden. Die Zahlungen erfolgten in bar. Intern wurde jeweils eine Rechnung an eine fingierte Adresse ausgestellt. Der Rechnungsbetrag wurde auf das Firmenkonto einbezahlt. Der Rest, der etwa das Zehnfache oder Zwanzigfache des angegebenen Betrages ausmachte, wanderte auf ein Konto in Salzburg, bzw. in Kufstein. Beteiligt waren Ferdinand Elmenstetter selber, Raimund Rintaler, Franz Kandlbinder und Hans Makulat.

Afra Elmenstetter bekommt nach dem Tod von Ferdinand Elmenstetter Einblick in die Machenschaften. Sie ist entsetzt darüber und erklärt, so etwas komme für die Zukunft nicht in Frage. Die Herren sind sich einig, Afra muss verschwinden, denn wenn es publik wird, sind sie erledigt.

Sie sind sich bewusst, dass sie sich nicht nur des schweren Betruges, sondern auch der Urkundenfälschung und Steuerhinterziehung schuldig gemacht haben. Im Konstruktionsbüro der Firma befindet sich unter besonderem Verschluss eine Flinte. Die hat Ferdinand Elmenstetter vor vielen Jahren zur Jagd auf Wassergeflügel erworben. Später hat er auf Wunsch seiner Frau die Jagd wieder aufgegeben. Raimund Rintaler hat sich dieser Waffe bemächtigt. Er musste nur das Vorhängeschloss aufbrechen.

Zweimal hat er vergeblich versucht, Afra zu erschießen. Er ist kein geübter Schütze. Beim dritten Mal ist es ihm gelungen.

Der Staatsanwalt erhebt Anklage gegen Raimund Rintaler wegen Mordes. Die Verfahren gegen Franz Kandlbinder und Hans Makulat werden abgetrennt.

Die Polizeiinspektion Torstadt erlässt einen Aufruf. Alle Käufer von historischen Stilmöbeln aller Epochen mit einer Expertise von Dott. Duardi, Milano, sollen sich melden. Sie können Schadenersatz fordern.

Kapulski wundert sich, dass von keinem einzigen Käufer Schadensersatzansprüche angemeldet werden

Offensichtlich sind alle glücklich mit ihrem Möbel und würden sich schämen müssen, wenn bekannt würde, dass sie auf so eine doch recht primitive Fälschung hereingefallen sind. Außerdem könnte sie ja das Finanzamt fragen, woher die Gelder für den Kauf stammten.

Raimund Rintaler zeigt das, dass ihre Politik zunächst richtig war. Lediglich Afra hat sie in die jetzige missliche Lage gebracht.

Von Norbert Maier, alias Peregrin Lohner, besagt das Vernehmungsprotokoll, dass er geständig ist, eine Reihe von wertvollen Fahrzeugen - die genaue Zahl kann er nicht angeben - gestohlen und an ihn unbekannte Personen in Polen übergeben zu haben. Hierfür hat er jeweils 3000 Euro in bar, bei besonderen Exemplaren auch 5000 Euro erhalten. Von seinen Auftraggebern hat er nur Kontakt zu einem Mittelsmann, von dem er weder Namen noch Wohnort noch Nationalität kennt. Offensichtlich handelt es sich um die bekannte so genannte Automafia.

Norbert Maier unterschreibt das Protokoll. Es wird an den Staatsanwalt weitergegeben, der die Anklage erhebt.

15

Es folgt eine Reihe von Verhandlungen. Zum Teil parallel zu einander.

Das Verfahren gegen Raimund Rintaler vor dem Schwurgericht ist das aufwändigste.

Raimund Rintaler erhält lebenslänglich wegen Mordes. Wegen Betruges, Urkundenfälschung und Steuerhinterziehung wird er zudem mit einer Strafe von 300.000 Euro belegt.

Gegen Franz Kandlbinder und Hans Makulat beantragt der Staatsanwalt eine Freiheitsstrafe von je 5 Jahren ohne Bewährung und zusätzlich eine Geldstrafe von je 300.000 Euro als Mitglieder einer Bande, die sich zur fortgesetzten Begehung von Betrug und Urkundenfälschung verbunden hatte.

Die beiden Angeklagten waren voll geständig und hatten auf eine milde Strafe, allenfalls Freiheitsstrafe zur Bewährung ausgesetzt, gehofft.

Anwalt Dr. Oswald Brunner hatte ihnen zum Geständnis geraten und war nun, ebenso wie die Angeklagten entsetzt über die Anträge des Staatsanwaltes.

Dr. Brunner beantragt in seinem Plädoyer, das sofortige und volle Geständnis der Angeklagten zu würdigen und die Kriterien der "Bandenbildung" des § 370 AO nicht zu

Grunde zu legen und lediglich eine Geldstrafe zu verhängen, deren Höhe er in das Ermessen des Gerichtes stellte.

Er begründet diese Anträge detailliert und weist darauf hin, dass es bei den "echten" Fälschungen offensichtlich keine Geschädigte gegeben habe, nachdem sich bei einem entsprechenden Aufruf niemand gemeldet und Schadensersatz gefordert habe. Des Weiteren weist er darauf hin, dass der § 370 AO, der die "Bandenfrage" behandelt, in Juristenkreisen äußerst umstritten ist und dass anzunehmen ist, dass er in Bälde vom Bundesverfassungsgericht kassiert werde.

Dr. Brunner hatte mit seinem eindringlichen Plädoyer Erfolg.

Das Gericht verhängte eine Freiheitsstrafe von je einem Jahr und eine Geldstrafe von je 300.000 Euro. Die Freiheitsstrafe wurde jeweils auf drei Jahre zur Bewährung ausgesetzt. Die Angeklagten haben die Kosten des Verfahrens zu tragen.

Franz Kandlbinder und Hans Makulat kehren in die Firma zurück. Sie haben die Urteile angenommen.

Um die Geldstrafen zahlen zu können, gehen ihre Auslandskonten auf.

Helma Rintaler hat ihre weiteren Ambitionen auf die Fabrik aufgegeben. Ihre Beihilfe zum Mord an Afra wurde nicht gerichtsrelevant, nachdem Raimund Rintaler zum Tathergang und den Begleitumständen geschwiegen hatte.

Sie bleibt Geschäftsführerin, bis Matthias seine berufliche Qualifikation erreicht hat. Er ist aber im Vorstand vertreten, ebenso wie Kandlbinder und Makulat.

Es versteht sich, dass künftig Firmenziele verfolgt werden, die ohne Betrügereien und ohne schwarze Gelder auskommen.

Das Wissen und Können der Firmenleitung und der Mitarbeiter sind groß genug, um auf solche verwerfliche Mittel verzichten zu können.

Norbert Maier, alias Peregrin Lohner wird wegen schweren Diebstahls in einer Reihe von Fällen zu dreieinhalb Jahren Freiheitsentzug ohne Bewährung verurteilt. Strafmildernd wird dabei berücksichtigt, dass er nicht vorbestraft ist.
Er wird in die Strafjustizanstalt Straubing eingeliefert.
Wegen vorbildlicher Führung wird er nach drei Jahren begnadigt.
Er verlässt das Gefängnis.
Vor dem Gefängnistor erwartet ihn eine ihm nicht bekannte Person, überreicht ihm ein Kuvert und den Schlüssel für einen bereitstehenden VW-Golf mit Kennzeichen AOL, Oberallgäu.
Einen Maybach 57 gilt es in Ludwigshafen am Rhein zu "beschaffen". Eigentümer ist der Chef eines großen Zulieferbetriebes für die Autoindustrie. Seine Villa befindet sich im Vorort Altenhafen, Moritzstraße 12. Der Wagen ist, wie gewohnt, hinter Görlitz auf dem bekannten Autofriedhof abzugeben. Die Allgäuer Nummer ist den Grenzern bekannt.
Norbert fährt nach Ludwigshafen
Er findet die Villa. Alles streng bewacht. Keine Chance.
Er sitzt in seinem Auto und beobachtet.
Es vergehen etwa zwei Stunden.
Da kommt ein schnuckeliges schwarzhaariges Mädchen aus der Tür, geht auf die Straße, entlang dem Gehsteig.
Nach etwa 100 Metern eine Bushaltestelle.
Peregrin alias Norbert steigt aus dem Auto, begibt sich ebenfalls zu der Haltestelle.
Eine Frau und noch eine kommen. Auch sie warten auf den Bus.

"Ich bin hier fremd. Wohin fährt denn der Bus. Komme ich da in die Innenstadt?"

"Ja, in die Innenstadt" sagt sie. Sie ist wirklich sehr anziehend, die Kleine.

"Wie viel Stationen sind es bis zum Bahnhofplatz?"

Sie zählt. Sieben oder acht. "Aber ich steige auch dort aus. Sie brauchen mir nur zu folgen."

So kommt es. Sie steigen beide aus.

Er fragt: "Sind Sie sehr in Eile?"

"Nein - nein."

"Würden Sie eine Einladung für einen Kaffee annehmen?"

Sie sieht ihn an. Seine langen blonden Haare. Sein Blick. Ganz verwirrt sagt sie "ja".

Sie sitzen im Kaffee. Er hat schon seine Hand auf ihrer.

"Ich heiße Lukas" sagt er, Lukas Parzefall und du?" "Barbara" sagt sie.

Sie weiß nicht mehr, warum sie eigentlich zum Bahnhofplatz gefahren ist. Sie will nur seine Nähe.

"Können wir uns morgen treffen? - um 19 Uhr?"

"Ja - wo?"

"Wissen Sie ein kleines, nicht zu teures Speiselokal in der Nähe?"

"Ja, gleich hier um die Ecke, beim Südausgang des Bahnhofs."

"Gut: dort morgen um 19 Uhr."

Er mietet ein Zimmer im Bahnhofshotel.

Barbara kann es gar nicht erwarten.

Schon eine Viertelstunde vor der vereinbarten Zeit ist sie am Treffpunkt.

Sie essen zusammen. Trinken Rotwein. Barbara ist völlig von ihm gefangen. Sie weiß nicht mehr, wie sie reagiert. Es ist nicht der Rotwein. Sie beugt sich über den Tisch, gibt ihm einen langen Kuss.

"Ich habe ein Hotelzimmer hier im Bahnhofshotel. Willst

314

Du?"

"Ja" haucht sie.

Sie verschwinden beide im Hotel.

Am nächsten Tag gibt Barbara ihm die Schlüssel für den Maybach, hat die Alarmanlage ausgeschaltet und die Garage geöffnet.

Er steigt ein, fährt Richtung Görlitz. Über die Grenze. Die Zöllner schauen weg.